曼言曼语

董张曼　著

陕西新华出版
太白文艺出版社·西安

图书在版编目（CIP）数据

曼言曼语 / 董张曼著. -- 西安 ： 太白文艺出版社，2020.1（2024.1重印）
ISBN 978-7-5513-1746-7

Ⅰ．①曼… Ⅱ．①董… Ⅲ．①中国文学－当代文学－作品综合集 Ⅳ．①I217.2

中国版本图书馆CIP数据核字(2019)第264824号

曼言曼语
MAN YAN MAN YU

作　　者	董张曼
责任编辑	姜　楠　胡世琳
出版发行	太白文艺出版社
经　　销	新华书店
印　　刷	天津旭丰源印刷有限公司
开　　本	887mm×1230mm　1/32
字　　数	230千字
印　　张	10.25
版　　次	2020年1月第1版
印　　次	2024年1月第4次印刷
书　　号	ISBN 978-7-5513-1746-7
定　　价	42.00元

目　录

◎ **第一辑　解说**

2

◎ 第二辑　通讯

◎ 第三辑 散文

4

5

曼言曼语

陕西·白水:
中国字都　创业热土

　　陕西白水地处中国版图的中心,距西安约 136.7 公里,距西安咸阳国际机场约 158.6 公里,渭黄、合凤两条高速穿境而过,铁路、国道纵横交错,是连通关中陕北的交通要地。

　　49 条河流、6 座水库嵌入白水大地,"引石入白"工程日供水 7.65 万立方米,水电资源丰富。集中供热覆盖全城,高速宽带联通城乡,物流网络通达四方。创业创新中心功能完备,行政服务大厅高效便捷,"两学一做"学习教育深入开展,干部群众勤勉创新,经济社会平安和谐。

　　古老文明与中华民族伟大复兴的中国梦激荡着这片黄土地,30 万白水人以第十三个五年规划纲要"四区目标、五新蓝图、六大工程"战略布局为引领,创造新的神奇。

　　在这片占国土面积万分之一的土地上,仓颉造字、杜康酿酒、雷祥制瓷、蔡伦造纸,四大创造推动了历史的车轮。仓颉庙集庙、墓、碑、书、柏五位一体,庙内有 48 棵古柏,居我国三大古柏群之首。"谷雨"被确定为联合国中文日。美国国会大厦仓颉塑像的文字介绍为"the Chinese patron of writing(中国文字的庇护神)"。《仓颉传说》入选国家级非物质文化

3

遗产名录。

"丙申年谷雨祭祀仓圣典礼",各国文化学者、全球华人华侨齐聚华夏文明源头,拜谒中华文祖仓颉,共同发布"一带一路"年度汉字——"和"。依托人文优势,打造华夏"四圣"文明传承区,"仓颉庙中华上古文化园"将成为世界瞩目的人文圣地。

白水符合苹果生长 7 项指标,为世界苹果优生区。种植面积 3 万多平方米,品牌价值 38 亿元。国内首家"西北农林科技大学苹果试验站"选址白水,让白水占据全国苹果科技的高地,也让白水成为中国有机苹果第一县。白水苹果的品质直接影响全国苹果的价格走势,使其跻身"中国果品区域公用品牌 50 强""2015 中国十大苹果"之列。按照"果畜结合、以畜优果、全产业链发展"的模式,白水将成为未来中国苹果产业示范区。

"何以解忧,唯有杜康。"白酒发源地——白水,让这杯千年佳酿,香飘四海,九州共享。应用传统酿造遗方与现代科学工艺相结合,白水杜康酒曲窖泥搭载神舟飞船三至九号,让古老的美酒焕发出了新的生机,获得了"国家地理标志保护产品""中国白酒品牌价值 50 强"等荣誉称号。

以白酒产业链、苹果产业链为主导,豆制品、畜产品深加工为补充,积极对接央企、省企和行业龙头,做优存量、做大增量、提高质量,使陕西食品工业成长区新体系初步形成。

白水,生态田园,如诗如画。这里有国际慢城林皋湖、方山森林公园、云台山、杜康谷、下河西、永垣陵、尧头豆腐村、锦绣农家乐。览胜渭北绿色生态旅游区，让世界发现美丽白水。

圣迹山水，这是天人共造的景观；人文绿色，这是古今文明的家园。伴随着畅通、兴业、脱贫、人文、秀美、党建六大工程的实施，仓颉后裔以创新、人文、开放、美丽、幸福的新形象，诚邀八方，相聚白水！

(2016 年 5 月)

从洛河走进艺术

白水县地处关中平原与陕北高原的过渡地带，境内沟壑纵横、三山盘踞、五塬起伏，两条河流一清一浊，留给了这里云台丛林、方山绿浪、林皋碧波、飘香鲜果、杜康美酒、下河遗迹和数不清的记忆。

滔滔洛水在鸟羽山下画出一个巨大的"几"字，人称乾坤湾。这里人杰地灵、景色秀美，千年洛河冲刷两岸黄土高坡，形成了独有的地貌特征。洛河岸边，狄家河村，20 世纪 60 年代末，西安美术学院农场旧址沧桑依旧。刘文西老师从那时起就影响着白水这片土地上一批又一批的艺术家。

羊群、青草、飞鸟；夕阳、黄土、洛河。日子清苦却有着写意的味道，就像窑洞虽破却有着梦想的温度。

九孔窑洞，九载春秋，洛河洗砚天做布，墨池飞出北冥鱼，笔锋杀尽中山兔，刘文西老师对艺术不懈的追求，为白水艺术爱好者点亮了心中的灯塔。

王金多（工笔画家）：快过年了，雪下得大着哩，我和几个爱好画画的朋友，顾不上冻，也不怕路难走，就去拜访刘文西老师。看刘老师的作品，看老师怎么作画，掌握了技法，会少走很多弯路。

穷山沟的娃娃们受到启发，学会了发现美、认识美，体验到了艺术的力量，他们用自己的方式回报着这份恩情。

陈守智：刘老师爱看电影，所以刘老师来才放。

狄家河新修了公路，洛河上也架起了石桥。随着时间的流逝，一些东西在发生着变化，但山还是原来的那座山，河还是原来的那条河，窑洞还是原来的那一孔孔窑洞。在白水人民不变的记忆里，无论冬夏，不管春秋，他那握着画笔的手从来没有停止过，影响着一代又一代白水人对艺术永无止境的追求。

陈守智：有一次，看见刘老师光着膀子画画，那种执着的精神让我刻骨铭心。我病了后还依然坚持画画，就是受刘老师的精神感召。

孙　杰：刘老师非常勤奋，山路不好走，他从未嫌弃，在狄家河写生，一待就是一整天。

刘文西在白水期间，犹如黑暗的夜空中亮起的星火，照亮了白水人对艺术的感知，点燃了白水人对艺术的热情，使他们从洛河之湾步入了艺术的殿堂，走进了他们充满愿景的艺术人生。

成在忍：刘老师对白水书画界的最大影响就是点燃了白水一批书画爱好者的热情，给了他们勇气，让他们对美有了更深刻的认识，从而更加坚定地走上了绘画道路。再加之办学习班，让白水的书画爱好者们掌握了绘画技巧，提升了绘画能力。

《白水县志》记载：西安美术学院狄家河农场从 1971 年到 1975 年期间，在白水举办美术训练班 5 期，提高了业余美术爱好者的艺术素养和表现技巧，促进了白水美术事业的发展。1979 年，美院师生 70 多人，在凉水泉煤矿办阶级教育泥塑展览，参观者甚众，开阔了群众的视野。此后，业余美术活动广泛开展，作者达 350 人。

季节更替，岁月流转，白水大地日新月异，但有些东西不会因时光的流逝而老去，它会像陈年的佳酿般历久弥香。就如同白水人对美院师生的眷恋，经过岁月的打磨，越发的浓郁、悠长。

（2016 年 3 月）

8

汉字寻根　文化探源

同期音：研学团身着汉服齐声朗诵"白水天，彭衙地，仓颉造字感天动地"。

千年文明根，中华汉字源。人文初祖仓颉无疑是白水县最引以为傲的文化符号。如果说，2010年联合国将中文日定在农历二十四节气之一的谷雨，纪念了"中华文字始祖"仓颉造字的贡献；如果说，2014年《仓颉传说》入选国家级非物质文化遗产名录，打开了仓颉文化传播的世界之门的话，那么，《仓颉造字》入选小学课本与仓颉庙研学活动的开展无疑为仓颉文化的弘扬与传承打开了另一扇窗。

2016年11月30日，教育部等11个部门印发《关于推进中小学生研学旅行的意见》。《意见》提出：要将研学旅行纳入中小学教育教学计划。仓颉庙景区根据《意见》要求，结合景区文化特点，开发了写汉字，穿汉服，学礼仪，诵诗书，游圣庙等研学旅行体验项目。

同期音：导游教研学团行进庙礼

仓颉庙，是纪念文字创造者仓颉而建的纪念场所。"自太初有字，于是民族的心灵、祖先的回忆和希望便有了寄托"。据现存西安碑林的《仓颉庙碑》记载：东汉熹平六年（177）

五月，朝廷派皇室宗族、侍御史刘陶按期到千里之外的衙县（即今天的白水县）立祠刊石，并于二十六日举行了祭祀仪式。仓颉庙内明正德七年《重修仓颉庙碑》亦记载：公（仓颉）逝，黄帝敕葬白水东北彭衙城六十里，有庙在焉，建置之初，自黄帝至尧舜历禹汤而宋元，逮我皇明，仓有天下数千载之余矣。千百年来，来这里朝拜者络绎不绝。这进庙礼就成为祭拜仓颉研学团的第一个体验项目。

汉字作为中华民族最宝贵的文化遗产，直到现在一直被世界华人使用，是当今世界上使用率最高的文字，同时也是流传范围最广的文字之一。汉字以中华民族特有的造境方式，绵延不绝流淌成为中国的文化长河，发而为言，著之为文，铸就了巍巍的中华魂魄。来仓颉庙，读鸟迹书、书鸟迹文、追思怀古，感受古老文字的无穷魅力。

古人云：汉服之美谓之华。华是一种气度、一种民族气质和民族精神。仓颉庙内后殿黄帝、尧、舜赐衣的久远壁画，生动地再现了"黄帝、尧、舜垂衣裳而天下治"。汉服一直都被老祖宗视为"国之颜面"。穿上汉服的研学团小朋友们，举手投足间更添彬彬之礼。

同期音：行古礼

着汉服，行古礼。中国素有"礼仪之邦"之称，优良的文明礼仪传统，几千年的灿烂文化，培养了中华民族高尚的道德。而知书达礼，待人以礼，应当是一个人的基本素养。但是随着西方文化的引进，很多人已经淡忘了自己民族的礼仪文化，而这些正需要我们去重新拾起，让更多人去认识和传承。仓颉庙研学活动之"行古礼"，就是通过培养和训练，使其成为人们的行为习惯，进而上升为一种仪式感。

同期音：研学团诵读经典

汉字的魅力，千年传承；读音的风采，万古长青，一笔一画尽显汉字的优美，读音声调展现汉字的律动。"歌咏声，诗言志，舞动容"，研学活动以"寻文化基因、咏中华诗词"为主旨，通过"咏唱诗词、唤起诗词之趣"，使参与者通过诵经典，知礼仪、明荣宠、辨是非、修身心。

身着汉服，行着古礼，与学友相携倘徉于千年仓颉庙之中，在古柏群中诵读经典，挥毫泼墨；在历史古迹中了解汉字文化，体验文字之美；在游览圣庙中尽情学习，体验仓颉文化的智慧、气度与神韵；在行走中不断成长，更加坚定我们的民族自信，文化自信。

"十三五"期间，白水围绕积淀深厚的人文历史资源和得天独厚的自然条件，在全县实施"四区目标、五新蓝图、六大工程"建设。以仓颉庙为中心，计划建设"仓颉庙中华上古文化园"，仓颉庙汉字研学项目将被包括其中。如今，为了更好地服务研学团，在白水县委县政府的领导下，由 14 个部门组成了研学旅行协调领导小组，成立了研学旅行办公室。依托资源优势，利用"仓颉造字"的文化传说、文物古迹和历史典籍打造集传统文化研学教育、华夏文明体验为一体的研学教育旅游基地，建立了可容纳 300 人同时住宿的研学旅行住宿营地，可容纳1000人同时就餐的研学旅行采摘和餐饮营地，全面推进研学旅行工作。截至目前，仓颉庙先后接待了美国、日本、韩国、加拿大、新加坡、台湾、北京、上海等国内外研学团队上万人。

　　"古柏千年秀，庙堂文字香，残碑垂伟业，山水共流芳。"加入仓颉研学，感受字都魅力。

（2017年10月）

在路上
——白水县践行党的群众路线教育实践活动记录

"知屋漏者在宇下，知政失者在草野。"让群众满意是我们党做好一切工作的价值取向和根本标准，群众意见是一把最好的尺子。

从盎然春天到宜人金秋，仓颉故里，一股热潮激荡人心，一种力量磅礴凝聚。全县党员开始了一场永葆青春活力的时代"大考"，一场植根群众、筑梦先锋的思想洗礼。

3月25日，党的群众路线教育实践活动培训会的召开，吹响了白水群众路线教育实践活动的嘹亮号角。

这是一次扫作风之弊、清行为之垢的专项整治行动，这是一种抓铁有痕、踏石留印的作风锤炼，这是一场激荡思想、净化心灵的精神洗礼。

群众路线教育实践活动开展以来，白水县各单位各部门，自上而下向"四风"问题切实亮剑，以"为民、务实、清廉"为主题，以"三严三实"为镜子，以千名干部"结亲连心入万户，扶弱帮困惠万民"活动为载体，开展了"力行真改，从我做起，当好标杆，向我看齐"活动，坚持边学边改，即知即改，力行真改。通过多样的活动，广大党员、干部精神上补了"钙",进一步认识到人民是历史的创造者,各级干部无论职位高低都是人民公仆,必须全心全意为人民服务;进一步增进了同群众的感情,拉近了同群众的距离,增强了同群众一块过、一块苦、一块干的自觉性;进一步掌握了贯彻群众路线的工作方法,看到了在联系服务群众中的差距,增强了做好群众思想工作的本领。

从学习教育、听取意见到查摆问题、开展批评,再到整改落实、建章立制,白水群众路线教育实践活动经历了三个阶段。由全县统一部署、梯次展开,专题民主生活会自上而下、压茬进行。

片花加字幕:"第一阶段:学习教育、听取意见"
同期音:县上领导赴延安现场学习(镜头数秒)

革命历史是最好的营养剂。红色延安是革命的课堂,也是群众路线教育实践活动的课堂!中国共产党在这里留下感天动地的红色传说。今年三月,县委书记叶珺带领全体县级领导干部赴革命圣地延安进行现场学习。白天听课,晚上自学,十来天的封闭式学习,凝聚了力量,洗涤了灵魂。

某县级领导:再回课堂集中接受学习,不仅是一次重温,一次深化,更是一次洗涤,一次力量的积蓄。

在县级领导的带领下,白天干、晚上学,周内干、周末学,利用报纸、电视、网络、手机随时学成为白水党政领导及干部职工们的学习常态。各乡镇、各单位、各部门结合自身实际工作,有的办起了夜校,有的制作了专栏,有的组织观看影片,有的开展学习体会征文。"果乡大讲堂""白水大讲坛月讲堂"课程的开设，"党员干部读书月"活动的推行，促进了大家常交流、勤研讨。形式多样的学习活动，打牢了贯彻群众路线、改进作风的思想基础。

某基层党员：以前也组织学习，但这次不同往日，这次的学习是触痛灵魂的学习。

深入各镇、村，了解群众生产生活中遇到的实际困难和问题，听取来自基层的意见，把活动开展的过程转变成了提高认识、找准问题的过程。五个月的时间里，利用登门拜访、发放征求意见函、开展谈心谈话、集中走访调研、召开座谈会等方式，广泛征求各方面的意见建议。将根扎牢在基层，摸实情，与群众面对面、心贴心地交流。无论是农家小院还是田间地头，都留下了党员干部访贫问困的身影；无论是烈日炎炎还是秋雨绵绵，都留下了党员干部查灾救急的背影。

片花加字幕："第二阶段：查摆问题、开展批评"

同期音：部门及乡镇的民主生活会（镜头数秒）

查摆问题、开展批评，是党的群众路线教育实践活动中承上启下的关键环节，利用专题民主生活会，各乡镇、各单位、各部门班子成员以整风精神开展批评与自我批评。从世界观、人生观、价值观上找病根，从政绩观、权力观、地位观上找原因，以割毒瘤的勇气向自己开刀，直面问题，没有了敲边鼓、绕弯子、兜圈子。

某部门一把手：提出的意见有的比较尖锐时，自己感觉都快坐不住了，但也让自己重新进行自我审视与反省，是非常有利于自我促进与成长的"出汗"行为。

查摆"四风"问题要"准"，自我剖析要"透"，相互谈心要"诚"，批评与自我批评要"真"，通过"准、透、诚、真"，彻底改变工作作风。

今年三月初，县上选派100名干部挂职村"第一书记"；六月中旬，又选拔100名"蹲苗"干部赴基层，要求及时解决村级发展中存在的困难和问题。苏勇就是其中之一，被选派到冯雷镇南乾村任"第一书记"。以前在单位很少与基层群众打交道的他，如今吃在村里，住在村里，帮村民进行美丽乡村建设，积极为村民争取资金修路，与村民俨然成了一家人。朝夕相处的日日夜夜，让他深刻明白了县上将选拔"第一书记"入户惠民，作为贯彻落实党的群众路线教育实践活动这一重要举措的真实用意！

第一书记：脚踩泥土才能感知群众冷暖，用真心换真心，用真情换真情，只要自己一心为群众着想，哪怕是一件小事，老百姓也能记在心上。

"结亲连心入万户，扶弱帮困惠万民"是我县在群众路线教育实践活动中的又一举措。通过这一举措，各包联帮扶部门为群众办实事、出实效，既方便了群众，又赢得了民心！

党文哲（南张村党支部书记）：叶书记13次去南张，修U型渠，硬化村道，群众反映和书记的距离近了，感情深了。

片花加字幕："第三阶段：整改落实、建章立制"

为了把整改措施落到实处，白水坚持第一茬次抓县委常委，第二茬次抓镇和部门负责人，第三茬次抓支部书记，形成一级带一级，一级抓一级的机制，明确改什么，理清怎么改，确保改到位，让群众更满意！

简政放权，审批"瘦身"，把该放的都放掉。目前，我县保留行政审批事项 194 项，取消 144 项，向社会中介组织转移 29 项，向全县 10 个乡镇下放行政审批权限 34 项，涉及 13 个部门。建立县级办证大厅 1 个、镇级便民服务中心 10 个、村级便民服务室 193 个、社区便民服务室 8 个。

某办事群众：办事又热情又方便，好。

群众路线教育实践活动开展过程中，我县对文山会海、检查评比泛滥，办事盖章门难进、脸难看、事难办和办事效率低下，对违反财经纪律，公款送礼、公款吃喝、奢侈浪费，公车私用、人浮于事、在岗不在位、在位不尽职现象及"三公"经费开支过大、"形象工程"、"政绩工程"等整治重点，下猛药，出重拳，一项一项整治。截至目前，县级 4 大班子共整改问题 118 条。据相关部门统计，九月底，全县部门预算和"三公"经费预算已全面公开，共支出 1000 万元，较上年同期减少了 32.7%；公务接待与去年同期相比减少 200 余人，接待经费下降 35%。上半年，共清理超标办公用房 37 间，面积 1032 平方米。（数据来源于白水县委、县政府提供资料）

从春走到秋，白水群众路线教育实践活动取得的成绩是有目共睹的，"四风"得以有效遏制，党员干部作风明显改进，政风民风持续好转，一大批群众反映强烈的突出问题得到解决，一系列为民务实清廉的长效机制得以确立。白水群众路线教育实践活动取得的新成效正汇聚起巨大的正能量，为全县凝心聚力推动改革与发展注入强大的动力。

（2014 年 10 月）

醉美林皋湖

上善若水，厚德如山。

这是一座脚踏黄土、三山环绕、两水滋润的美丽城市。

这是一座古老、神奇，而又充满活力、诗意的美好家园。

白水，古作阳武、彭衙，秦孝公十二年（前350），始置白水县。

"千年汉字源，文明人之初"就是这个占国土面积近万分之一的地方，古先圣先贤们创造出了光耀千古、源远流长的文明。如果说仓颉造字，杜康造酒，雷祥造瓷，蔡伦造纸，西陵制衣，下河遗址，永垣陵、魏长城留给这里的是古老文明的印记，那方山绿浪，林皋碧波，则是人为创造的奇迹。

林皋湖由林皋河、白石河汇聚而成，水面140多万平方米，总库容3300万立方米，20世纪六七十年代国家兴修水利工程，白水县各镇出人出力在林皋村底沟壑中凭借天然地理开挖、堵填，形成今天的"林皋湖"。

依托林皋湖而建设的林皋湖国际慢城旅游景区地处全国重点镇、省级文化旅游名镇——林皋镇，东与本县杜康镇、尧禾镇相连，南与蒲城县高阳镇、铜川市高楼河接壤，西与本县云台镇相邻，北与宜君县棋盘镇相交，白云、白铜公路横穿而过，是白水通往铜川的咽喉要道，白林公路纵贯全镇，305省道从境内通过。建设中的合凤高速从林皋湖北侧穿过，并在此设有互通口，大大提升了林皋湖对外交通的便捷性。高速通车后，距西安103公里，1.5小时内可驱车到西安市，属于西安近程旅游范围。

"天地常潴水，地气回如秋。最爱禽飞处，山云淡欲收。"

林皋湖国际慢城旅游景区犹如一颗碧绿的宝石镶嵌在我国西北黄土台塬。这里绿树成荫、水草丰美，岸芷汀兰、百鸟争鸣，是国家Ⅰ级重点保护动物黑鹳的重要栖息地，被命名为国家级湿地公园，荣获陕西十大魅力湖泊；在年降雨量不到600毫米的渭北黄土台塬与陕北高原的过渡地带，其生态区位也就显得尤为重要。

一湖一库区、两河一上游，是林皋湖国际慢城地理特色，湾头湿地、沟谷崖坡、山顶台地，形成"山、水、田、林"四大景观要素。以白水河水系为依托，"十三五"期间，白水县委、县政府提出四区目标，着力打造渭北生态旅游区，实施林皋湖国际慢城建设项目。目前已对风景区范围做了初步界定，以水利风景区建设和保护为基础，开始致力于发展生态休闲、文化体验、环保型游乐度假等功能业态，以实现生态旅游发展升级。

林皋湖国际慢城建设项目一经提出，立刻得到了当地政府和群众的大力支持，周边居民对该项目的支持率高达100%。游客服务中心、入口景观文化广场、沿湖栈道、水上乐园、山地跑马场、游船码头、房车营地、山庄酒店、云台山至方山旅游道路、云台山云梦湖这10个项目已经动工。规划中的17个区域：文化景观区、山林休闲区、儿童乐园区、农家风情区、湿地保护区、山林修复区、果园山庄区、亲水休闲区、苹果小镇区、养生修身区、渔家桃源区、山林保护区、文人墨客区、跑马娱乐区、山水乐园区、房车营地区、古战场体验区正在积极筹备中。

林皋湖国际慢城西端的小山岗上布置有座方亭，名"望西亭"，西望"千斤川"，东观林皋湖；古堡台，利用遗留的古城堡空间，设置玻璃观景台，仰韶遗迹尽收眼底；除此之外，还有观戏楼、林皋阁、林铜塔矗立于连绵起伏的山峦高点，串联湖区景点，与湖区入口遥相呼应。

走进正在建设中的林皋湖国际慢城，湖光山色相得益彰。大沙滩、五柳园、情人岛、咖啡店、采摘园、农家乐，置身于湖区，只觉阳光温润，岁月静好。或骑行于大道，或步行于沙滩，或静坐于堤岸，品茶聊天于绿荫下，观鸟赏花于荷塘边，看波光倒映，尝农家美味，体深邃高远，感古老厚重。兴之所至，可亲历彭衙之战之酣畅；吟诗作赋，感古往今来之变迁。眼随脚步慢慢挪移，心随景物渐渐沉淀，舌尖在美食的撩拨下，也被唤醒起原始的记忆。慢、木、湖、土、新成为林皋湖国际慢城最显著的特色！

山清水秀，居于此心旷神怡；产业蓬勃，长于斯风生水起。沙滩、鸟鸣、芦苇、荷塘，晨曦晚霞，临湖凝望，远山近水，四野果乡。林皋湖国际慢城旅游景区正以她的独特性、休闲性、便捷性、体验性，在白水这方诗意的栖居地书写新的传奇。

（2017 年 7 月）

走近白水河之奇秀云梦

踏历史足迹，探文明起源，访两岸风情，寻心灵家园。观众朋友们大家好，由白水县电视台携手白水县水务局共同打造的大型系列专题片《走近白水河》，今天带您走进的是位于铜川市宜君县城南 40 公里处的云梦山。据《白水县志》记载，白水河的源头就在此山中。但具体身处何处，今天我们就去找找看。

清晨，当第一缕阳光穿透浓密的枝叶洒向大地，小鸟开始婉转鸣啼时，云梦山醒了。云梦山林木繁茂，奇花遍地，异草送香，终年云缠雾绕，当年鬼谷子王诩途经此地，认为这里便是人间之仙山，梦中之所在，遂起名"云梦山"。

据说，鬼谷子当年就是在这里收徒，授课。他亲自开凿的七星洞，被称为"中国第一古军校"。翻开历史的画卷，孙膑、庞涓、毛遂、苏秦、张仪，这一串串名字记录的战国硝烟，如今已经烟消云散，历史的脚步走到今天，许多事情都已经物换星移，但，云梦山依然还是原来的那座，那已经流经千年的白水河源头到底隐身何处呢？

记者：这位是我们的向导宁书荣老师，他在云梦山已经待了 30 余年，是这里的文管员，对这里的一草一木都非常熟悉。

记者：宁老师您好！您能给我们介绍一下云梦山的水源都在哪里吗？

向导：云梦山的水源有 3 处，广场南边公路下面 50 米有一处，广场西边靠近山与山的夹缝中有一处山泉水，这是两个，然后咱们云梦山后边有一个山泉，这水归入棋盘河，从棋盘再归入洛河，前面两个流入王河，最后归入白水河。

记者：原来是这样的！我们《白水县志》记载说白水河的源头就在云梦山中。

向导：是有这么个说法。

记者：那您能带我们去吗？

初秋的季节，在云梦山里行走，还是非常惬意的，绿荫蔽日，凉风习习，这里的大树以松柏、核桃、橡树为主，和我们白水云台山的树种大同小异，而且两山都以"云"字为名，因此，云台山也被称为云梦山的姊妹山。

云梦山与云台山相距不到 15 公里。晴天的午后，站在云梦山山顶向东北瞭望，可以清晰地看见云台山主峰。云梦山西北高东南低，主峰高 1500 余米，它横亘于陕北关中之交的东西山岭，北临桥山黄陵圣地，东接白水文字之祖仓颉庙，西望周兴之原岐麟，南过金锁便入八百里秦川。

记者：宁老师，咱们云梦山的山路一直都这么崎岖吗？

向导：这个山路过去比较好走一些，现在人走的次数少了，这个路没有原来的路好走了。

记者：我看这路一样，都是坑坑注注，挺难走的。

向导：吃水人都从这往上担哩。

记者：这水不经过过滤，直接就是饮用水？

向导：就是山泉水。

据《白水县志》记载，白水河发源于宜君县云梦山南麓，谷深壑幽，云环雾绕，林密树茂，层峦叠翠，森林覆盖率达到91%以上，山里分布着丰富的动植物资源。站在山顶极目四望，云梦山犹如藏在山中的兰花，随着微风吹拂给人带来一股想忘也忘不掉的幽香。

邹远军（当地群众）：树木之类的有几百种哩，有些咱还叫不上来名字。动物也不少哩，有鹿，有獾，还有野猪。这玉米一种，秋野猪也多了。最近不是玉米也种下了嘛，野猪跑到村里，人们逮了小野猪，还养着哩。周围这树有核桃树、橡树，还有刺槐等树，也不少哩。

记者：这块有，我看见了。

记者：这一处的水源已经是白水河的源头之一了，是吧？

向导：这个水现在还能看见。

向导：这是白水河的源头之一。这里原来是一个自然形状的，修景区的时候，把这儿人为地保护起来，修了一个蓄水池，这个蓄水池是在广场的南边，广场的西边还有一个蓄水池。那个是自然形状的，也是原生态的。这两个泉水流向东南方向，流到王家河，从王家河再向东南就流入白水河。

记者：就是这水。这水一直往东流，就流到我们白水河了。

记者：几经周折，我们终于寻觅到了泉水的芳踪，我脚下的这潭泉水就是云梦仙泉，无论是干旱，还是雨涝，这里的泉水都是源源不断，汩汩流淌。

都说静水流深，我们现在看到的云梦仙泉，虽然只有一方小孔，但是她下面有 4 米多深，而且能装 10 方（10 立方米）左右的水。她也只是白水河的源头之一，下面我们还要继续寻觅，找到白水河的其他源头。

宁书荣（向导）：这个泉水只是白水河的源头之一，还有一股泉水，两个合起来才是白水河的源头。

同期音：继续行进

记者：我们要找的白水河的另一个源头离这儿远吗？

向导：不远也不算近，就在前面。

记者：就是那块有核桃树的地方吗？

向导：就在核桃树的下边。

记者：大概有多少里路呢？

向导：大概有不到 1 公里路的样子。

记者：好，那咱们继续。

记者：这块路不太好走。

向导：羊肠小道吗？

记者：有点儿滑。

向导：行走艰难，要小心。

这里的山路非常难走，而且荆棘遍布，一不小心就会跌倒，所以我们找寻白水河源头的过程异常艰辛。

水无山则不灵，山无水则不秀，云梦山是一座灵秀的大山，但她的水源到底在哪儿呢？现在我们已经行走了1公里多的山路了，我好像都能听到泉水叮咚作响的声音，但却只闻其声，不见其形，所以我们还要继续寻觅。

记者：云梦山的水就是从那边流到这里吗？

村民：就是从这沟里出来的水，就在前面。

记者：就在下面，这块。

村民：就是这里。

记者：下雨的时候这水能到哪里呢？

村民：能到这一块。

记者：比现在的能多一半？

村民：比现在能多一半。

记者：这个水从上面流下来，然后聚成一个小坝，然后再流下去。流到下面去，又流到哪里呢？

村民：顺着河渠，一起就顺着流下去了。

记者：这泉水也是流到下游灰嘴河吗？

村民：那边有一个大坑，流到那里。

记者：这水看起来非常清澈。你小心点！

村民：这底下人不多了，都搬迁到上面去了……

张玉珍：（灰嘴村村民）

记者：泉水是从上面流下来的吗？

村民：就是从这沟沟里流下来的。

记者：那为啥我现在看不到（往下流）呢？

村民：现在天旱了，天旱没水就看不见了。原来这天涝的时候水流得多么大，这路上都是水。

记者：就是说泉水流下来如果水大的时候，已经漫过这个土路了。

村民：水大时，这脚底都是水。

记者：脚底下也都是水，然后就一直流到下游去了。

青山不墨千秋画，流水无弦万古琴。虽然路途艰难，但当看到这股清泉的时候，心里的激动可想而知，这就是《白水县志》中记载的白水河另外一处源头。她和我们刚才看到的云梦仙泉一起流入下游的灰嘴河。

记者：宁老师，我们脚底下这条河就是灰嘴河？

向导：这条河叫灰嘴河，灰嘴河水来源于云梦仙泉和灰嘴河村的山泉水，这条河的水流向东南汇入白水河。

记者：就是说这条河就是白水河的源头。它为什么叫灰嘴河呢？

向导：因为上面有个村子叫灰嘴村，灰嘴村的河流下来以灰嘴村为名，所以叫作灰嘴河。

记者：应该是河水早于村庄形成的吧！

向导：哪里有村庄，哪里就有名字；哪里有河水，那这个河水就是根据村庄名字而来的。

灰嘴河水沿着灰嘴村流向紧邻的王家村，继续蜿蜒向东，最终汇入了白水河。

我脚底下的这条河流就是宁老师告诉我们的灰嘴河，云梦山南麓所有的泉眼流出的泉水都汇聚于此。这清澈的泉水静静地流淌于山林之间，然后又缓缓地向东流入了白水河，她们不仅滋润着云梦山，而且哺育着白水世世代代的儿女们，成为白水人的思乡载体和共同的记忆。好了，找到白水河的源头，我们这次的云梦之行就宣告结束了。在下期节目中，我们将沿着白水河足迹继续前行。

（2015 年 7 月）

走近白水河之惠泽四河

　　踏历史足迹，探文明起源，访两岸风情，寻心灵家园。观众朋友们，大家好，由白水县电视台携手白水县水务局共同打造的大型系列专题片《走近白水河》，今天带您走进的是白水河流域的西固段。20 世纪 80 年代在西固镇的下河西村，考古学家发现了仰韶时期和龙山时期的文化遗址，这一发现在当时的考古界引起了巨大反响，2014 年下河西遗址被确定为国家第 7 批重点文物保护单位。今天就让我们一起沿着白水河的足迹去揭开那段被封存的历史。

　　他叫王印芳，是下河西遗址的文保员，从下河西遗址发掘到现在，他一直走在保护遗址的道路上。

　　记者：王师傅您好，我看这面墙上的泥土和上面那个颜色不一样，这块泛青是怎么回事？

　　王印芳：这是老河槽底子，老河槽底子淀下的那个淤泥。

　　记者：白水河的古河道在这里？

　　王印芳：古河道在这里，没有这个淤泥，就说明不了这个古河道在这里。

　　记者：这是古河道沉淀下来的淤泥，和咱们吃窖水掏窖时的淤泥是一样的。

　　王印芳：是一样的，对着哩！

记者：这个就是咱们白水河最古老的见证。

王印芳：最古老的见证，对着哩！

记者：我看咱们现在的白水河好像距离这里有30多米呢，这是怎么回事？

王印芳：这是因为水土流失，一年涨河发大水，水土流失造成河槽降低了30多米。

记者：河水不停地冲刷，就形成了现在白水河的样子。

王印芳：啊，对着哩！

记者：有水的地方都有人居住，那么咱们这一块是不是也有人居住呢？

王印芳：有水的地方就有人，2005年，考古队在这里开采的时候发现了一个龙山遗址，一个仰韶遗址。7000多年前在这里就居住过原始人，大部落在下河西遗址上。

记者：那就是说在咱们现在的这个地方，白水河流域这一块有远古先民曾在这里居住。

王印芳：远古先民在这里居住，对着哩！

记者：咱们那个遗址在哪里呢？

王印芳：遗址在这西边，从西边上去就能看到。

记者：那您能带我们去看一下远古时期的那块遗址吗？

王印芳：能，走！

记者：您小心点。

下河西遗址位于下河西村西侧，遗址分布范围略呈长方形，东西约1000米、南北约1500米，面积约达150万平方米，地势呈缓坡状，东高西低，现修为阶梯状耕地。

大家现在看到的这一大片麦田就是下河西遗址所处的位置，考古学家就是在这里发现了仰韶时期的最大房址和龙山时期的瓮棺葬群。我们现在看不到这些遗址，是因为考古学家为了保护它们，对这里进行了回填和恢复。走在这片麦田里，随手捡起的一片瓦片就有五六千年的历史。

　　记者：王师傅您好，那么当初的这个下河西遗址是怎么发现的呢？

　　王印芳：1988 年文物普查发现的这个遗址，之后是 2005 年开采这个，北边是龙山文化，南边是仰韶（文化）。北边的龙山文化瓮棺葬群在全国是评到第一位的，再一个就是仰韶文化，仰韶文化房址在全国是最大的，480 多平方米，灶坑也是中华第一灶，白灰发源地也是在这里，原始人在这里居住，原来咱北边一过河全部是大森林。

　　记者：那就是说当时考古队是在这里发现了龙山时期和仰韶时期的文化，分别发现了最大的瓮棺葬群，还有最大房址、最大的灶坑，是吧？而且还发现了您刚才说的石灰石。

　　王印芳：啊！白灰的发源地是在这里。

　　记者：那么这些先民为什么选择在这里呢？当时他们大概有多少人居住呢？在这个地方。

　　王印芳：现在在这里居住的有 100 多户人，原始社会在这里居住的有 250 多户人哩。

　　记者：下河西遗址发现当时先民比现在下河西村住的人要多得多。

　　王印芳：是多得多，对着哩！

记者：那么他们为什么要选择这片地方呢？

王印芳：因为白水河流域是近水，再往北是大森林，往南还是大森林，所以选择居住在这里。人不管在哪里居住，他们是要以水为生活的。

记者：先民是绕着白水河居住的，那我们现在还能看到这些遗址吗？

王印芳：能看到啊！下边还有。

记者：啊！除了考古队现在掩埋的这些，还有发现的？

王印芳：还有没开采的房址，那白灰面还在外边露着哩！

记者：那您带我们去看一下。

王印芳：行。

记者：王师傅，这里就是您刚才给我们介绍的那个房址？

王印芳：这是原始社会的房址，仰韶时期的房址，你看这白灰面有多厚，这是料浆石烧制的，这是原始人做饭的灶坑，冬季取暖他们也是在这里。

记者：您看这个土层和上边土层颜色不一样，这是红色的。

王印芳：这是红烧土和火烧土。

记者：这就证明原始人当时在这里。

王印芳：吃饭，以及冬季取暖用火。

记者：下面就是房址的石灰石地面。

王印芳：因为这个白灰，原始人也知道用它隔潮气，人不受潮。

记者：需要隔潮气，因为都是在土地上直接居住的。我看那一片，好像特别光滑，那是什么？

王印芳：这是窑壁，这个房子的宽度就到这里。

记者：好像和咱们现在那个墙壁一样。

王印芳：啊！是一样的。

记者：我看这一片好像都是处理过的地面。

王印芳：从这里过去要12米哩，12米，这还是个大房子。

记者：那咱们走一下看能有几步。1、2、3、4、5、6、7、8、9、10、11、12、13、14，大概到这里，我走了14步，这就是他们房子的宽度。

王印芳：宽度12米，对着哩！

记者：这块好像比那边厚度能窄一点。

王印芳：这边能薄一点，那边能厚一点。

记者：这块也是陶土，红色的。

王印芳：这是红色的陶土，可能是这房子一大，有两个灶坑，它住的人多，这边还是个灶坑。

记者：就是说先民是聚居在这一个大房子里，因为一个地方做饭不够，然后又找了一个地方，所以一个房子有两个灶坑。

王印芳：两个灶坑，它是取暖哩。你看这，这就是仰韶文化时期的尖嘴瓶。尖嘴瓶片子，这是仰韶文化时期的。拿这个房址和陶片就说明了这是仰韶时期的。

记者：是仰韶时期的。

王印芳：仰韶时期的地面都是白灰火烧地面，地面都是用火烧过的。

记者：都是经过处理的。

王印芳：是，隔潮哩！

记者：仰韶文化距今有六七千年了吧。

王印芳：7000多年了。

记者：7000多年前，咱们的先民就是在白水河的这片流域居住。

王印芳：对着哩！

从下河西遗址所挖掘出的大量的房址和瓮棺葬群可以发现，白水河流域居住的先民们，是一个庞大的聚落，他们聚居在一起，狩猎、制陶。在下河西这片广阔的土地上，创造了仰韶、龙山时期的灿烂文明，孕育了中国文化艺术的起源。

结束了下河西遗址的探索，沿着白水河继续往下走，大约2500米的路程，就到了白水河下游的王河村。

我现在所处的位置是白水河的王河段，昔日宁静的白水河因为连日来的秋雨已经涨至岸边的河滩上，那么生活在附近的王河村民又与这条朝夕相伴的河水有着怎样的故事？下期节目将带您一起寻找答案。

（2015年8月）

走近白水河之千水归洛

踏历史足迹，探文明起源，访两岸风情，寻心灵家园。观众朋友们大家好，由白水县电视台携手白水县水务局共同打造的大型系列专题片《走近白水河》，今天带您走进的是白水河的最下游窑窖鹤段。

窑窖鹤河得名于附近的窑窖鹤村。窑窖鹤村是一个古老的村子。这里的人们散居于窑窖鹤河的两岸，是人们口中的大村落。

高民生（西固镇文化站站长、文史研究会秘书长）：据老人相传，在明末清初，窑窖鹤村里面聚集了一部分天主教民，后来由于饥荒和瘟疫，他们迁徙到现在的阿文村，阿文村在清朝县志上记载的是阿门村，所以"窑窖鹤"这个村名一直就从过去沿用到现在。

白水河从上游的故现水库途径窑窖鹤村，再流经蒲城境内，最后在蒲、白、澄三县交界之地汇聚于洛河，这一段距离在地质上被命名为白水大峡谷。峡谷两侧是形状各异的青石和高低不等的灌木，青石斑斑是河水冲刷过的痕迹，还有只有在近水处才能看到的水蜗牛。改革开放前，这里还是白水的工业基地。

记者：在白水大峡谷附近，当年建了很多厂？

高民生：在改革开放前，由于白水大峡谷矿产资源丰富，比方说这里有铝矿石、铁矿石，当年还有陶土，还有风化煤。咱白水当时在这里建的厂有陶瓷东厂、大钢厂，还有铁厂和硫黄矿。

记者：在这里建厂是不是因为这里水资源丰富呢？

高民生：这里水资源丰富，交通也比较发达，因为这个地方东通澄县、合阳，南通蒲城，是交通枢纽。

西固村的孙义荣老人今年已经是 72 岁高龄了，他不仅是白水县的文保员，还是西固镇文史研究会会员。在他的记忆里，白水河水清且深，两岸峡谷巍峨峻拔。

孙义荣（白水县文保员）：山势确实很雄伟，应该说是白水河下游最重要的一个风景地，当年岩石壁立千仞，河床是很平整的，全部是拿石头铺的，没有现在这个冲刷留下的淤泥。

记者：河水到哪里呢？

孙义荣：这个就是水位最低时的河水，最低的时候从这边到那边，从这个石头上可以看出，上面七八米处是几万年、几千年前发洪水的痕迹。

记者：您当时看到的河水是到这里？

孙义荣：我见到的河水当时就到这里。

记者：大概有几米深？

孙义荣：深浅不一，有的下游有两米多深，最浅也有 1.5 米深，根据河床宽窄算这个水量。

我现在就站在白水河下游的河道上，这里被叫作白水大峡谷，两岸青山上怪石林立，再多走几步就是蒲城和白水的交界处。我脚下本应该是汩汩而流的河水，但因为上游故现水库的拦截，这里的河水已经完全干涸，只有在多雨的季节才能看到河水的踪迹，两岸的芦苇就是见证。

记者：我们脚下这窨窨鹤河干枯了多久呢？

高荣军（西古镇文史研究会会员）：窨窨鹤河大概干了半年多了。

记者：为什么干了这么久呢？

高荣军：今年是天气比较旱一点，故现水库上游的群众灌溉，把水用了。

记者：那往年是什么样子呢？

高荣军：往年正常的话，河床就是三五米宽，水深有个三五十厘米，我小时候就是在这河床里，没事叫几个伙计来逮螃蟹、捉泥鳅。

记者：您经常来这里吗？

高荣军：经常。

沿着河道，穿梭于白水大峡谷，由西向东行至白水与蒲城的交界处，会看到左边的石料厂和右边的牛仙洞，两者之间形成鲜明的对比，不禁让我停住了脚步。牛仙洞就像一位沧桑的老人，安静地看着对面石料厂的嘈杂繁华和脚下白水河的荣与枯。

记者：这里为什么要叫牛仙洞呢？

高荣军：这是咱白水河的下游，是当年老子骑青牛路过此地，得道成仙的地方。后人为纪念他，在这里造了他和青牛的塑像。这在明朝万历年间还翻修了一次，旁边的摩崖石刻上记录了当年的情况。

记者：那您能带我们去看一下吗？

高荣军：行。

记者：这里感觉特别窄，只能容一个人过去。

高荣军：这是当年给老子上香的地方，当时上香的人特别多，你看香火把石壁都熏得特别黑。

记者：都是黑乎乎的。

记者：这里就是摩崖石刻？

高荣军：这里就是牛仙洞的摩崖石刻。当年在明朝的时候，牛仙洞属于咱白水县，摩崖石刻记载着大明国西安府华州蒲城县和同州白水县。

记者：这说的就是咱们白水县在明朝的时候隶属于同州，也就是现在的大荔，是吗？

高荣军：对。这个摩崖石刻刻的时间在这里写着，万历三十五年（1608）六月初五，这是当年几个村子把牛仙洞维修以后刻的记事。

记者：我看到上面有雷村生员，这是参与修葺牛仙洞的一些记录。

离开牛仙洞，沿着河道再走 3 公里，就到了白水河的入河口。

赶在日落前，我们终于来到了白水河和洛河的交汇处。白水河从云梦开始发端，途径 2 市 3 县 75 公里，最终汇入了渭河的最大支流——洛河。站在洛河边上，看着缓缓流淌的洛河水，想起走过白水河的那些日子，我的心里充满了深深的感动。白水河走过宁静，走过崎岖，最终选择了博大，她用生命孕育着生活在这片土地上的人们。白水河是一条母亲河，是一条绿色的河，是一条发展中的河，她将带着 30 万白水儿女的梦想一路向东，流向远方。

　　大型系列专题片《走近白水河》，历经 5 个月的拍摄，到此就全部结束了，感谢您的收看，再会。

（2015 年 9 月）

当代中国，有一项事关国计民生的南水北调工程，举世瞩目。在渭北黄土高原，也有这么一项水利工程，被广大干部群众亲切地称之为"北水南调工程"。它就是白水县"引石入白"供水工程！

梦之水

——白水县引石入白供水工程侧记

有位诗人说："梦想是一篇壮丽史诗的序曲。"引石入白，就是将位于白水北部洛川境内石堡川水库的水引至白水县城。该工程总投资 2.43 亿元，2013 年初，工程开始前期规划，计划到 2015 年底竣工。一期工程铺设直径 1 米，总长 39 公里的输水管网；二期工程在南彭衙、刘家卓建设 35 万吨大型蓄水池、4.5 万立方米净水厂各 1 座。这项工程完成后，日最高供水量可达 7 万立方米，可保证白水县数万居民 10 年内的基本用水，同时可保证沿途近万亩果园的灌溉用水。这是对我们缺水的白水县来说是一项具有深远意义的"定心丸"工程、是白水县有史以来投资量最大的一项水利工程、是一项把"不敢想"变成了现实的奇迹工程，是一项利在当代、功载史册的民生工程。

县城水忧

　　白水是一方古老而神奇的沃土，是华夏文明的发源地之一，也是文祖仓颉故里，更是驰名中外的苹果之乡。然而，在这块底蕴浑厚的土地上繁衍的果乡儿女却有着先天之忧。白水县地处关中东部严重贫水区，人均水资源占有量仅 165 立方米，是全省平均水平的 1/8。年均降雨量 577 毫米，城区缺水、乡村缺水、农业缺水、工业缺水……水，成为制约县域经济的主要因素。

　　特别是近年来，随着城市框架的迅速扩大与城区人口的急剧增长，导致缺水问题更加突出，形势更加严峻。城区日均用水量 1.1 万立方米，夏季高峰期达 1.5 万立方米，与 5 年前相比，翻了 1 倍。为了保证城区 24 小时不间断供水，县自来水公司殚精竭虑，克难攻坚，先后打配深井 11 口，购买供水井 12 口，加上杜康泉形成的杜康沟、大洼底和耀卓 3 个水源地，日供水能力达到 1.6 万立方米。但遇干旱时节，河道断流，地下水位大幅下降，供水能力也会随之锐减，最严重时日供水缺口达六七千立方米，停水甚至断水现象时有发生，群众颇有微词。

　　用水户：正洗衣服时没水了，只得停下来去上班，上班回来打开看有水没水，有水了洗，没水了就又放着。

　　用水户：5 楼经常都没水，人就是有卫生间啥都不能用，经常就是衣服放到家洗不了，要拿到别人家，如 1 楼的人家、独院的地方去洗。

按照县"十二五"发展规划，2015 年末，城区面积将扩大到 10 平方公里以上，人口将增长到 9 万以上，预计日用水量将达到 2 万立方米。水资源紧缺，成为城区居民正常生活、经济社会可持续发展、新型工业化和城镇化建设的制约因素。善治白者先治水，解决城区供水，迫在眉睫，时不我待。

决断水策

解决城区供水问题，水源是关键。白水县境内水资源可用量仅仅 2670 万立方米，远远不足。

县委、县政府高度重视，多次召开专题会议研究讨论。如何破解这一难题，白水县自来水公司一班人，忧县忧民，筑梦于水，建功于水，反复论证，将目光锁定在白水北部的石堡川水库，提出了一个当时许多人连想都不敢想的北水南调工程方案。石堡川水库又名友谊水库，是 20 世纪 70 年代白澄两县投劳 10 余万人、历时 8 年建设的渭南市最大的中型水库。水库总库容 6375 万立方米，近年蓄水量稳定保持在 5000 万立方米以上。水库流域植被覆盖率 70% 以上，水质优良，达到国家地表水 1 级标准，完全符合饮用水指标，可以作为城市供水的稳定水源。

县委、县政府果断决策，克难攻坚，引石入白。工程估算总投资高达 2.43 亿元，这笔巨款如何解决？"群众的需要，就是我们的职责，关系民生的大事，再难也要干"。为了迅速启动这一项目，县委、县政府高度重视，将其列为县重点民生工程和重点保护工程，成立了工程建设指挥部，由县长担任总指挥，相关县级领导担任指挥，县财政局、水务局负责人任副指挥，县经发、国土、监察、公安和政府办等 12 个部门负责人及沿线各乡镇镇长为成员。指挥部下设办公室，由县委、县政府直接领导，并由自来水公司负责人兼任办公室主任。办公室选聘精兵强将，成立了综合协调、财务资料、工程管理、安全保卫等科室。

引石入白办事处满俊杰主任多次上市、进省、赴京，和各级多个部门对接联系，历时半年，终于在国家发改委立项。

该工程由沈阳市政工程设计研究院和北京卓远天成环境工程技术有限责任公司进行初设。工程建设地形复杂多变，勘察、可行性研究和设计工作异常困难。2012 年冬到 2013 年初，白水天寒地冻，地貌复杂，在艰苦的条件下，技术人员冒着严寒，跋山涉水、披荆斩棘、凿石开路、放线打桩，受尽了艰难。

曹俊峰（"引石入白"项目经理）：最初接到任务就感觉到在咱这施工是相当艰辛的，但是项目部所有人员没有被困难吓倒，这 1 个多月时间一直在现场，可以说一直在山里面办公，勘查现场，看线路到底合适不合适，从哪块走能更方便一点、更省事一点。在这当中曾经有好多同志，因为咱这山里面荆棘比较多，皮肤被划伤了，裤子也挂烂了好几条，但是同志们从来没有叫苦叫累，一想到为了白水人民早日喝上咱们工程引的水，所以我们也就不觉得委屈，始终说必须为白水人民早日把水引到，不管怎样我们都要坚决地实施下去。

由于前期工作扎实细致，项目勘察初设报告于 2013 年 3 月 15 日一次性顺利通过省、市专家的验收评审。

涉河水险

2013 年 4 月 10 日，没有鞭炮锣鼓，也没有开工仪式，就在这样一个普通而平常的日子里，关系白水未来发展的重大工程——"引石入白"供水工程正式开工了。首战就是输水管道穿越洛河。洛河在白水境内流长近 60 公里，管道涉河之处，河道宽达百米，是整个项目建设的一个控制性工程。这段峡谷地处槐沟河段，呈"S"形，南北跨度 8000 多米，高度相差 400 多米，两岸岩石林立。要在这样的条件下，开挖管槽，铺设焊接口径 1 米的管道，谈何容易！

为了赶在主汛期到来之前完成施工，建设单位集中人力、财力和物力，打响了穿越洛河的攻坚战。岂料天公不作美，工程接近尾声时，洛河上游突降暴雨，围堰瞬间被冲垮，工地被淹没，损失达百万元。

困难算什么，压不倒英雄汉！施工人员一天 24 小时吃住在工地，白天头上太阳烤，脚下暑气蒸，晚上蛇蝎出没，蚊虫叮咬，但为了保质保量按时完成任务，建设者们硬是凭着坚强的意志，坚持了下来。

董云平（施工技术人员）：穿越洛河是从 2013 年 3 月 20 日开始到 6 月 20 日结束，将近 100 天。当时为了赶在雨季前把洛河穿过去，咱们决定大开挖，大开挖的形式就是把河床挖开，可是咱们的洛河是季节河，季节河雨期不定。按说应该在雨期来前穿过去，但是穿河的过程中雨季提前到来，整个工程开挖了3次，我们白天时间不够，那就在晚上继续干。在最后打混凝土的7天内，全部工人住在现场，就在这个地方搭着帐篷，连续作战七天七夜把混凝土浇筑完毕。混凝土浇筑完了以后，工人就睡到这地上，当时天气还比较暖和一点，就地就躺倒了，有些工人嘴里还吃着半截子干粮就睡着了，干粮还在嘴里衔着，十分感人。

为了抢时间，他们倒排工期，不分昼夜，加班加点，经过70天的艰难施工，长龙越天堑，首战传捷报，6月20日一举完成了这项关键工程。

满俊杰（白水县水务局副局长、"引石入白"工程指挥部办公室主任）：咱这"引石入白"供水工程在建设期间，面对投资大、管线长、施工难和工期短等诸多困难，牢记宗旨，紧抓重点环节，屡破多个技术难题，力破关键难题，多方争取资金，全力保障进度，付出艰苦努力，最终圆满完成了39.8公里的管道铺设任务。

拓开水路

"引石入白"供水工程主线路区域涉及4个镇（办）、10个村组、近千亩果园农田、百余户居所以及相当数量的林地和坟地，还有电力、电信、广电、移动、联通等多部门电线杆136根，线长40多公里，难度巨大，成为工程建设遇到的又一个难题。

针对具体问题，采取具体措施。县委、县政府多次召开相关乡镇和部门主要负责人会议，反复明确职责，压实担子。并出台了《工程建设实施意见》，对工程占地补偿范围、原则、流程、标准明文规定以及乡镇、部门职责明确落实。同时要求有关乡镇和部门成立专门班子，主要负责人带队进驻工地，确保土地征占清表工作顺利进行。

工程在途经史官镇贺苏村、雷牙镇雷牙村和先进村时，少数群众不理解，予以阻拦。工程建设单位和清表工作人员多次和有关部门进行协调。县纪委监察局和建设单位清表人员多次上门入户，给群众做工作，宣传工程建设的重大意义以及给群众带来的好处，最终获得了群众的支持。

张荣军（雷牙镇雷牙村主任）：水对我们村来说太重要了，我们村本来地势高，多年都想打一眼机井，打不出来，村里吃水都是吃的人家外村的水，是通过管道引过来的。

越道之艰

"引石入白"工程需要跨越西延和黄韩侯两条铁路。县领导和工程负责人多次去西安铁路局汇报协调，建设人员多次去施工段的张家船、狄家河火车站协调，他们的真诚和坚持最终获得了铁路部门的理解和支持。

10月26日，是跨越黄韩侯铁路最关键的一天。工程技术负责人董云平一大早就来到了工地。

董云平：当时是初冬，还飘着雪花，这个地方也是个风口，风比较大，铁路底下还正在施工，为了和人家岔开，他们只给了我们一星期时间。所以我们从 2014 年的 10 月 26 日早上就开始在这个地方搭篷，吃住在这个地方，经过两天，我们就把这个支架全部搭完，桥墩上搭支架还是比较困难的，就是用保险绳把人吊在那个桥墩上进行施工，两天就把支架搭完了，再经过一星期就顺利地把这 140 米跨黄韩侯铁路的管道铺设完毕，保证了水在 2015 年春天到达白水县城。

质量是工程的生命，为了确保工程施工质量，建设单位严格执行工程建设项目法人责任制、招投标制、工程监理制和施工合同制等"四制"原则。这项原则的建立健全了工程进度、质量、材料、技术、安全、资金等各项控制体系。组织施工单位和监理单位每周定期召开项目例会，检查工程进度和质量，研究、解决存在的问题。为了促进工程进度，施工单位集中人力，铺开多个工段同时施工。有些工程甚至不分昼夜，实行人员倒班制，设备不停，加班加点确保了工程进度。

喜圆水梦

"引石入白"供水工程，是实现县委、县政府"双万双百"和"五新白水"目标的血液工程；是白水人民致富奔小康的幸福工程；是一项功在当代，利在千秋的富民强县的宏大工程。该项工程受到各级、各届政府的高度关注和肯定。有位名叫刘英才的退休干部利用两天时间，沿施工路线徒步走完了项目全程。

刘英才：我是一个户外运动爱好者，目睹了这个工程的的整个施工过程，所以这个工程所有工地我基本都去过，这个工程比较震撼人心。为啥？因为穿越洛河的时候，当时破石头机械在这里，工程很艰难，这是新中国成立以来白水县最大的一次，甚至是历史上最大的一次工程。

工程建设期间，省委、省政府领导高度关注该工程，省委常委、副省长江泽林和省政府办公厅、省发改委等部门领导亲临工程现场，对工程检查指导。渭南市委书记徐新荣、市长奂正平等多次深入工地调研指导。2014年观摩全市项目后，在市委常委会上，徐书记曾高度评价说："白水县'引石入白'供水工程是今年全市最亮眼的重大民生工程。"白水县委书记叶珺，原人大常委会主任张洪涛，当时主管水利的副县长、现人大常委会主任刘存虎，原县长刘振强，县长张全才，政协主席杨永丰等也多次来到工地，现场办公，鼓舞士气。县人大常委会、县政协多次组织省、市、县人大代表和政协委员对工程进行视察。"引石入白"办公室主任满俊杰更是经常吃住在工地，解决工程中存在的具体问题。"吃水不忘挖井人"，果乡人民不会忘记这项民生工程的决策者和建设者们！

满俊杰：这项工程是一个既解决当前，又兼顾长远的工程，这项工程建成后全面提升了白水县供水的安全性，实现了城市供水质的大飞跃，让更多的老百姓喝上优质放心水和自来水，也彻底解决了城区多年来缺水的问题。更重要的是缓解了我县一直以来水资源短缺的状况，对提高水资源利用率，增强城市供水能力，保障居民用水安全，造福沿线群众，提升县城品位意义重大。

水惠民生润果乡。"引石入白"供水工程，在县委、县政府的领导和大力支持下，在县人大常委、县政协的亲切关怀和全县人民的迫切期望下，经过近两年的艰苦奋战，已全面完成一期工程，引水进城！全城人民欢欣鼓舞，奔走相告，拍手点赞。白水水利史从此翻开了新的一页！

刘建成（白水县副县长）："引石入白"工程是从石堡川水库跨区域供水的一项宏大的工程，投资比较大，距离也比较长，可以说是白水水利史上的一个壮举。我想最起码体现了白水人的三种精神：第一是体现了全县人民敢想敢干、勇于创新的精神，第二是彰显了全县人民克难攻坚、敢于担当的精神，第三是彰显了全县人民不等不靠、奋力拼搏的精神。工程的建设也是白水县委、县政府改变作风，贯彻践行"三严三实"的一个具体体现。"引石入白"工程的竣工通水，彻底解决了城区居民的用水问题，可以说圆了白水人一个千年的梦想。

这是一股蜿蜒39公里，充满绿色、充满希望、奔流不息的生命之水；这是一条跨峡谷、穿洛河、越铁路的腾飞之龙；这是一项展现果乡人敢想勇为、开拓创新精神的"北水南调"工程。在党的十八届四中全会精神的鼓舞下，在县委、县政府的坚强领导下，在石堡川水库清流的滋润下，我们坚信"五新白水"的富民强县目标一定能实现。

字幕：向"引石入白"的建设者们致敬！

（2015 年 12 月）

最后一通电话

　　2013年8月26日，是一个异常炎热的夏日，太阳似要宣泄它所有的热量，白水县西固镇雷村村民们在劳作了一上午后，用午睡抵御着热浪的侵袭，几只知了在树上无休止地聒噪着。一个突如其来的噩耗惊动了村庄，村民们陷入了巨大的悲痛之中，他们的好邻里孙蒲生永远地走了。

　　何亚莲（村民）：刚听说了这事，我心里都觉得挺惨的，当时眼泪都快下来了，那么好一人咋就走了，咱都吃不消，还不说亲人们！我的天呀，啥事嘛，都让咱村遇上哩。

　　杨军孝（村民）：当时也不知轻重，我立马想去看一下，我失去邻家心里特别难过，好邻居就这样没了。

　　王世伟（雷村谋生的河南人）：心里非常非常不好受，没想到好人能出这事。好好一个人开着车出去了，让人拿床单兜回来了，谁能想得开？

　　让我们把时光倒回到2013年8月24日下午4时30分，那天，也是一个大热天。太阳炙烤着大地，通往韩城下峪口108国道的柏油马路在阳光的暴晒下似要渗出油来。孙蒲生正驾车行驶在这条路上。他刚与妻子通完电话，心里满满的都是回家的念头，谁也想不到，前面等待他的会是什么。

　　李先生（目击者）：当时有一个摩的带了个妇女，在路上行驶的过程中，被一辆大卡车撞倒了，撞倒了以后，孙蒲生就过来，过来一看这个女的情况，就在路上拨打120，没想到对面来了一辆农用三轮车，把他撞倒以后，头着地就再也没有清醒。最后被送到医院了。

在孙蒲生的电话记录中，最后的两个电话，一个是120，一个是0913-5128498，而最后的这个电话正是车祸发生地韩城市龙门镇医院的急救电话。孙蒲生就是在拨打这个电话时被高速驶来的酒驾司机撞倒发生了意外。他拨打电话的身影定格为人生的永恒！

天，黯淡下来，夏天的暴雨说来就来。

孟映玲（孙蒲生的妻子）：那天4点多他还给我打电话哩，还跟我开玩笑哩，4点半就出事了，我受不了了，我想叫他赶紧回来。

被大卡车撞倒的韩城妇女得救了，孙蒲生走了，他离开了爱他的家人、朋友、亲邻。村民们有千分不舍、万分不愿，但在他们得知孙蒲生是因救人而发生不幸后，他们一点儿也不觉得意外。

杨栓娃（雷村原党支书）：根据他的性格来说不意外，他平常爱帮助人做一些事，感觉救人的事不意外，就是发生这事以后，让人感觉太突然，不能接受。

杨学森（村民）：人家都是躲事，他撒手不管就不会遇到这事了。

的确如村民杨学森所言，撒手不管，不幸就不会降临到孙蒲生的头上。但熟悉孙蒲生的人都知道，如果让他再选择一次，他依然会选择对别人施以援手，哪怕是付出生命的代价！

杨赖荣（村民）：从小到大，一直都是这，这个人性格决定了他义不容辞会做这件事。

在村民的眼里，孙蒲生天生一副热心肠，他少年时失去了疼爱自己的母亲，亲戚的相帮、邻里的相助让他并没有因为缺少母爱而孤单。亲朋好友的爱心温暖着他、滋润着他、感动着他，他将这一切铭记于心，用实际行动将爱传递！

王世伟，河南许昌人，10 年前携家带口来到了雷村，为了糊口就在雷村街上做起了卖饭的小生意。那一年刚入冬，天上还飘着雨丝，因为房东家遇急事不得不收回房子，王世伟一家陷入了困境。在雷村他举目无亲，眼看就要露宿街头，他心急如焚。孙蒲生听说了这事后，主动找到了他。

王世伟：素不相识，他就说让住到他屋，不说钱，不说啥，我在他屋住了有四五年了，就连俺娃买车他都资助俺哩。别说我是一个外地人，当地人他相助的更多。

在 2010 年 11 月的一个深夜，村民邢勤洲突发心肌梗死，胸口剧烈疼痛，情况万分危急。

邢勤洲（村民）：最后叫我娃他妈打电话，跟着他就来了，就是大概 12 点左右，马上拉到了白水县医院，一步多余的路都没耽搁。他到那里人熟，就没耽误，本来说不定人都死了，不然这几年都感激得没办法说，唉，我不行，我一说就难受，真的。

邢勤洲是在出院后才知道孙蒲生那天送他去医院时正发着高烧。2011 年 12 月 3 日深夜，漆黑的天空没有一颗星星，凛列的寒风能吹进人的骨头里。村民杨学森对这一天记忆犹新，正围坐在火炉边的他被告知儿子骑摩托车翻进沟边的水渠里，腿上有 8 处骨折。

杨学森：儿子当时醒来以后打电话叫蒲生，他就自己去，他比我还到得早，屋里人还不知道哩。到医院看不行马上就送到西安，医药费是他垫付的，他到第二天啥事都安置好才回来。

在雷村，几乎家家户户都有孙蒲生的手机号，他们已经习惯遇到啥事都找蒲生帮忙，从孙蒲生干电工到会计，再到现在的销售水泥，他的热心一如既往，从未改变。2003 年秋天，白水的连阴雨一下就是 20 多天，年久失修的窑洞开裂的开裂，倒塌的倒塌，人畜伤亡的事情时有发生。村民杨军孝就经历了这样的事。

杨军孝：没办法住了，想到别处住去没地方，我邻家（孙蒲生）过来说赶紧要修哩。我没有钱修，邻家说："你不用管，资金你拿不出来，我给你帮忙。"修建过程中计划、规划，他全给我负责。

杨军孝一家住上了宽敞明亮的平房，对孙蒲生万分感激的他本想好好谢谢邻居，但硬是被孙蒲生"骂"了回来。

1961 年出生的孙蒲生是白水县西固镇雷村普通的村民，一家五口，大儿子小时候因发高烧落下了残疾，女儿出嫁，小儿子还在外地求学，一家的生计全落在了孙蒲生肩头。他经常告诉儿女，自己小时候没少吃苦，但也没少受人恩惠，所以他不仅自己经常帮助人，做好事，也要求儿女们常伸援助之手，少计较，多助人。虽然这次孙蒲生因见义勇为而出事，但家人除了悲痛之外没有一句怨言。在女儿孙娜的印象中，经常有不认识的陌生人拿着礼品来家里，原来是爸爸又做了好事帮助了别人。在父亲出事后，除了村里的人，陕北的、澄县的他们并不认识的人也都来参加父亲的追悼会。白水县委书记叶珺也来到了她家。

叶珺：老孙为白水人争了光，是"活雷锋"，我们要学习他这种乐于助人的精神……

2013年8月24日，孙蒲生因见义勇为身受重伤，于2013年8月26日早上7点钟抢救无效不幸离世，年仅53岁。

在整理父亲遗物时，孙娜看到了父亲留下的账本，她将那些父亲还没来得及发出的水泥逐一查对，悉数发出，她不想让父亲留下任何遗憾！

孙娜：当时我根据我爸的账，看见人家剩下的水泥，我随后给人家发走，善始善终。

53

2013年9月5日，白水县委宣传部、县文明办做出了关于追授孙蒲生同志"见义勇为"道德楷模的决定。同日，县精神文明建设指导委员会也下发了《关于开展向见义勇为道德楷模孙蒲生同志学习的通知》。

好人孙蒲生就这样走了，走的是那样义无反顾，走的是那样坦荡无私，他留给家人的是无尽的思念，留给亲朋的是深深的惋惜，留给社会的是人间大爱。

（2013年12月）

相约和园　情醉江南

——白水和园导游词

　　阳光温润，岁月静好，微风不燥，和园不老，各位游客大家好，今天就让我们一起走进白水和园，赴一场美丽的约会。

　　和，相安，谐调，和美。和园因地处和家卓而得名，和家卓因"以和为贵"而闻名。和园，一处精致而美好的存在。这是一个适合全家集体出游的地方，携手和园，和乐美满。

　　【和园北门入口处】各位游客请抬头，我们现在看到的这块匾额是中国书协原副主席钟明善老先生书写的，老先生与白水颇有渊源，更感动于我们修建和园的初衷，于是欣然为我们赠写了这块匾额。

　　【和园景区简介】请各位游客随我移步入园，和园总规划170多万平方米，一期占地20多万平方米，建成于2018年5月，是脱贫攻坚和乡村振兴战略中干群追赶超越的一个结晶。现在我们看到的是和园的景区平面图，景区共分为七大功能区，分别为幸福梅林、创意农业区、江南园林区、植物迷宫区、特色商业区、无动力游乐区和白水民俗博物馆。这里紧邻酒祖杜康酿酒遗址杜康沟，背靠西北农林科技大学苹果试验站，位于白水县城西北方，榆商高速、合凤高速、342国道穿境而过。明显的地理优势在方便游客的同时，也为我们带来了发展的契机。现在就请各位游客随我一起体验和园之美。

【无动力游乐区】来到和园，一定要来无动力游乐区体验一番，这里自然是孩子们玩乐的天堂。游乐区适合不同年龄段的小朋友玩耍，滑梯、秋千、摇马、转椅、滑索、草地沙堆、林间奔跑，这里的娱乐设施由多根起伏的钢管组成，中间由富有弹性的攀爬网连接起来，安全性大可放心，完全可以满足孩子们冒险体验的需求。同时，这里也是让大人们重拾童趣的地方，相信在这里，您将与孩子们一起度过一段难忘的愉快时光。

【巨型玩偶】现在让我们一起来认识这位大朋友，他的身体是由纯实木打造的，头发是由柿子树构成的。在建造之初，这里是一个土堆，土堆上就是这棵柿子树了。为了不影响柿子树的生长，设计师独具匠心，将原有的土堆进行改造，打造了这个身高 5.4 米的巨型玩偶。玩偶会因四季的变化而神态各异，春天浅绿，夏天深绿，秋天红红的柿子挂在枝头，冬天秋叶落尽，黑色的枝干又成为唯美的写意画。这个巨型玩偶现在 1 岁多了，但是目前还没有名字，有兴趣的游客不妨给我们的大朋友赐名，如果被采用还有礼品相赠。

【白水民俗博物馆】文物是活着的历史，走进白水民俗博物馆，就是走进白水的过去。文物是会说话的，我们这里陈列有 300 余件文物。在这里你可以看到白水的四圣：仓颉造字，杜康酿酒，雷祥制瓷，蔡伦造纸，那都是白水人感天动地，创新、创造奇迹的故事。有战国时期的杜康美酒，这个当然是不能品尝的，不过我们和园里有深谙杜康酿酒之道的老艺人亲酿的和酒，有兴趣的待会儿可以品尝；有古老的家谱——影，影在民间又被叫作"影子"，在过去没有照相技术的年代，老百姓通过这种方式，将家族长者的画像一代代地传下来。称其为影子的确形神兼备，含义深刻。这里有对播种机、纺线车、织布机、锄、耙、石磨、升、斗、老家具、旧灯具等物件的复原，馆中陈列的小物件和独具匠心的伴手礼，持续播放的"和园之声"电台，总有一件会令你打开记忆的闸门，重温过去的美好时光。

【科技体验馆】科技改变生活，科技改变未来。和园科技体验馆里是满满的科技感。这里占地 160 平方米，地方虽小，容量却不少。馆里设有"科学乐园""华夏之光""探索与发现""科技与生活""挑战与未来"等 5 个主题区，拥有常设展项 15 个，其中大部分展项游客都可以动手操作或亲身体验，生动形象，妙趣横生。同时，我们配备了显示播放互动设备，游客在参与互动科技项目时，可以看到丰富生动的影像资料，也可以从液晶屏上看到互动效果，寓教于乐。科技馆融合 AI（Artificial Intelligence 人工智能）、虚拟现实、科技创新、文化教育、娱乐互动等理念，运用国内顶尖的智能装备，将科技创新与白水文化相结合，最大限度满足学生及游客对科技创新的好奇心和感知力。可以说是学生们研学旅行的好去处。

【百姓大戏楼】戏如人生，人生如戏。过去民间将戏楼称为"乐楼"。百姓大戏楼是和园举办演出活动的地方，这里每周都有戏剧音乐演出、主题欢乐派对，悲欢离合苦、生旦净末丑，同一出戏每个人都会有不同的感悟。《红楼梦》中，宝玉因听戏而开悟，"说书讲古劝人方"，高台教化的作用显而易见。据说和家卓的人爱看戏，能演戏，他们的戏剧节目和大秧歌曾经在全县多次获奖。听一出戏，悟一段人生，再回到闹市中继续过自己烟火味的人生，生活原本就是这个样子，可谓百姓戏楼百姓乐，和美家园和美人。

【幸福梅林】各位游客，我刚才提到我们和园有七大功能区，其中有两个位于二期，那就是幸福梅林与创意农业区。

梅兰竹菊被称为"花中四君子"，梅花更是居于首位，同时，梅花与松、竹被称为"岁寒三友"，其高洁的品格被文人墨客争相吟咏。"冰雪林中著此身，不同桃李混芳尘。"梅常被民间作为传春报喜的吉祥象征，人们都赞美她的傲雪精神，她的品格与气节几乎写意了我们"龙的传人"的精神面貌。一朝和园江南醉，春到枝头已十分。而今寻梅不必再下江南，和园会给你不一样的体验。

为了让北方人也欣赏到梅花的妙姿，和园与云南大学的梅花专家合作建成了西北第一个梅花专家工作站，研究适合西北地区生长的梅花品种——和梅。幸福梅林占地10多万平方米，目前已栽种30多万平方米，共计46种1万余株。设计者根据地势高低，以梅饰山，依山植梅，梅以园而秀，园因梅而幽，素白洁净的玉蝶梅，花如碧玉、萼如翡翠的绿萼梅，红颜淡妆的宫粉梅，胭脂欲滴的朱砂梅，浓艳如墨的墨梅，枝杆盘曲、矫若游龙的龙游梅，每一种梅花都有她独特的美丽。

【创意农业区】3米长的丝瓜、0.1公斤的南瓜，您见过吗？不急，我现在就带大家去看看。创意农业园占地1万多平方米，建筑面积 4300 平方米，建有 10 座现代农业设施大棚。园区由植物观赏区和休闲体验区两部分组成。在植物观赏区，游客犹如置身热带雨林，伸手即可触碰到 3 米长的丝瓜、0.1 公斤的南瓜，让孩子们真真切切地了解植物的生长过程。在休闲体验区，游客们能够尽情享受到农耕的乐趣，使大家在欢笑与汗水中重新思考人与自然和谐相处的意义。从中国传统和文化的角度来说，和者，一禾一口，意味着人人有饭吃；谐者，皆言也，意味着人人敢说话。简单地说，人人有饭吃，人人敢说话，就是和谐社会。要达到这个目的，就要拉近人与自然的距离，让人们在了解自然的过程中，尊重自然，敬畏自然，从而达到人与自然的和谐相处。

【特色商业区】走了这么久，大家饿了吗？粗茶淡饭饱三餐，早也香甜，晚也香甜。现在让我们一起来到和园特色商业区——趣街，品尝舌尖上的美味。趣街是和园的特色商业区，趣街分南街与北街，南街以乡土味的传统美食为主，北街美食主要为轻奢快餐，这里有天南海北 50 多种风味小吃，各位游客可以根据自己的喜好选择中意的美食，让嗅觉、味觉也开启一场精彩的和园之旅。中国不仅美食种类繁多，其烹调方法之复杂，也为各国所不及，正如同我们和园精选的美食，在大快朵颐的同时，更是让游客留下满满的回忆。当然，趣街除了吃之外，还有和酒、杜康酒、书吧，朗读亭，你可以细品美酒，也可以以豪迈之姿，灌一大口，然后在朗读亭里吟咏"对酒当歌，人生几何"。同时你也可以登上烟雨楼，鸟瞰和园全貌。魁星塔，烟雨楼，点缀和园竞风流。

【植物迷宫区】"宁可食无肉，不可居无竹"，这是宋代诗人苏轼的名句。10万株南天竹围绕在魁星塔四周形成的八卦植物迷宫，是和园内一道独特的风景线。这是陕西地区最大的植物迷宫，它的设计灵感来自全球十大植物迷宫之一的法国雷尼亚克迷宫，按照100∶1的比例，有近800米的迷宫通道，以传统周易八卦谋篇布局，竹为墙，水添韵，曲折迷离，魁星塔居其中，高耸入云，和而不同。

初次踏入和园植物迷宫，大多数人会迷路。因为这里有大大小小数不清的"丁"字路口，寓意人之一生并非全是坦途，曲曲折折，多方寻觅，锲而不舍，才能到达理想的终点，登高夺魁，先拔头筹。植物迷宫内还有多处大大小小的出口，左青龙、右白虎、前朱雀、后玄武，每个出口外都是不同的景致，别有一番天地。这里的每一个出口都是一条退路，寓意人生中并非处处要勇往直前，有时，退一步也是海阔天空，退是为了进，退出，从而看清形势，理清思路，重整旗鼓，再次出发。植物迷宫参照《易经》的理念设计而成，想要告诉大家，人生要不断地进行阶段性的调整，顺势而为，以达到阴阳调和、天人合一。

现在就请各位游客到迷宫探险，体味中国古老哲学的精髓吧。我会在迷宫东南角的出口等大家，那里有一片桃花林，虽不是十里桃花，却也灼灼其华。

【江南园林区】江南，是温情，是秀丽，是风景旧曾谙，是聊寄一枝春，是每一位文人雅士争相称赞的唯美的意象。文人用悠悠绵绵的文字，描绘江南韵致。这些都是诗中的江南，书中的江南，画中的江南。今天，和园将给你一个渭北的江南。

和园的设计者独具匠心，以画为本、以诗为题，凿池堆山，栽花种树，吟诵了一首无声的诗，描绘出一幅立体的画。在园中游赏，犹如在品诗，又如在赏画。和园之美，四季各有不同，春赏桃杏夏观荷，秋有枫叶冬寻梅。游人沉醉在小江南的民俗与风情中，在小桥流水、粉墙黛瓦、锦鱼戏水间流连忘返。

这里的奇石全部来自太湖，形态各异，奇形怪状，有中华版图石，有西施浣纱石，有情侣石，还有一些太湖石没有名字。各位游客可以发挥想象，为我们的奇石起名字，同样有礼品相赠哦。这里的仿古建筑全部为榫卯结构，没有使用一颗铁钉，工匠精神在此得到了淋漓尽致的体现。

"曲径通幽处，禅房花木深。"现在请大家随我去茶室，拈一丝明前茶，投入紫砂壶，茶的清香掠过一丛丛疏竹，一瓣瓣梅香，飘向微雨初湿的庭院。这里的每一步都是不一样的景色，茶室、禅院、漫步道，一砖一瓦、一屋一梁、一扇扇古典之窗，一道道岁月之门，处处都是写意，日与月也停了脚步。

"疏影横斜水清浅，暗香浮动月黄昏"，让我们在暗香中，穿越石门，在白桦树的欢送中，结束本次的和园之旅。

（2018 年 7 月）

游览豆腐小镇　感受福村尧头

——白水县尧头村乡村旅游推介

（一）概述

走进白水

朋友们，大家好！

大家都知道，福建有个福州，但您知道陕西还有个福村吗？白水豆腐小镇——尧头村，就是那个闻名遐迩的福村！

一个"福"字，看似简单；千年寻觅，其路漫漫。文祖仓颉，所造的这个"福"字，寓意就是一家一口一亩田，有衣有食有事干。追求和向往幸福，可以说是我们每个人的一个梦想。我身为一个文祖故里、豆腐小镇的白水人，欢迎大家来尧头玩，感受福文化，品尝尧头豆腐，见证脱贫成果！

白水县处于关中平原与陕北高原的缓坡地带，面对关中，东邻澄县，西接铜川，北连洛川，距西安约 136.7 公里，面积约为 986 平方公里。这里古有四圣创文明，今有苹果甲天下，创新创造精神已经成为一种民族基因融入白水人的血脉里，白水的尧头豆腐就是这种创造精神下的产物。

亲近尧头

白水古有"九窑十八卓"之说，窑，今写作"尧"。尧头，原名窑头，因村里窑洞、窑坊、窑厂较多而得名。今之尧头，一从简化，二寓高远。尧头有来头，豆腐有吃头。传说刘安家丁避难尧头带来了这门手艺，敬德监造白水城，摆模型用的就是这里的豆腐块。

尧头村紧邻县城东环路，共有 3 个自然村，5 个村民小组，282 户 1356 人，现有豆腐加工户 80 余户，果园面积百十万平方米，是陕西省豆腐产业一村一品示范村、乡村旅游明星村、脱贫攻坚标杆村、美丽乡村重点村、幸福文化传承村。昔日沟岔岔，今日福窝窝，被人们誉为"城东花园，幸福摇篮"！

（二）生态环境及豆腐品牌

生态好

白水尧头，生态宜居。尧头地处白水"古八景"之一的"临川烟雨"之地，沟壑纵横，塬峁参差，整个村子，林木花草果园等绿植覆盖达一半以上。关于豆腐的来历，白水民间传说是取杜甫的谐音而来。"碧山晴又湿，白水雨偏多"便是诗圣对这里生态的写照。白水豆腐好，尧头豆腐绝，这与当地良好的水质密不可分。

环境美

绿槐夹门植，银杏道旁立。栈桥轻荡径通幽，燕子点水添神韵。在尧头村，这里夏有百花冬有雪，四季常飘豆花香。更有牌楼迎宾，银杏映辉；福道安步，古刹灵光；崖畔红柿，深谷翠柏；东湖碧水，索桥浮云等"八景"点缀尧头，令游人沉醉其中。

豆花香

好水好手艺是尧头豆腐香飘三秦的秘诀，好水有赖于当地得天独厚的生态环境，而"煎老点嫩"是尧头豆腐制作工艺的关键。尧头豆腐的制作共需要9道工序，6个多小时才能完成，其中"点浆"考验着师傅的技艺，好的点浆师傅是化豆腐为神奇的高手，变戏法般，偌大一锅豆浆就凝结成了诱人的豆花，豆花再经"养浆"与"成型"环节，切丝不断、切块不烂、久煮不散、久吃不厌的白水尧头豆腐就做成了。2006年，白水豆腐入选渭南市首批非物质文化遗产名录，2016年，入选陕西省第五批非物质文化遗产名录。正如尧头村歌中唱的：一声声割豆腐吆喝了几百年，一股股豆花香香遍了大秦川。可以说10年来，非物质文化遗产为尧头村的发展加油给力，在脱贫致富道路上功不可没！

（三）福文化

福佑千秋天宝地，兴隆万户匠心人。尧头村石牌楼上镌刻着的这副对联是一副藏头联，隐含"福兴"二字。由此，村民将通往村部的这条千余米长的主干道起名为"福兴大道"，把数千米的环沟石阶慢道称为"幸福小道"。福兴大道两旁的百余座文化石，镌刻着一句句祝福语。石牌楼两旁的豆腐文化广场，喜迎八方来客。

豆腐博览，请您纳福

尧头豆腐博物馆，是来我们豆腐小镇的必去之处，该馆占地 6000 多平方米，展馆建筑面积 300 多平方米，通过大量实物与照片，记录着尧头豆腐的前世今生。

豆腐人家，赐您口福

豆香赐福越千载，风物怡情名四方。来到尧头，一定要品尝豆腐人家农家乐。豆腐是中国人喜闻乐见的大众菜肴，有着"素中之肉"的美名，有延年益寿保健之效。苏东坡喜食豆腐，曾作词，云：

脯青苔，炙青菁，烂蒸鹅鸭乃瓠壶，

煮豆作乳脂为酥，高烧油烛斟蜜酒。

让我们通过舌尖上的美味来认识尧头。尧头10余家豆腐人家精心制作的小饺子、三转席，豆腐宴透着香味，冒着热气，诚邀朋友们来一饱眼福，大饱口福。正在建设的窑洞食坊，将会以更高的规格接待大家。

幸福大院，让您添福

在新时代乡村振兴战略中，冒出了一个尧头幸福田园。而民政部门帮助该村修建的幸福大院不能不去游览，这里是村里的老年活动中心，柳荫树下对阵，鼓乐楼前看戏，愿您也带上家中的老人来这里沾点儿福气！

净业古寺，为您祈福

说起尧头，不能不说净业寺。净业寺是豆腐小镇中的一座千年古寺，始建时间不详，但传说与武则天有关系，因此，香客们都说这个寺庙非常灵验。说来也怪，豆腐生产是个讲求干净的活计，村中这个古刹取名净业，不知是天意还是巧合。只有到此一游，方可略知一二。

乡愁展馆，给您旺福

"留得住青山绿水，记得住乡愁"是习总书记对美丽中国的殷切期望。尧头有个乡愁馆，曾被媒体多次报道，一时成为

"网红"，她是尧头的，更是白水的。该馆从乡魂、乡音、乡土、乡味、乡情五大部分诉说着白水人民那一桩桩、一件件令人难以忘怀的往事。

（四）在希望的田园上

黄土品德厚，赤子情义深。乡村旅游为尧头提供了一次机遇，精准脱贫在尧头续写着一个传奇，文化遗产给了尧头一个提升空间。果园观光、植物花园、自助农场，作坊体验、体能拓展、篝火晚会等项目正在一步步地由规划变为现实。

豆子虽小文章大，巧取天工生金花。

尧头由此名三秦，口福天下惠万家。

诚邀天下朋友，相聚白水尧头！

（2018 年 5 月）

陈俊永：为留守儿童撑起爱的蓝天

今天是星期六，郭晓晨放学后，陈俊永像往常一样，开车送他回家。

同期音：陈俊永送晓晨回家。

郭晓晨今年 7 岁，是史官镇郭家山村人，他和两个姐姐及奶奶一起生活。自打 5 年前晓晨的爸爸妈妈相继去世后，陈俊永就把孩子接到自己家里，成了孩子的陈爸爸，供孩子读书，管孩子生活。前两天，晓晨的姐姐告诉陈俊永，自己的手机坏了。

同期音：陈俊永与奶奶对话，送手机。

陈俊永是白水县史官镇史官村人，12 年前，他和妻子外出打工，两个孩子交给母亲看管，意想不到的是，年仅 3 岁的女儿在和别人玩游戏的时候，被撞下了土坡，导致腰椎骨折，直到现在，还要借助支架进行康复治疗。

从那之后，怀着对女儿深深的愧疚，陈俊永回乡办起了托管所。他不希望女儿的不幸，再发生在其他留守儿童身上。

4 年前陈俊永得知张阳平的父母外出打工一直杳无音信，她和家中 80 多岁的奶奶相依为命时，便把张阳平接到自己家中照顾。起初孩子内向自卑不说话，陈俊永就每天对她进行疏导，关照她的生活、学习，现在的张阳平像变了个人似的，活泼、开朗，还会照顾别的孩子。

在陈俊永的托管所，现有 110 名托管学生，像阳平一样的留守儿童有 25 个，陈俊永对这些留守儿童不是免学费，就是免生活费。

张菊兰（白水县史官镇狄家河村村民）：俊永说："是你把这两个娃托到我这儿，我一分钱都不要，国家都照顾娃哩，我难道不照顾娃？"确实咱和人家俊永不沾亲不带故，人确实好。

这些资料是陈俊永特别保存的，里面详细记录着每个孩子的成长足迹。孩子们进步了他看着高兴，孩子们有啥烦恼，他也能随时掌握。担心孩子们想爸爸妈妈，陈俊永买来电脑，建起亲情网站；担心孩子们长身体缺乏营养，除了一日三餐，他还每天给孩子们发水果。此外，他还聘请 4 位老师，为孩子们补习功课，带孩子们去西安看儿童剧、参加夏令营活动。

陈京云（陈俊永女儿）：觉着爸爸爱别的娃，最后想通了。长大了想当歌手，和爸爸一样帮助别人。

8 年时间，2920 多个日日夜夜的默默付出，从这里走出 500 多名身心健康的学生，陈俊永为留守儿童们打造了一个温暖的家！

（2017 年 11 月）

孜孜不倦党文哲

"今天在南张村学校党员大会上以 26 票（参会 38 人）当选为南张村支部书记，为了做好工作，特别提出以下要求：勤勤恳恳工作、公理公道办事、牺牲个人利益、为广大群众着想……"这是党文哲 2007 年 4 月 15 日的日记。从这一天起，他告别了清闲的退休生活；从这一天起，党文哲将家安在了村委会。10 年间 3600 多个日夜，党文哲竟有 3000 多个日夜是在村委会度过的。

王欣（南张村村民）：我就在村部卫生室住着，一直到晚上十一二点，甚至是两三点他还没回去，就是真心实意想为群众办些实事。

退休前的党文哲是中学老师，从没有当过官，但他善于学习、善于总结，为了把南张村的事干好，他从零开始，用他自己的话说，要由外行变为内行，必须坚持学习。从此以后，他每天坚持记工作笔记。这一记就是 130 多本，合 310 余万字。

2011 年 6 月 6 日，一村村民张文升的儿子患脑瘤，总费用 5 万多元，号召对张伸出援手；

2012 年 2 月 18 日，农家书屋终于建成，藏书15000 余册；

2016 年 7 月 28 日，村歌谱好，全体村民开始学唱；

2016年12月16日，在今天这个时代，贫困的不是作为主体的年轻人，而是其中的旧人、笨人、懒人……

在党文哲的日记中，对工作的记录、分析、思考随处可见，从最初的健全班子、民风教化，到现在的脱贫思考、发展定位，党文哲的日记里记录的不仅是自己的工作日志、南张村进步的轨迹，更是县委、县政府决策下白水发展的缩影。

在采访中，南张村村委会副主任刘忠喜告诉记者，党支书曾经有次三天三夜没休息，但在他的日记中，记者并没有找到相关的记录。

刘忠喜：党老师疲劳得犯了心脏病，要做心脏搭桥手术，下来得10万多块钱，最后一打开党老师的工资卡，只有400多块钱。

10来万的医药费党文哲根本拿不出来，在医院仅住了两天，他就回到了村里。

刘忠喜：党支书从医院回来，一是因为经济确实紧张，再一个就是他还是放不下村里的事。

当初党文哲上任后，曾给自己500天的期限，决定建好团结的村委会班子后自己就退下来，没想到这一干就是10年。如今，看到南张村村容村貌整洁、农家书屋深受喜爱、邻里和、村风正，已71岁的他稍觉欣慰。在最新的日记中他这样写道：

在岗领好班、离岗交好班，作为一名普通的党员，永远听党话、跟党走、革命到底，把余生都奉献给党的事业。

（2017年11日）

告状为何不敲升堂鼓

记者从信访部门了解到，8月20日至9月20日，1个月的信访案件就达到128件，县信访局局长罗凯政对这些信访案件做了具体的分析。

从案件整理分析上看，上访问题主要集中在企业改制、土地征用、房屋拆迁、劳动就业、劳资纠纷、村级选举等问题上。我们看到涉及法律范畴的问题占总比例的60%，社会发展矛盾占24%，体制问题占13%，其他占3%。从数量和比例上看，涉法问题占了最大的比例。

那么，而对如此大量的涉法案件，群众为什么不愿敲升堂鼓，而是选择上访或拦路喊冤寻求解决途径呢？时隔3个月之后，我们于12月25日接近年关信访集中期间，在信访局门口，随机采访了几名上访群众。

上访群众：上访到法院要钱哩，到政府上访不要钱，你上访关键要占理，占不住理的事你再不要上访，胡乱上访。

上访群众：我们对法律程序也不懂，上访能一下见到领导，就好办了。

看来即便是涉法案件，群众也是愿意选择上访而不愿去法院，这主要是因为成本与效率的问题。群众之所以选择上访是想尽快解决问题，同时又不用消耗太多的成本，去法院不仅要先交诉讼费，而且立案也需要很长一段时间，他们等不起。上访群众大多都是农民，一年四季都难得清闲，为了快速解决问题，他们就选择了走上访这条路！

同时，从司法机关行使审判权和检察权方面来看，司法腐败和"打官司难""执行难"等问题并没有彻底解决，也在一定程度上影响群众选择上访而不是走司法途径。还有一些群众法律意识淡薄，"信权不信法""信钱不信法""信关系不信法""信上访不信法"，有了矛盾纠纷不寻求法律帮助、不走司法程序，而是奉行所谓"不闹不解决、小闹小解决、大闹大解决"的信条，动辄上访、暴力抗法、制造群体性事件等。诸多原因导致我县信访案件大幅攀升。

我县是个山区县，群众上访问题，不仅成为农村一大难点问题，而且已成为社会一大热点问题。尤其是在涉法上访方面，信访案件数量多，影响大，矛盾日益突出，带来的社会不稳定因素增加。

面对这一形势，应该怎样对待？我们采访了县某干部：

某干部：对这个问题我的看法是，首先要加强普法工作的宣传与教育，这样群众也能了解到法律的程序，打官司该怎么办了，他也熟悉了，找的话也不至于找到党政部门了，到县委、县政府，甚至是到省上、上边去，就避免了这些事。其次，避免党政机关人员干涉司法公正，相关法律是有收费规定的，一般还是要按法律规定办事。对于弱势群体，甚至免交，我想群众有些不知道，有关部门应该按法律规定该免的免、该不交的就不交，能尽快地结案。

政协委员：针对我县信访案件节节攀升的问题，我想是否可以试着设立现场法庭，就地开庭解决群众上访涉法问题。政府也应该为上访群众提供法律援助律师，现场帮助上访群众。最主要的就是政府为弱势群体当靠山，全程跟踪，服务群众打官司。尤其解决法律审判后的执行问题。

如何解决如此多的信访案件，的确是一个难题。要想系统地解决问题必须通过法律途径。新形势下解决涉法信访案件要有新思路。除了完善各种制度外，必须创新信访案件解决方式，坚决贯彻"依法办事"的方针，政府、信访、司法部门应当各司其职。政府部门要做好服务工作，建立信访督查工作制度，及时化解矛盾和纠纷，将涉法案件移交司法部门，并督促司法部门公平公正、高速快捷地解决群众难题。信访部门工作人员要耐心倾听上访人员的投诉、举报。司法部门则应提高办事效率，成为法律真正的执行者和贯彻者，时时刻刻牢记用法律办事。最终实现整个社会的稳定和谐、长治久安。

（2014 年 12 月）

刘培民的书画人生

中国的书法是一种富有民族特色的传统艺术，它伴随着汉字的产生和发展一直延续到今天，经过历代书法名家的熔炼和创新，形成了丰富多彩的宝贵遗产；中国的绘画艺术，是中华民族传统艺术中起源最早的艺术形式之一，在世界美术领域中自成体系，既有悠久的历史，又有优良的传统。中国自古有"书中有画，画中有书"之说，古代的书法家大多也是名画家。作为文明薪火发源地的白水，书画家比比皆是，刘培民先生就是一位既善书又专画的书画名家，今天就让我们一起领略刘先生的书画艺术之美。

这位正在挥毫的老者就是刘培民，他今年已是 70 岁高龄，在书画艺术的道路上，他已经走过了 50 余个春秋。

刘培民：自小喜欢，20 多岁拜书画名家宫葆诚先生为师，相继又拜崔振宽、茹桂等人为师，学习书法。

刘培民 1944 年出生于白水县林皋镇林皋村，家里虽算不上书香世家，但父亲结交的都是一些风雅之士，有的善书，有的喜画，有的精于器乐。在这些叔伯们的影响下，小时候的刘培民就对书画、音乐产生了浓厚的兴趣。

刘培民：小时候家里总是很热闹，叔伯们在一起吹拉弹唱，自己慢慢也就感兴趣了。

刘培民的艺术之路是从音乐开始的，起初对书画艺术虽热爱却并未研习，他把时间都用在三弦二胡上，农忙完回家抽空练练，竟也有模有样。那时候，生产队要搞宣传，就会让刘培民伴奏，慢慢地，刘培民因为有音乐特长，成为公社甚至县上宣传工作的主力。20 世纪五六十年代，刘培民先后在农村业余剧团、县剧团专门从事音乐伴奏，三弦二胡琵琶，他样样精通，因为演出需要，他经常会随着剧团走村入户，有时也会去外地表演，这不仅让年轻的刘培民开阔了眼界，更给他的人生打开了另一扇门。

刘培民：外出表演认识了书法界的人。

一旦喜欢，便终身为伴。从此，刘培民开始对书画痴迷，他的绰号就叫大痴。"异花奇石是吾知友，古帖名画乃我良师"，这是刘培民自书的一副对联，也是他艺术之路的真实写照。他从古帖中汲取营养，先唐楷而后汉隶，欧阳询、颜真卿、柳公权名贴，曹全、史晨、乙瑛、张迁碑文，只要他见过，就会细心临摹，博取众家之长，这给他以后的艺术之路打下了坚实的基础。

刘培民：凡搜罗到的碑帖都会临。

练习书法到了一定阶段就会感觉枯燥、烦闷，无法再提高的痛苦时刻困扰着刘培民，他也曾经想到过放弃。

刘培民：最后通过交流、拜访名家、与同行切磋，得到提高。

一旦找对方法，便会豁然开朗。刘培民通过读万卷书、行万里路、拜访书法名家，与其交流切磋的方法，获得了书法上大的提高。有这些名师指点，自己又肯下苦功，加上艺术感觉好，他逐渐有了自己的风格，并在书法上以隶书、行草为主，尤以隶书见长。

赵景民（白水县书法美术协会主席）：他善用枯笔，功力深厚，尤其是隶书作品，古朴苍凉，有自己独特的风格。

仓颉庙、林皋湖、宁夏沙坡头等景区都留有刘培民的墨迹，并被勒石留念。他的书法作品在国内外大赛中获各类奖项达 60 余次。隶书毛主席词《沁园春·雪》八条屏被毛主席纪念堂永久收藏，作品先后入选中日丝绸之路书法精品展、中韩书画展等，陕西卫视《中国书画名家》栏目曾为其做专题报道。

"书中有画，画中有书"，书画兼备方称得上书画家。刘培民不仅仅在书法上精心研习，在作画上也苦下功夫。

刘培民：主要画兰花，喜欢兰花的高洁，深处幽谷依然独自开放，有君子之风。

古往今来梅兰竹菊作为"花中四君子"，成为画家笔下的常客。梅：探波傲雪，剪雪裁冰，一身傲骨，是为高洁志士。兰：空谷幽放，孤芳自赏，香雅怡情，是为世上贤达。竹：筛风弄月，潇洒一生，清雅淡泊，是为谦谦君子。菊：凌霜飘逸，特立独行，不趋炎势，是为世外隐士。刘培民作画专工国画，尤爱花鸟，并以画兰、梅为主。

王毅（退休干部）：一次在渭南书画会展，刘培民把兰一画，再没人敢画了，一下子就把人都给镇住了。

刘培民的兰花优雅干净、清婉素淡，深山野谷，随意开放，他的梅花奇崛、朴实、干练，兼之他文学功底深厚，画中题诗多为自作，诗与画配，相得益彰。

作为仓颉故里的文化人，刘培民总想为家乡做点什么，2003 年初，为了更好地弘扬仓颉文化，县上拟建设中华仓颉碑林，时任白水书法美术协会主席的刘培民利用自己的影响力，在全国征集高规格的书画作品 115 幅，并提请书画大师启功为碑林题名，文化部副部长、故宫博物院院长郑欣淼作序，著名企业家陕西瑞林公司总裁孙瑞林先生捐资刻石，为白水留下了一笔宝贵的文化遗产。

王毅：培民不遗余力，走北京，上西安，征集到好些名家作品，比如启功、霍松林、贾平凹等的作品。

如今，找刘培民求字求画者络绎不绝，许多书画爱好者以收藏他的作品为乐事，但刘培民觉得艺术是无止境的，他要学习的还有很多。

刘培民书画作品叠加字幕：

1993 年当选为白水书法美术协会主席；

2004 年被聘为陕西省文史研究馆馆员；

2008 年被聘为渭南市美术家协会名誉主席。

作品及传略在《书画篆刻家大词典》《中国国画家》《陕西美术家》《陕西美术五十年》等出版物上刊出；

作品在《中国书画报》《陕西日报》《西安晚报》《西南翰墨》等报纸上发表，出版有《刘培民隶书杜康酒史》《刘培民书画集》等。

（2015 年 8 月）

陈孝科的樱桃梦

观众朋友们，大家好！欢迎收看本期的《白水天地》，在我县西固村庙前组有位72岁的老队长，他栽植的樱桃树已历经30余年的风雨洗礼，今天就让我们一起走进这片樱桃园，了解老人与樱桃园背后的故事。

他就是我们今天节目的主人公，72岁的老队长陈孝科。眼下正值樱桃成熟的季节，红红的樱桃挂满枝头，引得游人络绎不绝。

游客： 年年都来，这里的樱桃非常好吃。

陈孝科老人的这片樱桃园已经历经30余年的风雨洗礼，从20世纪80年代至今，他将大部分心血都献给了这片樱桃园。

1960年，刚从西固中学毕业的陈孝科并不清楚自己今后要走什么样的路，因为喜欢画画，更为了贴补家用，懂事的他当起了油漆匠，走街串巷，油漆箱子、柜子和窗子。这样干了两年，因为人勤快、懂知识，他被选为村干部，后来又被抽调至社会主义教育宣传队。正是在"社教"期间，他开了眼界，长了见识，初次萌生了栽植樱桃的想法。

陈孝科： 人都说樱桃好吃树难栽，咱白水没有一棵樱桃树，我就想咱这儿离陕南不远，那边都能栽，咱咋就栽不成？

再就是那段时间看电视说河南新乡有人成功栽植了樱桃树，我就从那时候起，试着栽樱桃树。

河南新乡及八里樱桃沟的成功栽植与高回报率深深打动了陈孝科，他先后两次赴河南买回了樱桃籽，在自家地里试着育苗。

陈孝科：回来以后咱在这育地哩，没少费事。

因为天旱高温，再加上自己没有育苗经验，一连两年陈孝科栽植樱桃都没有成功。但他并没有灰心，一听说西安植物园搞樱桃栽植实验，他马不停蹄地就赶到了西安植物园。

陈孝科：1985 年，陕西省搞樱桃栽植实验，我就去买了150 株苗子，我就不信种不活这些樱桃树。

陈孝科细心地照料着这 150 棵樱桃树，他翻资料，访专家，吃在园里，睡在园里。功夫不负有心人，樱桃树在他的精心呵护下长势喜人，一年一个样。到了第 4 年，大部分果树挂果。

陈孝科：大概四五年就挂果了，咱这边主要是苹果，我的樱桃一挂果，要的人还挺多，10 元钱 1 公斤。

其实，在陈孝科发展樱桃之初，他就想在白水推广樱桃栽植技术，作为一名村干部，他不仅要成为村里致富的带头人，更要给村民谋一个致富的好路子。但因为起初的失败，他只能将这个想法埋在心底。如今自己跟着樱桃受益，自然也想带领群众致富。

陈孝科：开始还不敢动员大家，后来掌握技术了，再看市场大家还能够接受，就开始鼓励村里的人种樱桃树。

在陈孝科的动员下，仅西固村栽植樱桃的就有 10 多家，还有周边的村子，白水的樱桃栽植也逐渐有了规模。

张录才： 受陈孝科启发栽植，现在每年收入可观。

据陈孝科介绍，樱桃树并不像人们说的"樱桃好吃树难栽"，其实樱桃树的管理非常简单，每年至多喷一次药，浇一次水，基本不用修剪，省工省劳，自家的这个园子他和老伴俩人照看就足够了。

每到采摘季节，老两口就守在园子里，看游人边品尝边采摘，心里非常满足。

陈孝科： 旅游团到咱白水,说白水还有这么好的樱桃园子,个个高高兴兴地在园子里又是拍照,又是吃樱桃,很开心。

200 多人的旅游团排着队参观陈孝科的樱桃园，那一刻，陈孝科深深地感觉到自己这条路走对了。

游客： 果子好吃。

孩子： 甜。

除了樱桃，陈孝科还寻思着其他的致富门路，他从报纸上看到用牡丹籽榨油是国家今年推广的 10 大项目之一，于是又试种了 1900 多平方米牡丹，牡丹成了他继樱桃之后的又一个梦想。

陈孝科： 这个牡丹不仅有观赏价值，它的籽更能榨油，已经有地方开始推广了，我就想自己先种上几亩试一下，看是不是像报道上说的，能行的话又是一个增收项目。

（2015 年 5 月）

老李和林场的故事

同期音：李新胜巡山镜头

他叫李新胜，今年 63 岁，自从 1976 年在新卓林场参加全民造林工作之后，就与林场结下了不解之缘。

李新胜：当时是 1976 年，我在纵目乡任武装干事，新卓林场设立了东片区，我就带着纵目公社 9 个村所有的群众在狄家河 16 公里处造林了一个星期。

自从参加了全民造林之后，李新胜心心念念的都是能调进林场工作，他一次又一次地找领导、写申请，终于在 1980 年元月如愿以偿地成了林场的一名护林工。

李新胜：一参加造林工作，当时县林业局局长许锋仁负责我们乡上这一片工作，当我听了许局长对造林工作的认识以后，我就想到了以后要出去搞林业。后来回到乡上以后，再没有任何想法，就想到林场来，参加造林和护林工作。就不停给组织申请，终于在 1980 年达成了心愿。

从 1980 年开始，李新胜在新卓林场一待就是半辈子。从护林到抚育、从防火到防盗，凡是与林木有关的工作，他一个也没落下过。

林场哪片林子树龄最长？林子哪条路是自己和同事走出来的？哪棵树曾经发生过怎样的故事？甚至鸟爪虫迹的印记他都

如数家珍。

同期音：老李介绍进山门后那棵树的来历

老李告诉我们，新卓林场分为东区和西区，总面积 1 亿多平方米，其中一代林是全民造林时一个坑一棵树人工栽植而成；二代林为次生林，属自然生长而成。

同期音：李新胜介绍一代林和二代林

直到现在，老李依然清晰地记得自己初到林场时的情景。

李新胜：1980 年，我到林场以后，当时正在造林阶段，职工生活标准、住宿条件都比较低，当时场里人员也比较少，都是到下面基层组织工队，划分地段，划分山头，场里派的技术员，逐山逐峁逐沟，集体造林。当时西片大部分已经成林了，但有些山头还没有成林，这时候场里每年就大量造林，一年造林 400 多万平方米。

在林场，老李做得最多的事就是巡山。每年一本的巡山日记，密密麻麻地记录着自己的发现。一个干涸的泉眼、一条无人问津的小路，老李也要把它摸得门儿清。

同期音：李新胜介绍自己发现泉眼的过程

走遍林场的角角落落，掌握每一片林区的树情是每个护林员的工作。无论是白昼还是黑夜，无论是晴天还是雨天，无论是飘雪还是霜降，每天，护林员都必须去林场走一走，看一看，发现问题后及时解决。

李新胜：这 7000 多万平方米成林，每个角角落落，每个岔路，每片林子，我全部跑了。如果你不去，就不能掌握林相和状况，你不熟悉这一种情况，群众反映哪里出现盗伐现象，你就不知道地方，这些地图上叫不上名字的地方，我都跑到了。

除了巡山，老李还兼有林政的工作。这个红袖章是 1982 年林业局发给护林员的，它已经陪伴了老李 34 年。这个红袖章对于老李来说不仅仅是个标志，更是一种沉甸甸的责任！戴着红袖章穿梭于林木间，与盗伐树木者斗智斗勇，是老李多年来工作的常态。多年前老李一星期穿破一双布鞋，老伴都做不过来，后来改穿了耐磨的军用鞋才好一些。

李新胜：林政工作确实不是一个好工作，在管林政期间，方圆几公里的群众都认为我是李黑脸，得罪过群众，驳过领导的面子，得罪过亲朋好友，人人都叫我李黑脸。我听了以后就哈哈一笑，只要这林子看住，无论叫啥都行。贼选择的气候和我们掌握的一般是相反的，一般是刮风天贼比较多，认为咱们不出去，下雪认为你不出去，这也是贼出动的好时候。在这时候，我们就掌握贼这一特点，和贼发生了多次冲突，我们案子一直破到铜川、破到宜君，当时盗伐木料的一些人，涉及外县的我们都对他们进行了穷追猛打，还不说咱们本县内，当然本县内，我们发现问题，也是一追到底。

谢张海（退休职工）：那段时间渭北煤矿矿柱比较紧张，乱砍滥伐比较严重，老李在林业派出所的帮助下，在护林方面确实做了相当多的工作，对乱砍滥伐的这些人也处理得比较恰当，也符合林业政策。这个人的特点就是心直口快，处理事上比较果断，特别在林界处理上，国家就是国家的，社队就是社队的。

83

1987 年，新卓林场场部修建了一座瞭望台，主要用于观察十月份到来年五月间的森林防火工作。从瞭望台建成到老李退休，他也记不清自己在这座楼梯上走过多少次，只记得旁边的杂草年年枯、年年长，而自己就在这一枯一荣间生了华发，老了容颜。

同期音：李新胜（到冬季，山上看得清清的……）

2013 年春天，李新胜就要正式告别他工作了 30 多年的林场了，一场突如其来的大火从铜川烧到了白水。老李也不管退休不退休，二话不说就加入到了救火的队伍。

李场长（新卓林场副场长）：2013 年 3 月，林场发生了一场大火灾，老李同志已经临近退休，还冲在救火第一线，对职工在掌握打火技能上，还有防火安全的指导上，都做了很大的贡献。

张英伟（同事）：着火的时候亲自带领我们，到灭火一线，亲自拿着灭火器灭火。

李新胜：最后发生火灾，这个不属于我们的责任，从别处来的火源，一直燃烧到我们这里。像这一种情况我可以不去，已经退休了，但是我一直坚持了 70 多个小时，三天三夜，直至火扑灭，所有人员撤走，我还没有撤，我还继续坚守，怕余火死灰复燃。

站好最后一班岗后，老李光荣退休了，也许是习惯使然，也许是放不下林场的工作，他每天都会来到家门口的小土坡前，向山那边遥望，看看他奋斗过的那片林子，才会安心。

李新胜：我已经退休了，本应来说条件还可以，回到家里应该安度晚年，但是回去了，不在林场待，感觉好像缺少了主心骨，真的。我把林场的一草一木一棵树都当自己的子女一样抚育，这是我内心想说的，所以说，我退休以后就找到领导，不计报酬，继续战斗在我奋斗了30多年的地方，继续巡我的山，巡我的逻，对我的林子进行管护。

如今，老李又回到自己工作了35年的林场，成了一名编外护林工，守护着他心中的那片绿色海洋！

（2015年9月）

高云岭： 仓颉故里的手工艺师

刺绣是中国民间传统手工艺之一，在我国至少有两三千年的历史。刺绣作品因其绣工精巧，图案多样，人物花草栩栩如生而备受人们的喜爱。在白水县杜康镇大杨街道就有一位常年致力于刺绣的手工艺师，她就是高云岭。

出生于1963年的高云岭自幼受到母亲的熏陶，从小就喜欢看母亲扎花、剪纸、捏面花。每当活灵活现的花草虫鱼经母亲的巧手一一出现在高云岭面前时，她都非常惊讶，这些不起眼的纸与面在她眼里有了一种巨大的魔力。上小学后，高云岭更是喜欢上了美术课，每年夏收时节都是她最高兴的时候，同学们都去捡麦穗，自己则被老师留下来出板报。慢慢地，高云岭的心中便萌生了当画家的想法，但由于家庭条件的限制，她不得不放弃自己的梦想。

高云岭：那几年你是知道的，吃粮都很紧张，哪里有钱供你，我妈那时候是小脚老婆，谁供你上那个美术学校？都不知道美术学校在哪里？以后再一结婚，再没往那想过。

事情的转机来自婚后，丈夫朱江水在大杨街道开了间门面，平日里就一个人打理，人多时才让妻子帮帮忙，这便给高云岭提供了大量的时间来做自己喜欢的事。有了丈夫的支持，高云岭全身心地投入到艺术的创作中。一开始，她并没有进行刺绣，而是琢磨着做起了麦秸画。从收集麦秸到熨烫再到粘贴，一幅幅精美的麦秸画就展现在家人与邻居的面前。

除了麦秸画，高云岭还尝试着做布艺。2010年，她的布艺作品荣获陕西民间妇女手工技能大赛布艺制作二等奖。这次获奖无疑给了她巨大的信心，她家的小门面经常也会有慕名而来的客人来欣赏她的作品。

高云岭：给你说，一天能来200多人，群众给我提意见说让我好好把那做好。

听了群众的意见，高云岭也觉得有必要再次提高自己的艺术水平，于是在白水县妇联的帮助下，她先到渭南培华学院专门学习刺绣手艺，回来后又赴苏州学习苏绣技艺。在老师专家的指点下，她的刺绣水平突飞猛进，绣出来的动物憨态可掬，人物神态毕现，花草意境悠远。一幅五虎图亮相杨凌农高会，立刻引来人们的追捧。

高云岭：那一个五虎图，在杨凌农高会的时候，副省长都说那不是刺绣，群众说是把毛粘上去的。

高云岭不仅从现实中摸索，还从古典诗词中汲取营养，一幅寒雀图绣得惟妙惟肖。她的作品曾卖过上万元的高价，还被慕名而来的商人带给了美国客人。看到自己的作品得到了社会各界的认可，高云岭打心眼里高兴。虽然自己没能成为画家，但在手工艺品上的追求与成功弥补了内心的遗憾。

她叫刘小玲，2012年慕名来到高云岭家拜师学艺。

刘小玲：我是看到她绣的五虎图，五虎图是我师父准备拿到杨凌参赛去，我看了，我也爱好这，就跟上她学，我还卖出去几幅，心里总觉着高兴。

如今跟着高云岭学习刺绣的徒弟越来越多，于是她便把这些爱好刺绣的姐妹们组织起来，成立了芸菱工艺设计制作室，制作室就设在自己家里。

高云岭：现在想把这做大，让大家都认识到这个事情。

两间工作室，一枚绣花针，成就了高云岭的艺术人生。

（2015 年 3 月）

秦林韵味

2014 年 12 月 7 日，陕西美食探秘之旅将白水秦林宾馆确定为秦东活动的第一站。其原因就是秦林的名气与不凡。

字幕：秦林能给你带来福气

秦林是一块祥瑞之地。它位于白水县城中心，粟邑路中段，占地 6000 余平方米。古往今来，社会迅速变更，这里却始终不失其繁荣昌盛，是风水使然，更是厚德使然！北魏年间，这里就是闻名遐迩的兴教寺，佛光沐浴，惠泽众生；清末维新，成为寺前初等小学堂，兴教育才，桃李遍地；"文化大革命"时期，改建为东方红广场，主席塑像，巍然耸立；改革开放后，这里又成为县人民政府招待所，胡耀邦、贾平凹、毛泽东女儿李讷等，都曾先后光临于此；2004 年，这块福地有了新的名字——白水秦林饮食有限责任公司。许多人把婚庆宴会选择在这里，图的就是"福气"二字。

字幕：秦林能让你舒心体面

秦林是一块创新之地。古有四圣创文明，今有秦林再创新。从老总到员工，无不用诚实与信念、执着与坚毅、细致与耐心打造着秦林的精神。

秦林的前身是我县颇有名气的老字号——秦风楼，秦林身上，展现的是秦人的风范，陕菜的风格。从 2004 年到 2014 年，10 年间，秦林人在创业的道路上，将民营企业的雪球越滚越大。这里有果乡最大最时尚的宴会大厅；客房大楼，装饰一新，小城春秋，抚今追昔；近 2000 平方米的地下停车场，让客人们不再为停车难而发愁；10 年间，秦林人在创新的道路上，将餐饮品牌的蛋糕越做越大。

国有国标，省有省标。当我们品尝到这些色香味美、质优量足的菜肴时，谁曾知道在它的背后，有一个过硬的企业标准在支撑着。《菜品量化标准》在全省餐饮行业中可以说是一个首创。这也许就是白水秦林在餐饮业整体下滑的大背景下仍然屹立于陕西餐饮之林的奥秘吧！

字幕：秦林能使你吃住放心

驰名品牌的背后是管理。严格的进出货制度，是秦林饭菜质量的保障；操作间所有物品都各就各位，有条不紊；冷储冷藏，生熟严格分离；调料库房，左进右出，整齐划一；明厨亮灶，卫生整洁，一张小纸片掉在地上，秦林的员工都会自觉地捡起来；卫生倡议书上的员工签名，从一个侧面不难看出这个团队的某种作风……

这些虽然微小，却是事关成败的细节。

"不做则罢，要做就做好"，这句话，秦林人不但经常说，而且在坚持做。

秦林人郑重承诺：力争做到 6 个 "一"。即饭菜质量第一、服务第一、卫生第一、安全第一、经营第一、员工工资福利第一。为全县父老乡亲，为八方游客提供最舒适的环境、最可口的饭菜和最贴心的服务！

（2016 年 12 月）

怀揣一块七　成就七千万

"以质量求生存，以诚信求客户"，秉承这一宗旨，怀揣着1块7毛钱，从西固文化村走出的付建红，利用17年时间，将白水圣源果业打造成了总资产近7000万元的省级龙头企业。在本期的《创业者说创业》栏目中，我们将与电视机前的您一起探寻付建红的创业故事。

他就是付建红，今年49岁，出生于贫困家庭的他，高中毕业后，就开始了创业的历程。

付建红（白水县圣源果业有限责任公司董事长）：干过货运，给人当过装卸工，骑过三轮车，卖过包子，开过饭店，卖过菜，卖过橘子，反正是基本能做的都做完了。

创业初期，因为肯吃苦，勤思考，付建红很快就积累了一定的资金。此时，村里的风气是挣了钱就盖房，但付建红没有像村里人那样把钱用在盖房上，而是接着收购了几车皮"黄元帅"（苹果的品种），想要狠狠地赚上一笔，但这次，没有他想象的那样幸运，此次苹果生意带给他的是9万元的欠债。

付建红：完了以后，拉到南宁，亏得是一塌糊涂，最后在家里没办法待，人要账哩。然后，1993年，身上没有钱，带着仅有的1块7毛钱，进到白水县城来。

无奈之下，输得一塌糊涂的付建红开始了他的第二次创业。这次他选择的是卖稀饭。

付建红：从村上到白水，第一桶金就是卖稀饭。

卖稀饭挣的是毛毛钱，又苦又累，这些付建红都不怕，他相信只要保证质量，肯出力气，自己一定可以东山再起。卖饭之余，想到上次创业的惨败，付建红并没有气馁，而是痛定思痛，寻找、反思失败的原因，下定决心，从哪里跌倒就从哪里爬起来。

付建红：2004年，就萌发了建冷库的想法，做这个冷库，它是旱涝保丰收，不管做生意赚不赚，我把冷库修起来，你要冷藏，就要给我钱，冷藏费嘛。

说干就干。付建红在还清亲戚朋友的苹果款后，征得家人的同意，借钱盖起了冷库，并注册成立了白水县圣源果业有限责任公司。从此，圣源果业一路高歌猛进，成长为拥有上万亩基地、多家分公司的，集水果生产、收购、加工、储藏、销售和出口为一体的现代涉农企业。

付建红：截至目前，我公司的资产将近7000万。

谈及自己的创业经验，付建红只说了8个字。

付建红：诚信、担当、拼搏、奉献。

诚信待人、勇于担当、奋力拼搏、热心奉献，凭借着这些品质，付建红将企业做成了省市县"非公有制经济先进企业""AA+级信用单位""金融诚信企业""优秀果品营销企业"，"百年圣源"果品连续多年被评为"杨凌农产品博览会优质产品""陕西省名牌产品"，付建红个人也多次荣获省市县奖励，被评为渭南市"第一届青年五四奖章暨十大杰出青年""优秀民营企业家"。

（2016年7月）

自强楷模吴朝霞

她叫吴朝霞，1968 年出生于雷牙镇南张村，在白水县一马路经营着一家刻章部。从小因病双腿截瘫的她，虽然行动不便，却将自己的小店打理得井井有条。

吴存叶（吴朝霞母亲）：11 个月的时候向前跑得"噔噔噔"，那个时候没有那病，没有那小儿麻痹，想不到，打一针成这样子了，反正把心费了，没看好。

小儿麻痹让原本健康的小朝霞落下了残疾。小时候的她还不知道这意味着什么，当初中毕业后，她不得不面对病痛造成的无奈时，才明白自己与别人真的不一样。

吴朝霞：因为那时候我自身条件的问题，初中毕业以后，不能再继续求学，然后我自己就想，总不能这样一直待在家里，让家人养着我，那我活着还有什么意义？

那段时间，吴朝霞在家门口一坐就是一整天，看着来来往往的行人。迷茫、无助，自己的人生只能这样吗？不，自己不能一辈子依靠家人。

吴朝霞：家里人说我一个女孩子就待在家里，有父母，有哥哥，有嫂子照顾，就别出去了。但是我不，我不！

一心想出去的愿望无时无刻不在吞噬着吴朝霞的心，她不顾家人的反对，毅然决定走出家门，要去县城闯一片天地。

93

刚进县城，吴朝霞首要的问题是找块落脚的地方。在亲戚的帮助下，她在二旅社找到了一间逼仄的出租屋。

吴存叶：吃冷馍，喝开水，拿一点烂芥菜，二旅社那地方，地下这样一截砖，上面拿纸糊的缝，风一吹呼啦呼啦，最终那窗子被吹开了，你说你有啥法子哩，早上起来我妈说昨晚要是不来，你说不定都冻硬在床上了。

艰苦的环境对于吴朝霞来说是容易克服的，但初入县城的胆怯与对未来的迷茫让她没有了方向。自己到底要干什么？什么才是适合自己的事业？学医，自己行动不便；修电器，自己力气不够。直到看见街上的修表摊，吴朝霞瞬间找到了方向。她拜师、买书、苦学修表技术，各类钟表、手表拆了修，修了拆，反反复复，终于学得了一门好手艺。经历过最初的艰难，当手拿着第一次挣到的两块钱时，她喜极而泣。

吴朝霞：第一次有一个顾客说你这女孩子这么小，你会修不？我说会，然后我给他修好了，他就掏出来两块钱给我，他说你这个够不，我说够了。当时我拿着那两块钱，好像没见过两块钱似的，感动地看着那两块钱，流下了激动的泪水，我说我自己终于挣钱了。

吴朝霞善于钻研，她的摊位前排队修表的人很多。1998年，来自俄罗斯北爱尔兰的友人也来到她的摊位前修表，一块劳力士手表在她的巧手下，没费什么劲就完好如初。此事后来还被《陕西日报》专题报道。西安亨得利表行得知后也高薪聘请她为修表师，但被她婉言谢绝。

手艺高超，待人亲善，这些为吴朝霞换来了丰厚的报酬。

吴朝霞：那时候是八几年，咱们白水县举办万元户戴大红花游街活动，当时我在一马路边摆摊。我看到他们心里就想：他们是万元户，我也是，我还是两万元户，就感到很自豪。

2004 年，吴朝霞发现修表技艺门类单一，于是报名参加了县残联组织的残疾人电脑培训班，学成后新购了一台刻章机，店名也更新为：白水县朝霞钟表刻章部。随着店面的扩大，经营门类的增加，吴朝霞的生意越来越好，她自己也从刚到县城时胆怯自卑的小姑娘变成了一个自信、成功，带动别人发家致富的典型。

高晓慧（吴朝霞徒弟）：因为我是从别的地方听到她（吴朝霞）在街上已经摆了几年了，（见了我）把我手一拉，第一句话就是你来了，咱这都是不幸中的幸运儿，咱要好好地，好好地努力。

高位截瘫的高晓慧在师傅吴朝霞的精心照顾与教导下，学习 7 个月后，也摆起了修表摊。

高晓慧：平均一天下来就是挣二三百元。

吴朝霞前前后后共带出 7 名徒弟，我县百货大楼表行的母女俩都是她的徒弟。同行之间有竞争是难免的，但当有徒弟前来求教时，吴朝霞依然毫无保留地帮助他们。

于沣缨（吴朝霞徒弟）：我妈之前跟着我吴阿姨一起学修表，是吴阿姨的徒弟，（我）在这边给我妈照看店，来的顾客遇到钟表维修之类不会的问题还是会请教我吴阿姨。

看到徒弟们因自己的帮助走上成功的道路，吴朝霞打心眼里高兴。为了鼓励更多的残疾人走出自卑，走出家门，她跟随残联四处做报告、献爱心、参加演出、进行演讲，以自己的行动扶残助残，用自己的经历告诉、激励更多的残疾人，不依靠他人也能生活得很好。

孙长民（白水县残联理事长）：虽然她自己生活小康了，但是不忘残疾人事业的发展，带动了很多的残疾人走向社会，走出家庭，推动了我县残疾人事业健康有序发展。

因为自己是残疾人，看到其他残疾人，吴朝霞总想去帮一把，30多年来，凡来她店里修表的残疾人，她都分文不取；逢年过节，她通过残联组织的活动，给残疾人捐轮椅送现金；七夕鹊桥会，她帮助残疾人牵线搭桥，成就美好姻缘；村里修路，她得知后也慷慨解囊，尽自己所能帮助别人。她和老公的姻缘也得自她的善良慷慨。

郭国杰（丈夫）：那时候通过我了解，（她）人比较忠厚，对人实诚，对不认识的人也是（一样），那时候我刚来到（白水），没有路费，跟她借了20块钱，通过这认识，后来发现（她）为人处世相当好，我俩就谈恋爱，成了一家人。

凭着坚强的意志、勤劳刻苦的品质，吴朝霞为自己赢得了"扶残先进自强模范""自助创业模范""优秀共产党员""巾帼楷模"等诸多荣誉，但她最看重的还是"自强模范"。

吴朝霞：我要用自己的实际行动与亲身经历，去激励更多的像我这样的残疾人，要快乐地、健健康康地和健全人一样生活。

（2015年6月）

最美妻子马金花

她叫马金花，今年46岁，是甘肃省肃南县裕固族自治县的一名牧民。1989年秋天，高中毕业的她跟随恋爱3年的男友冯治平从部队复员来到了治平的家乡白水县冯河村。从此，这个草原上长大的藏族姑娘就成了地地道道的白水媳妇。

马金花：当时我妈也不愿意，就是嫌路远，说是到农村肯定要受苦，要怎么样。我说反正这个人我认定了，不管怎么样，他要饭也好，享福也好，我认定了。那时候，我妈一看拧不过我，就认可了。

来到白水后，虽说不至于要饭，但相较于生活习惯了的牧区，这里的确要艰苦得多，加之藏族与汉族的饮食起居、生活习惯完全不同，马金花在冯河村遭遇了严重的水土不服。用了3年时间，她才渐渐地习惯白水的生活。

马金花：我刚开始来到白水，条件太差了。比我们那条件差得多，因为我们那是牧区，经济条件比较好，他们这地方，白水县八几九几年，那穷得连自行车人都觉得挺稀罕，但在我们那，自行车简直就没人骑，就那时候也没觉得是跟着他受苦呢！

怀揣着对未来生活的美好向往，马金花克服了重重困难，与丈夫建立了属于自己的幸福小家。两人边务农边上班，丈夫在北矿当协议工，她在村里小学教书，后来两个儿子先后出生，一家四口的日子过得平静而美好，这样的日子马金花现在回想起来也一脸满足，但这一切在2008年的那场大雪中发生了改变。

马金花：觉得最难的时候就是他受伤的时候，他受伤以后，担子全压在我身上来了，娃要上学，他要治病。

冬天，大雪。冯治平像往常一样，下班回家就去自家的大棚帮妻子干活。没想到，一刹那的时间，悲剧就发生了，冯治平从大棚上摔落，从此只能与床为伴。

冯治平：日子过得最好的时候，发生了这么大的灾难，当时到白水医院，医院就不接，跟着拉到西安附属二院，医生说希望不大，那个时候我妻子就求教授说只要给我把这个人留住，哪怕是个瘫子。

灾难发生后，马金花日夜不离丈夫，喂饭、擦身、无微不至。她一边时时鼓励，一边精心照料，这一坚持就是8年。

冯治平：人说："久病无孝子，床上有病人，地下有难人。"我媳妇的确不容易，我发脾气也是难免的，有时候睡够了，身边没人了，就觉着你咋不每时每刻陪在我身边，一个大男人，现在是靠着妻子的肩膀活着。咋着哩，我这人就是自私一点，老天爷给了我一个天使般的妻子，我们好的时候是啥样，病的时候也是啥样，始终如一。这8年，我媳妇真正是对我好，没有我媳妇，我给你说，三年（地方习俗。亲人去世后为其守孝三年举办的三周年祭）我都不知道过了几个了。

卧床8年的冯治平没有生过褥疮，没有肌肉萎缩，妻子每天都要给他刷牙、洗脸、按摩。为了帮丈夫调节心情，马金花还在家里养起了花，她要给丈夫营造一个干净整洁舒适的环境。

杨全民（冯河村五组组长）：伺候得好，对老人也好，就是伺候得好，我平时来也看哩，再给些微（地方方言。有的，部分）人可能也做不到。

面对我们的镜头，马金花一直微笑着，就像面对生活的磨难从不气馁一样，虽然夜深人静，丈夫入睡以后，她也会默默流泪，但这泪只流给自己。当新的一天来临之后，她依然微笑面对。

马金花：现在已经到这个份上了，我也没有后悔过，反正我就说就这样了，咱俩日子相互慢慢过着，最起码咱俩儿子大了，我现在也就是一天一天好了嘛！我心里最大的遗憾就是我没有能力让他好起来。他有希望，但我没有这个能力，所以就是呼吁社会这些爱心人士能给我一些帮助，让我老公早日康复。

99

（2015 年 8 月）

刘喜赖： 望闻问切问诊忙

刘喜赖看病同期音：吃饭怎么样……

他叫刘喜赖，今年 52 岁，是我县中医院内科主任，副主任医师。1983 年，他以优异的成绩考入陕西中医药大学，经过 5 年的刻苦学习，获得医学学士学位后，分配至我县中医院内科工作。

刘喜赖：分配到中医院，这属于过去国家统分，一直就在这，现在将近 30 年了，1988 年到现在。临床上一直在内科。

一间不足 10 平方米的办公室，一张半新不旧的办公桌，一把老式的椅子，刘喜赖在这里一待就是 27 年。他每天的工作就是面对不同的病人重复着简单却又博大精深的中医传统疗法——望闻问切。27 年，9800 多个日日夜夜，刘喜赖根本记不清有多少病人在这里走进走出。

刘喜赖：这是一份工作，越干还越觉得……不厌烦，咱就这一份工作，就是给病人把病看好，当然咱家里也有好多人得病，通过这咱也能体会到这也是一份很好的职业。

因为对这份职业的热爱，刘大夫将工作当作事业来做。尽管工作多年如一日，枯燥、乏味，但他一点儿也不厌倦。他将满腔的热情化作一张张治病的药方，为患者送去健康，送去安心。

刘喜赖治病同期音：舌头伸一下，舌头怎么还有一点偏黄……

他叫焉四全，今年 69 岁，北塬乡潘庄村人。因为身患慢性病，他每年都会来中医院找刘大夫看病。

焉四全：一年平均两回，有时候还三回，再住院都在这，经过治疗以后回去还多少做些活。刘大夫的中药好，喝了以后这一次血脂减得相当快。

从办公室到病房，再从病房到这办公室，刘喜赖两点一线间不断重复的工作就是查房和看门诊。因为是科室的学科带头人，他不仅注重自己医术的提高，还注重全科室整体水平的提高。

李新明（中医院大夫）：刘大夫作为我们的科主任，也是学科带头人，我们科室每年都被评为院上的先进科室，甚至卫生局的先进科室。他主要是经常上门诊，每礼拜三、礼拜六带我们大查房，每个重病患者他都要亲自过问，研究治疗方案，在中医方面有很深的造诣。

党万全（同事）：对每个病人都能一视同仁，不管你职位高低，不管你穷富。患者来科比较多，看过的人都认为刘主任医德好，他尽量给病人节省资金，再一个是不开大单子，怎样让病人治病还要节省钱，深受患者的好评。

除了在医院看门诊，刘喜赖还经常不定期地参加县上组织的义诊活动，全县大大小小的村庄，他去的不在少数。2012年，全国"百名医师对口支援基层医院"公益项目启动后，刘喜赖连续 3 年参加了该项目。每周六，他都会到帮扶的基层

101

医院坐诊，雷牙、西固、北塬等卫生院都留下了他义诊的身影。

刘进明（义诊患者）：每年都去两次，最少，春季一次，冬季一次。正好他今天来了，我还离一截子路，今天专门来，还给我开了些药。他看得好，一直吃他的药控制着，今天来还给我把药调整了一下，尽量是让我少吃贵药，吃点便宜药。

利用休假时间，刘喜赖还经常下乡去授课，城关卫生院的王红斌就是刘大夫授课时的学生。

王红斌：刘老师是我学中医的第一任老师，刘老师平时对我们管教比较严格，他把他所学的知识全部传授给我们，当时我们班有 20 多个同学，对刘老师特别尊重。现在走向社会这么多年，平时我遇到不会的问题，我就让刘老师过来给我帮忙哩，问一下，解答一下，不管啥时间，就是半晚上你叫他出来，只要你说是有病人，他马上就来，不管关系怎么样。

从医 27 年，刘大夫收获颇多，在治疗脑中风、心脑血管等病上多有心得。他将自己的所学与实践相结合撰写成论文，多次在省级刊物上发表，引起业内人士的关注。在今后的工作中，刘喜赖还想将自己所学整理成册，以方便后来的从医者。

刘喜赖：今后就是把这以前看过的一些病，再加以整理，有些东西要形成自己的东西，在继承前人的基础上，再加入咱的一些想法，使这疗效更好一点。

（2015 年 4 月）

马丽萍： 用爱教育 用情育人

马丽萍，白水县城关二中教导主任，自 1997 年进入二中之后，她已经在这里扎根 20 个春秋，先后担任班主任、教研组长、年级主任，一直以来，她都致力于推动学校的课堂改革、课程建设。

剪纸课是城关二中自主研发的特色课，马老师带这门课已 3 年有余，50 余名学生在马老师的授课下，传承了这门指尖上的艺术。

黄佳琪（城关二中七年级二班学生）：在小学时没有接触过，上了初中之后学校开了剪纸课程，让我对剪纸有了更深的了解，也非常喜欢剪纸。通过这个剪纸课，让我对中国的非物质文化遗产有了很大的兴趣，也拓展了我的视野。

看到学生们对剪纸技艺由陌生到喜欢，马丽萍打心眼里高兴。她深知在这门课程中自己付出的心血，没有基础，就去拜访剪纸老艺人；没有经验，就沉下心摸索钻研；没有教材，就自己着手编写。经过 3 年的研发与实践，马老师的剪纸教学设计荣获市级二等奖，这门课程也被立项为市级课题，并被市上推荐参加省级课程建设优秀成果评选。

同张凯（城关二中副校长）：马丽萍老师虽然没有剪纸基础，但勇挑重担，边学边教，自编教材，由于马老师的努力付出，我校被渭南市评为"非遗示范学校"。

在马老师的从业生涯里，贯穿始终的是爱的教育。爱生如子，不仅体现在平日的授课中，更体现在课后的生活中。谢家欣是我县林皋镇许道村三组人，1岁多时，父亲不幸去世，母亲也改嫁他方，只留下她与奶奶相依为命。马老师因为招生来到了她家。

马丽萍：走进她家的时候，被那种家庭遭遇所触动，就想尽己所能，帮助她顺利完成学业。

从认识谢家欣的那一刻起，马老师就决定要长期资助这名学生。她每年都会按时给家欣2000元的生活费，并帮助她补课，一年四季，冬有保暖，夏有短裙。4年多时间，谢家欣已经由初中生变成了高中生，但马老师的资助却从未中断，"资助孩子有衣穿，资助孩子有学上"是她与丈夫的约定。

104

马丽萍：教育就是一种影响，我觉得用自身魅力来影响学生，这可能就是最好的教育吧！

(2018年10月)

白理智： 公溥为怀 悬壶济世

2019 年 4 月，在白水县骨科医院，一位来自白水县雷牙镇桌子村的患者家属将写有"德艺双馨、恩泽乡里"的锦旗送到院长白理智的手中，感谢他给予孩子白王凯的救助。这到底是怎么一回事呢？事情的起因还要从一起车祸说起。

2018 年 8 月 19 日，在北京一家外卖公司供职的白王凯接到订单后，就骑上自己的爱车奔波在送餐的路上，不料，祸从天降，一辆高速行驶的轿车直接撞了上来，悲剧发生了。

白孝生（患者白王凯父亲）：娃在北京出的事，在北京看的头，脚有点严重，家庭经济负担不起。北京费用太高。所以转到了白水骨科医院。

昏迷了七天七夜的白王凯在北京一家医院的治疗下终于苏醒过来，但腿部因为骨折没有得到有效的治疗已经完全溃烂，惨不忍睹。在北京人生地不熟的白孝生欲哭无泪，儿子刚满 20 岁，人生才刚刚起步，他不能放弃，情急之下，他想起了同在一村的白水骨科医院院长白理智。

白理智（中国人民政治协商会议白水县第八届政协委员、第九届政协委员会常委、白水县骨科医院院长）：这个白王凯原来在北京送外卖出的交通事故，当时晕倒没人管，后来在北京住了几十天，脚骨折得非常严重，一直没有得到治疗。因为是当地人，我就安排车把他接回来。

白王凯一家三口，家庭拮据，是村里的精准扶贫户，白理智安排专车赴北京将白孝生父子接回骨科医院后，就白王凯的情况进行了会诊。

白理智：这个情况当时是，脚的外踝、内踝、跟骨大面积骨折，特别严重，胫骨的软组织，脚腕的那个地方一包子渣。而且放得时间太长，它这里面该愈合的都已经愈合了。我们就全程免费给他把手术做完。虽然现在恢复得不是特别好，因为他当时耽搁的时间有点长。现在我们已经和西安红会医院合作起来，给这个娃把后期的治疗免费做完。

在医护人员的精心照料下，白王凯的右腿逐渐恢复了。其实，在白水骨科医院，白王凯只是众多普通患者中的一位，每天，都有新的患者来到白水骨科医院就诊。

同期音：白理智看门诊镜头

白理智出生于杏林世家，父亲白水明是远近闻名的正骨高手，哥哥子承父业，在治疗骨科方面也有自己独到的见解，在父兄的耳濡目染下，白理智也逐渐走上了医学的道路。

白理智：因为从小在家庭的熏陶下，经常看到好多患者受到很多痛苦，从小就立志学医，这受家族的影响也很大。

从河南洛阳正骨学院毕业后，白理智就回到骨科医院从最基层的大夫做起。他一方面跟随父兄学习实践经验，一方面深挖各种医学理论，力求使自己的医术更进一层。

白理智：在学医的过程中，有些时候碰到一些疑难病的情况，就头大得不想看了，不想学了，后来就想尽快学习、进修。1993 年，到西安交大二附院去进修学习，跟着王坤正教授学习了一年，最后不让走，让留到二附院，家里有这个医院，就没有留下来，直接回来了。

谢绝了王教授的挽留，放弃留在西安交通大学附属第二医院工作的机会，白理智在进修一年后又回到了家中，投身到自己热爱的事业中。2003 年，抱着对事业精益求精的态度，白理智又来到北京大学第四附属积水潭医院跟随刘沂教授进修一年。2008 年，白理智担任白水县骨科医院党支部书记兼院长。为了使患者能够及时得到有效的救治，在担任骨科医院院长后，白理智将全院分成 3 个治疗区，即创伤科病区、疼痛科病区以及中医整骨科病区，根据患者病情的不同，安排进不同的病区，能用传统手法治疗的就不安排手术。这一举措的施行不仅为患者减少了疼痛，更节省了医疗费用。

白理智：在这个基础上，我们成立了这个中医馆，像过去的过度医疗特别严重，有的手术不需要做，但是必须去做。现在不用做的，我全部用中医治疗，解除患者二次不必要的手术。中医馆今年接待量 2600 多人，自从成立以来效果也特别好。

同期音：白理智查房

从 1991 年到 2019 年，白理智治愈的患者数以千计，面对每一位患者，他都尽力做到耐心细致，尽管担任院长也已经 10 余年，他依然坚持每周一、周三上门诊。与此同时，他还积极撰写论文，将医学实践转化为科研成果，先后与其他同事在国家和省级杂志发表论文 40 余篇、论著两部，参加国家级学术交流会百余次，获国家专利 1 项，科技进步奖两项，成功举办全国性骨科学术交流会 1 次，得到了专家的认可与患者的好评。

侯建怀（患者）：前几次有病我就来这个医院治疗，第一次是滑膜炎，来了以后治疗，效果相当好。同我村几个在其他医院的患者相比较，我这恢复快，没有那反复的过程，所以这次颈椎有问题，我就决定到这个医院来。这医院，我的认识是，一是精，二是治疗效果佳，护士热心、细心、贴心，使患者安心、省心、放心。

高 斌（患者）：咱这个骨科医院白院长和这个医护人员都特别好，医术没有问题，对病人照顾得特别好。

因为业绩突出，白理智被推选为中国人民政治协商会议白水县第八届政协委员、第九届政协常委。他积极履职建言，多次开展义诊活动，为贫困户无偿服务，为残疾人慷慨解囊，连年被评为助残扶贫先进个人。作为一名政协委员，他关注更多的还是医疗。

白理智：我的提案主要是以医疗为主。作为一个政协常委，我认为，在做好自己本职工作的前提下，多提出一些有利于民生的提案，造福于社会。

（2019 年 6 月）

曼言曼语

第二辑

通讯

为了家乡的苹果更红

中国苹果看陕西，陕西苹果看白水。白水苹果以其色艳、细脆、耐贮存、无污染等特点在海内外享有较高的声誉。细推白水苹果的发展史，阔步迈进还是近40年的事情。伴随着改革开放的脚步，近40年的风雨沧桑，"白水苹果，亿万人民的口福"响彻海内外，"中国有机苹果第一县"已经成为西北这个小县城光鲜的标签。人们说起白水就会想到苹果，说到苹果就会想起白水。白水苹果荣获全国多项大奖的背后是大自然对白水的馈赠，是一代代白水人勤奋努力的结晶，在果业科技战线从业将近30年的郭学军深知其中的艰辛。

郭学军是从云台山里走出来的学者，他身上有大山的灵气和文气；郭学军是从黄土地里走出来的专家，他身上有农民的朴实与憨厚。自打1990年毕业留校任教后，他的人生轨迹始终围绕着两个字——苹果展开。5年果树专业教师、6年苹果科技副乡长、16年园艺站长、3年科技局长，将近30年，他不改初衷，深深扎根黄土地，坚持服务于基层生产一线，以"兴果富民"为期盼，以科技推广为己任，他的成长史与白水苹果的发展史密切交织在一起。

一

20世纪90年代，品尝到苹果甜头的白水人，掀起了轰轰烈烈的苹果栽种热潮。当时的白水果业，最缺的就是苹果专业技术人才。郭学军作为西北农业大学园艺系果树专业的高才生，成了"香饽饽"，前来求学的有老百姓，有青年干部，还有乡镇业务骨干，果树班人数最多时达到400余人。为了让大家掌握到最实用的技术，郭学军没少花心思。

学习专业知识的目的就是指导实践，郭学军深知这一批学生很可能会成为地方果业发展的中坚力量，他们的实践直接关系着果农的成长。为了让他们尽快熟悉果园管理的各个环节，在授课的过程中，郭学军不仅注重理论知识的传授，更注重实践能力的培养，从果树的苗木品种到田间栽植，从拉枝的方位角度、修剪的强弱到果园的灌溉、施肥，每一步他都亲力亲为。这样的教学方式不仅受到学生们的欢迎，同时也让他的教学更加生动，经验更加丰富，实践中发现的问题也能促进他更进一步地汲取知识，充实自我。

郭学军认为，老师和学生是辩证存在的，要当好老师，就要先当好学生。5年的教师生涯中，他坚持一边授课一边学习，一边学习一边实践，一边实践一边总结记录。他的讲义，先被汇编成《白水县劳动技术课教材苹果初中版》，后又被渭南市确定为全市劳动课教材。他教出的学生，很多人后来成了果树专家、果业老板，与苹果有关的中层领导和技术骨干。他也连续多次被评为"先进教师"和"教学能手",被县委、县政府评为"优秀教师"。

二

1995 年 10 月,郭学军被当时的县委书记咎松元提名赴史官乡担任科技副乡长。

"当老师当得好好的,还有寒暑假,你折腾啥?""身在福中不知福,只见过从农村到城市的,没见过从城边边往乡里跑的""脑子让门夹了"……

对于有梦想的人来说,流言蜚语并不会阻止他追梦的脚步。郭学军没有理会这些声音,他愿意与果农面对面接触、交流,自己的人生不应该仅仅局限于一间 60 平方米的教室。

一个阳光明媚的清晨,在众多的非议中,郭学军毅然来到了史官乡。这里毗邻澄城黄龙,与东南乡相比,该地苹果产业发展相对缓慢,郭学军到这里的目的就是改善当地果业管理技术上的落后面貌。

前往史官得翻好几道沟,为了节省时间,郭学军一去就几个星期都不回家。他逐园走访,记录每个果园存在的问题,与群众交谈,寻找管理中的漏洞,厚厚的笔记本写满了与果园相关的内容,小到谁家的果园落叶病、病虫害严重以及如何防治,大到史官乡整体果树品种的优选、土地酸碱度的测量等。走访中,他发现史官乡的果园大多栽种的是"国光""黄元帅""青香蕉"等老品种,"短枝富士"和"秦冠"等品种很少见，于是他将重点工作放在了嫁接与改良果树的品种上。11处、43余万平方米示范园的建设让果农看到了优良品种及先进技术的优势。

随后，郭学军率先在全县基层乡镇创办了《果农信息》专刊，每月一份，每次印刷500份，大力推广科技务果，提升果农的果园管理水平。不到4年，这些乡的果园就实现了大改观。当这些乡的果业发展大步迈进的时候，郭学军又辗转来到了西北乡，担任许道乡科技副乡长，帮助那里的果农发展苹果产业。在他的推动带领下，仅仅两年时间，那里的果农对果园管理就有了明确的认识，白水的果园建设基本实现全覆盖，各个片区都能均衡发展。

三

2001年12月，郭学军被任命为白水县园艺站副站长。摆在他面前的是果园四项关键技术的推广工作。当时，园艺站站长刘炳辉身患重病，所有的重担都压到他的身上。

"果树就是我的命，你把枝剪了咋结苹果？"大改形期间，当果农抱着他的腿喋喋不休时，郭学军耐着性子解释，但却于事无补。看到即将开花的树枝一根根地被剪掉，果农的不信任情有可原。郭学军心想，这样推广技术不是个办法，得让果农们自己看到果园四大管理技术的优势。于是，他来到老朋友冯国兴的家里，苦口婆心地劝导老冯在自家园子进行示范，拗不过郭学军三天两头上门做工作，老冯勉强同意将近2000平方米园子分出 600 多平方米给郭学军，由他去折腾。

有了老冯的首肯，郭学军大刀阔斧地开始了果园整形。首先间伐，将密闭的果树隔一挖掉；其次是提干，改变果树三大主枝的树形结构；再次就是强拉枝、巧施肥。郭学军在果园里干得热火朝天，冯国兴在果园边叫苦不迭，留给郭站长做示范的 50 棵树竟被他砍掉了一半！这还不算，剩下的也被他剪得光秃秃的，自己怎么就鬼迷心窍被郭学军说动了呢？

从春到秋，收获的季节来临了。让老冯傻眼的是自己剩下的近 1400 平方米的果园的收入勉强与郭站长砍掉一半的 600 多平方米果园持平。他彻底信服了果园推广应用苹果四项关键技术，这会儿，不用郭站长上门做工作，赶来学习的人早把他围了个水泄不通。

四

如果问郭学军这么多年最惊险的事情是什么？他会回答 4 个字——"蚱蝉事件"。

那是一次果园管理技术的现场培训。在讲课中郭学军发现果园出现了异样，经过询问得知果农们在树底埋了蝉蛹！这还了得，虽然心里很着急，但他仍然不动声色。经过询问得知原来是有个开发商来果园进行推销，承诺让果农栽植苹果的同时还能增加额外的收入，果农们一听有利可图，就与开发商签订了合约，在果园里大量养殖蝉蛹。

郭学军深知蚱蝉对果园的危害，佢他并没有在现场说明，那样无疑会造成果农的恐慌，他悄悄地对果园的蚱蝉进行取证，回到单位后就立马上报省市相关部门，引起了省市主管领导的高度重视。省市联合发文严肃处理"蚱蝉事件"。原来，"蚱蝉事件"并不仅仅发生在白水，渭南的其他县也有类似情况，但都没有明显的证据，如果任蚱蝉成虫，对陕西果业将造成不可挽回的损失。

郭学军的举动引来开发商的打击报复。气急败坏的开发商赶到郭学军家中，手拿刀子进行恐吓，要求他对自己的损失进行赔偿，危急时刻，躲在书房的女儿偷偷拨打了报警电话……

五

在郭学军的履历中，罗列着众多的荣誉，小到"专业技术市管拔尖人才""市苹果技术推广首席专家""渭南市年度标杆人物"，大到"西部之光"访问学者、"全国科普惠农兴村带头人""全国优秀科技工作者""国务院政府特殊津贴享受者"等，这每一项荣誉的背后都是汗水的累积、勤奋的努力、无私的付出、勇敢的担当！30年间，他把对白水的热爱投注到一个个鲜红的苹果上，力促西北农林科技大学苹果试验站落户白水，率先引进蜜蜂进行果园授粉，不遗余力地进行苹果新品种"密脆"的研发，竭尽全力培养果园管理技术人才，全心全意投入到优果富民的事业当中！他说："苹果是我的根，苹果是我的魂，我只愿，家乡的苹果更红……"

（2019年5月）

白水农业痴情人
——白水县农业局副局长董双平侧记

他是一名年轻的农业干部，也是一个资深的农业人。在农村长大的他，从 1998 年参加工作以来，一直在和农业打着交道，从最初的农税干部到后来的农业干部，再到现在的农业局副局长，他的履历简洁明了。农业占据了他从业生涯的重要位置，二十年如一日，农业不仅没让他感觉厌倦，反而对此越来越眷恋。

一

2017 年秋天的一个星期五，在西安飞往北京的航班上，一位身着西装、年近 40 岁、脸色略显疲惫的男子正在与空乘对话。

"飞机上能充电吗？我的手机没电了，一会儿下飞机有急用。"男子说。

"对不起，我们不提供这项服务。"空姐礼貌地回答，"从来没有乘客在飞机上要求充电。"

"麻烦您了，我有急事。"男子显得有点焦急。

"这……"空姐显然也很为难。

"你们内部充电的电源是否可以用一下?"男子的这句话提醒了空姐。

"我帮您在卫生间充电吧。"

充电的问题解决后,男子如释重负,长舒了一口气。想起这次北京之行,真是紧张而激动。这名男子叫董双平,今年39岁,是白水县农业局副局长。两个月前,他到省农业厅报送资料时无意中听到省上正在向农业部申请数字农业试点项目,从事多年农业工作的他,敏锐地意识到这对于全县现代化农业发展来说是一次绝好的机遇,当下就决定一定要为家乡争取到这个 1400 万元的试点项目。

"今年全省只报送海升一家,他们已经把材料准备好了。"农业厅工作人员一口回绝了他的请求。

"那需要什么材料,我们县也可以准备呀。"董双平并不死心。

"全省只有一个名额,今年你们肯定不行。"工作人员斩钉截铁地回答。

"就是今年不行,我们也可以排队嘛,您告诉我需要准备的材料,后面报送我们也轻车熟路,会少走许多弯路。"

农业厅的工作人员拗不过他,勉强同意了,顺手拿出一张纸递给他:"上面是报送材料明细,你们先去准备需要的材料吧。"

在得到省厅的同意后,董双平迅速向局领导汇报,并着手准备报送需要的材料。当他把准备好的材料报送给省厅时,正碰到农业部来电,要求省厅当天必须把材料报送到部里,农业部要利用周末对全国报送的材料进行筛选，最终确定进入答辩的项目。董双平一看时间，已经 10 点了，此刻飞往北京最早的航班是 12 点。他粗略算了一下时间，如果中途不耽搁，应该可以赶得上，于是当机立断，一边在网上订机票，一边乘车赶往机场，同时用手机向领导汇报情况。眼看着时间一分一秒地过去，他只能焦急地催促司机开快点。当他气喘吁吁地坐在飞往北京的航班上时，离飞机起飞也只有几分钟了。此时，他却发现一件糟糕的事情，手机没电了。怎么办？等会儿下飞机还要和农业部的同志联系报送材料，没电会耽误很多事情，他只能在飞机上试试运气了，因此也就有了文章开头飞机上的那一幕。好在他运气不错，不仅成功给手机充到了电，下飞机后，也顺利地联系上了农业部的工作人员，当他将白水的材料递交给工作人员时，这才感到深深的疲惫。

有付出就有收获。让董双平没想到的是，自己的这次意外争取还真给白水带来了一个 1400 万元的大项目。原来，当省农业厅将海升和白水的材料报送给农业部时，海升的项目因为设计上的漏洞在初审中就被农业部筛下来了，作为陪跑的白水竟逆流而上，通过了初审，将作为陕西入选的唯一县，接受随后的答辩。

这无疑是个好消息，同时也是下一步工作的号令。材料通过审核只是申请国家数字化农业项目的第一步，接下来的答辩过程才是一场硬仗。农业部答辩的评分标准中有一条：凡是县级领导参与答辩的奖励五分。为了迎接两周后的答辩，最终赢得该项目，白水县主管农业的副县长秦奉举、农业局局长王杨军亲自上阵，科学谋划、精心钻研、反复修改，掐分算秒、不断试演，不放过任何一个细节。即便如此，在答辩的前一夜，还是出现了纰漏。原来白水县准备的 PPT 不符合要求，需要重做。眼看着第二天就要进行答辩，干着急没任何用处，只能连夜修改了。这时候大家齐心协力，董双平负责联系专业人士连夜修改 PPT，所需的材料也只能他自己想办法；秦县长与王局长重新梳理要点，准备答辩。紧锣密鼓地奋战到凌晨 4 点，一切才准备就绪，此刻，大家眼角都带着血丝。简短的休息之后就是大考。最让大家惊喜的是，在答辩会上，白水县脱颖而出，拿到了最高分，成为全国第一名，该项目最终花落白水。

二

　　机会总是会留给那些有准备的人。董双平就是那个善于从细微之处发现机遇、抓住机遇的人。这从他为白水县宏达果业、兴华果业申请国家级龙头企业中可见一斑。

　　按照国家相关政策，全国龙头企业下去一个上来一个，换句话说，要想上一个国家龙头企业，必须有一家龙头企业下马。这也是国家龙头企业难申请的原因。但就在董双平担任白水县农业局副局长分管农业产业化工作期间，竟接连申请到了两个龙头企业，他成功的关键就是善于抢抓机遇。

　　2008 年，毒奶粉三聚氰胺事件震惊国人，一些国家龙头企业也牵涉其中，陕西也不例外，部分企业被撤销了国家龙头企业的资格。董双平看到这种情况后，迅速收集资料，吃透政策，统筹决策后联系了当时白水最符合条件的省级龙头企业——宏达果业公司，开始冲刺国家龙头企业。因为准备充分、有的放矢、时机把握恰当，宏达果业顺利地通过了国家验收，成为白水县继兴华果业之后的第二家国家龙头企业。

成功将宏达果业公司申请为国家龙头企业的重要原因就在于对时机的把握，而在申请兴华果业为国家龙头企业的时候，却是另外一番情形。原来，因为企业经营不善，白水昌盛公司已经无法达到国家龙头企业的标准，这样一来，白水的国家龙头企业名额有可能会被别的县市取代。为了避免这一情况的发生，作为主要负责这项工作的董双平主动来到昌盛公司，在得知昌盛将放弃国家龙头企业年审的消息时，立即联系各项指标都达标的兴华果业申请该项目。这样一来，当昌盛因主动放弃而无法通过时，兴华果业就获得了这个名额。事实证明，董双平的策略完全正确，他又为白水县成功地争取到一个国家级龙头企业。

从 2006 年调至县农业局至今，董双平在担任农业局副局长分管农业产业化工作的 13 年间，争取的市级及以上龙头企业共 60 家、省级龙头企业达到 19 家、国家级龙头企业两家。随着这些龙头企业的增多，国家也相应加大了对白水农业产业的扶持力度，资金项目年年攀升，因为成绩突出，董双平连年被评为先进个人，曾获得"感动 2007 农牧人"荣誉称号。

三

在农业局人的心里，董双平是一个能干事、会干事、干实事的人。2013年，他被组织任命为农业局副局长，主管农资监管工作。这对于以苹果为主导产业的白水县来说，是一份吃力不讨好的事情。彼时，白水果园面积已发展至3.6万多平方米，年产量58万吨，产值36亿元。果农们从果园中尝到了甜头，对果园的投资热情高涨，农资需求量大幅提升，商家们嗅到了商机。一时间，白水的农资品种多达500个，良莠不齐，假冒伪劣商品也混淆其中。董双平上任后立即抽调单位里精明强干又从过伍的年轻人，组建了农资监管突击队，以雷霆手段严厉打击不法分子，对全县所有的农资品逐一查对，发现问题严打重罚。不到两年时间，白水农资品牌从500多个锐减至不到300个，近一半的农资品牌销声匿迹，自觉退出了白水市场。同时，为白水的果农筛掉了假化肥、假农资，有效保障了果农的利益，而董双平也因此得到了"不徇私情""不留情面"的评语。

2015年11月27日至28日，中央扶贫开发工作会议在北京召开，脱贫攻坚战的冲锋号由此吹响。白水作为国家级贫困县任务艰巨，这是一场没有硝烟的战争。为了坚决打赢这场战役，白水县抽调优秀年轻的后备干部到贫困村，帮村子发展经济，助村民脱贫致富，董双平就这样来到了尧头村。

尧头村是一个三面环沟的小村子，全村3个自然村，5个村民小组，共280户，1350口人。虽紧邻白水县城，但因交通不便，人心涣散，班子瘫痪，发展搁浅。直至2014年，全村每年人均收入仅3100元，贫困户115户。

虽然董双平已经来过尧头村很多次，但那都是走亲戚，如今他作为选派干部再次来到尧头，心境大不相同，职责所在，使命使然，他必须尽快拿出一个合理的方案，改变尧头村的面貌，推进尧头村的发展。他找来尧头村新当选的支书梁涛和主任王彦忠，一连三天将尧头村的边边峁峁摸了个门儿清，一个清晰而大胆的思路跳了出来：一年变面貌，两年提精神，三年见成效。他要利用尧头三面环沟的自然地理特征，绕沟修建休闲长廊及较大型的蓄水池，发展休闲观光农业；利用尧头豆腐第一村的名气修建豆腐产业文化园，将一、二、三产业融合发展。这一提议既大胆又新鲜，村支部和村委会能同意吗？

还真有人提出了异议，顺沟修路不难，但要修建蓄水池谈何容易？这个问题也是董双平正在积极协调的问题。

思路决定出路，行动决定成败。为了把想法变成现实，董双平没少跑路，没少磨嘴皮子。他三番五次地跑水务局及相关单位部门，了解国家相关政策，力争使尧头村蓄水池项目能落地生根。

精诚所至，金石为开。当绿树掩映、碧波荡漾的蓄水池出现在尧头村的时候，大家都惊呆了。短短 4 个月时间，一件不可能完成的事情变成了现实，这对于提振尧头村人的自信心有着莫大的鼓舞作用。这样的梦想都能实现，还有什么不能实现的呢？

趁热打铁，一时间，尧头村发展按照既定思路正逐步完成，环沟道、乡愁馆、大戏台、豆腐博物馆及产业园，一个个画在纸上的设计图一一出现在尧头这个小村里，全村面貌焕然一新，前来休闲观光、品尝美食的游客络绎不绝。日前，刚刚投入使用的尧头栈桥更是吸引了四面八方的游客，尧头栈桥已经成为"抖音""快手"等网络社交平台中的常客、网友眼中的"网红打卡村"。

在整饬一新的尧头村村部正前方，还有一片3万多平方米的土地，董双平正寻思着在这片土地发展观光农业正合适……

（2018 年 11 月）

王军峰：从下河西走出的追梦人

2018 年 11 月 27 日晚，在渭南统一战线纪念改革开放 40 周年音乐会上，陕西旭峥贸易有限责任公司董事长王军峰喜获"渭南市非公有制经济十大风云人物"荣誉称号；在随后的几天里，陕西旭峥贸易有限责任公司又被评为"陕西优秀民营企业"，很多人说王总是双喜临门，其实，这些奖项对于王军峰来说只是锦上添花。创业 10 年，拿奖拿到手软，但他最为看重的还是 2017 年被农业部及共青团中央授予的"全国农村青年致富带头人"这一殊荣。因为他心里明白自己是农村人，他的天地在农村。

1973 年 1 月，王军峰出生于白水县一个偏远的小山村——下河西，这里沟连着沟，河连着河，要看一眼外面的天得爬半天坡上到坡顶。在这片土地下沉睡着仰韶时期和龙山时期的远古人类，距今已有五六千年。他们在这里建造了迄今为止同期最大的单体房址，他们已经开始用石灰石铺地，将垃圾进行集中处理。这无疑是一群智慧的、引领潮流的先民，他们顺理成章地在下河西这片土地上创造了繁荣。然而时过境迁，在王军峰出生的年代，这里早已不复往日的繁华，贫瘠成了它最大的特点。即便如今，走进下河西村你看到的仍是满目疮痍。

穷思变　变则通

都说穷则思变，何况是怀揣梦想的年轻人，更何况是在逼仄的环境下胸怀梦想的年轻人。

王军峰已经记不起自己离家的那天了，只记得那是 1989 年。他以为那是和往日一样平凡的一天。

如今的王军峰是个讲究的人，西装笔挺，衬衫考究，那天穿着什么他倒还有着些许印象，衣服没有打补丁，因为他要去白水县杜康酒厂当工人。

酒厂当然要酿酒，那可是个重体力活，大铁锹抡起来有八九斤重，用得狠时胳膊都会脱臼，但王军峰愣是坚持了下来，而且一干就是 3 年。如今再想起那 3 年时光，王军峰依然唏嘘不已，想不到自己竟然那么有干劲，其实那股劲就是梦想的力量。

机会总是会留给实诚勤奋的聪明人。王军峰显然具备这方面的特点。抡了 3 年大铁锹后，他就从酿造车间被调到了销售车间。做销售和抡大铁锹是八竿子打不着的两个工种，但王军峰头脑灵活，销售并没有难住他。他不拘泥于眼前的市场，而是把目光放到了陕北，让陕北的汉子们也可以"对酒当歌"。不到一年时间，白水杜康酒就入驻了神木市 80% 的商店、饭店，销售业绩快速提升，杜康酒在神木市一下子就火了起来。1995 年的时候，仅神木一个地方，年销量就达几十万元。

现在说起这段往事虽然轻描淡写，但里面的酸甜苦辣只有王军峰自己最清楚。他说自己当时就是用最笨的方法，骑个三轮车在神木的大街小巷一个商店一个商店地去转悠、唠嗑、推销，他给店家许诺先卖酒后打款，即便这样有些店还是不愿意。但功夫不负有心人，杜康酒在陕北走俏成为不争的事实。

吃一堑　长一智

就在王军峰打算在销售上大施拳脚、一展抱负的时候，他下岗了。

消息来得猝不及防，苦闷彷徨必不可少，但事已至此，王军峰也无力回天，因为企业发展遇到了瓶颈，杜康酒厂自身都是泥菩萨过河，更遑论这些临时工。一时间，酒厂下岗的工人们个个着急，但要另谋出路谈何容易。已走南闯北多年的王军峰不允许自己虚度时光，他得另谋出路。转机出现在一次街上闲逛时，他寻思着看人家在集会上卖衣服好像还能挣钱，于是自己也暨摸着做起了服装生意。"从西安几个发小跟前凑了900块钱全进了衣服，回来就跟集会，第一次就挣了170块。"吃到甜头的王军峰觉得卖衣服这生意还能做，于是又兴冲冲地去进货。

"我到康复路，看到有卖衬衫的，问这多钱，1块5，我都有些不信，一件衬衫咋能1块5？我还连着问了几遍，他都说1块5，我说1块5你给我拿上100件，然后我拿上150块钱给他。给他的时候，那人就给我摇头说不对，我说咋不对了，他说是6块5，我说这咋弄，我身上钱肯定不够，人家不行，退不成货，我没办法，身上只有 300 多块钱，最后全部进了衬衫。回来细看有的没有袖子，有的拉着丝 。"这次经历成为王军峰从业路上的惨痛教训，但也无疑给他往后的创业路提供了借鉴。骗子只能得逞一次，但却失去了长久合作的可能，看似占了便宜，其实因小失大。王军峰暗下决心，自己做生意一定要放眼长远，诚信经营。从这以后，无论是开办网吧、销售煤炭，还是苹果包装、蔬菜贩卖，王军峰都能坚持诚信为本，利益共享。

念念不忘　必有回响

2009 年，对于王军峰来说是应该记入个人大事记的一年。在这一年里，他创建了陕西旭峥贸易有限责任公司，开始涉足设施农业。他觉得土地才是自己最大的财富，作为农家子弟，他的创业还得从土地中来。3 年酿酒车间的重体力活，磨炼了他坚忍的意志；6 年风雨无阻的销售经历，练就了他敏锐独到的眼光；经营网吧又让他对电子网络有了前沿的认识。一开始，公司的定位就是"做好品牌"。他要从设施农业种植做起，兼顾农产品开发、电商物流配送，从产到销一条龙全方位经营，让各个环节都有保证。"公司的名字是我自己起的，就图个旭日东升、蒸蒸日上。"王军峰淡淡地说。如今，"旭峥"这两个字在白水已经家喻户晓。

好的思路要有实践来支撑。王军峰是个实干家，公司从选址征地到建造种植，短短 3 个月时间，一个占地 33 万多平方米的设施农业已具雏形。看着新建好的 180 座日光温室大棚，王军峰鼻子有点酸，这里面的艰辛只有自己知道。

好的开端是成功的一半，有了前面的基础，公司成立的第二年，王军峰又趁热打铁，成立了白水县旭峥蔬菜专业合作社。将周边的群众都发动起来，通过合同制、合作制、股份合作制等方式流转租用土地与农户联建设施生产基地 120 万平方米，形成了"公司 + 合作社 + 基地 + 农户"特有的"旭峥模式"。这种互赢的模式让王军峰的企业迅速壮大起来。

随着企业的不断壮大，"旭峥"大棚里的新鲜作物也层出不穷。从拇指西瓜到巨型脆瓜，从奶油草莓到水果西红柿。王军峰不仅种植传统的黄瓜、西瓜、草莓、冬枣、西红柿等农作物，他还将自己的大棚当作了科研基地。这不，今年他们试种的草莓新品种"白雪公主"刚一上市就得到了消费者的青睐，"白白的，和平时吃的草莓不一样，还以为没熟，但一尝，真好吃""特别甜，吃了还想吃"。还有新品种"水果西红柿"被评价为"阳光的味道""小时候的口感"。

创新一直在路上

创业的路上不可能一帆风顺，2013 年，王军峰的公司就经受了严峻的考验。那年冬天，雪铆足了劲地下，一场接一场，一天接一天，全然没有了轻盈飘逸的感觉。雪越下越大，大棚终于受不住了，一夜间，180 座大棚倒塌了 40 多座，王军峰傻眼了，欲哭无泪，这场雪灾无疑给了王军峰沉重的打击，那段时间王军峰吃住在大棚，除了抢修就是计算农户的损失，他不能让农户一年的辛苦就这样付诸东流。好在天无绝人之路，摸爬滚打多年的他积累的好人脉在这时发挥了重要作用，使他终于渡过了难关。"附近的村民看到大棚倒塌也都过来帮忙，硬是不要工钱"，而今，回想起那次天灾，王军峰记忆中留下的都是温暖。

从这之后，王军峰的公司高歌猛进，设立了旭峥电子商务运营中心，连续开通了"旭峥农业"网站、"旭峥有机商城"网店，加入了京东、天猫、苏宁易购等多家电商平台，全面实现了线上洽谈、线下体验、线上线下相结合的销售模式。

套路就是死路，创新才有出路。对于企业发展来说，复制别人容易陷入被动，只有不断创新才能开拓新的天地。有数年开网吧经历的王军峰深知互联网的强大，他需要借助科技手段助力自己的产品销售，因为销售才是决定企业发展的关键环节，销售业绩直接决定着企业的兴衰成败。2017 年底，王军峰投资 30 万元，邀请专业团队为公司开发新的网络销售渠道，量身定做"旭峥提货卡"，让消费者可以一键下单，实现产品直邮，没有中间环节，大大降低了成本。消费者低价购买优质产品，企业省去实体店的投资，真正实现了双赢。这一销售通道开通后，立刻受到消费者的追捧，企业销售翻番，公司业绩直线上升。目前，公司还在升级"提货卡"功能，据王总介绍，2.0 版本的提货卡，更便捷、更高效，对消费者的让利空间也更大。

渐渐富起来的王军峰并没有忘记他的乡邻四舍，他深知：

一个人富不算富，大家富才是真正的富。他积极带动周围群众共同致富，为村上捐资两万元修路，经常关爱孤寡老人，给敬老协会捐款 10 余万元，爱心捐助两名白血病患儿，连续 5 年资助 10 多名贫困大学生，春节拿出 10 余万元慰问贫困群众……

万里长空多远志，十年辛苦不寻常。如今坐在办公室偌大的茶桌旁，阳光从窗口一缕缕直射进来，示范园新上市的草莓与水果西红柿在精致的果盘中看起来更显水嫩。王总手把茶壶，氤氲的水汽将茶叶一片片舒展开，完全没有寒冬的影子。王军峰显得云淡风轻，他并不特意提曾经的挫折与坎坷，只说肩上的责任："既然被评为'农村青年致富带头人'，那咱就要对得起这个荣誉，公司的示范园建在家乡的村子，就是希望通过这种方式带动周边村民发展果蔬种植，脱贫致富。"

131

（2018 年 12 月）

脱贫路上最美创新者

——李小勇创新产业扶贫模式侧记

陕西白水，文祖仓颉故里，中国苹果之乡，创新创造之地。这里古有四圣创文明，今有一果甲天下。创新的种子根植在这片土地上，让敢想敢拼的白水人一次次地开拓新路，共享成果。如同牛顿与乔布斯，这里的人们在小苹果上做出了大文章。

李小勇是土生土长的白水人，年届不惑，下岗之后回乡创业，于 2014 年成立美华果业有限责任公司，现为公司董事长、白水县第九届政协常委。进入新时代，中国共产党做出了庄严承诺：带领全中国人民战胜贫困，共奔小康。作为企业带头人的李小勇寻思着这事还得在苹果中找答案。

白水崇尚创新，李小勇也如他的名字一样勇于开拓。短短 3 年，他带领企业探索出的 4 种果园托管模式已经覆盖 3 个行政村、394 户、200 多万平方米果园，其中贫困户占到 243 户，实行托管管理后，果园年均增产 300 余万斤，年增收 600 多万元，三分之一的贫困户成功脱贫。美华果业创新出的这条果农增收、企业盈利、可持续、易复制的新路子，经政府推广、全省借鉴，在渭北乃至全陕西开花。他个人受陕西农业厅邀请，在全省进行事迹巡回报告；国务院扶贫开发领导小组办公室官网多次宣传报道美华模式；《光明日报》以"陕西白水：资产托管走出扶贫新路"为题，也对美华果业"党建＋扶贫"创新托管模式进行了专题报道。

集思广益巧筹谋

抓创新就是抓发展，谋创新就是谋未来。李小勇深知创新的重要性，公司成立初期困难重重，一方面要解决新建园周期长、规模化种植难度大等问题；一方面要进行有机苹果基地认证，要求有机苹果基地与非认证区果园之间，必须要有 50 米以上的间隔距离。这就要求美华在基地与非基地之间流转大量土地，这无疑增加了美华的资金成本，也势必空置大量的土地。如何让土地不被闲置，同时解决企业规模化种植问题呢？眼下并没有可资借鉴的好办法，李小勇与团队及镇上派驻企业的党建指导员苦思冥想，多次协商，实地走访。几天下来，他们发现企业基地周围 85% 是缺劳力、缺技术、缺资金、缺观念的贫困户的老园子。

思路决定出路，细节决定成败。企业为了盈利，而果农也是一样的心思，所以让两者双赢是合作的基础。如果把这些零散果园进行标准化改造，由公司统一管理，美华果业指导果农统一用药、施肥、采摘、销售，企业流转土地的资金就可节省下来，用于技术、机械改进，让利果农等方面。如此一来，企业的难题便迎刃而解，果农也可得到实实在在的福利，一举两得，果园托管的雏形就这样慢慢地浮出水面。

说干就干，为了让果农接受企业，美华制订了详细的可行性调研报告。利用邀请西北农林科技大学苹果专家赵政阳为果农培训的机会，李小勇说出了自己的想法：希望果农可以将园子交给企业代管，对愿意将果园交给美华管理的果农，美华在化肥、农药、机械劳作上给予果农 50%、20% 等不同优惠，最大限度地让利果农。尽管如此，有些果农还是犯嘀咕，自己一手管大的园子交给企业能放心吗？

事实胜于雄辩，为了消除果农的疑虑，美华选择了果农薛世民作为突破口。50 岁的贫困户薛世民双腿残疾，生活自理困难，日子过得很是拮据，因为家里没有其他劳力，他既不懂技术也没钱给果园投资，2000 多平方米的园子撂荒着。美华了解到这一情况后，上门做薛世民的工作，以高于市场的价格与他签订合同，薛世民自己无须下地，不用投资，将果园全权托付给美华，只等果子卖了拿钱就行。

"开始把果园交给美华后，我很不放心，他把我的树砍的砍，伐的伐，我心疼得说不出来，没想到，一年下来，树势大变样，间伐了 60 棵，果园产量不少反增，苹果优果率也大幅提升，收入也从原来的 1 万元增长到近 3 万元。"

克难攻坚创新路

创新开出了幸福花。有了薛世民的例子，周边的果农对美华的怀疑烟消云散，一年下来，来美华要托管老园的果农大幅增长。偌大的农村，家家户户情况都不一样，为了更好地进行果园托管，美华针对不同的果农制订了不同的托管模式，包括全托、半托、反托、产品入股等。

全托模式主要针对如薛世民一样没有劳动能力的贫困兜底户，这些果农只需与企业签订全托合同，由公司全程派送劳力、专人监管技术和垫付全部资金，落实农药50%、肥料20%的资金补助，并以每斤高出市场1到2毛的价格，优先收购他们的苹果。

半托管模式主要针对缺少技术、资金，相当一部分还有"恋地"情结的果农、贫困户。这些果农有劳力，对果园有浓厚的感情，果园依然由他们管理，公司负责给他们提供技术指导和质量监管，在病虫防治、肥水管理等苹果生产的关键环节，由企业统一安排和提供农药、肥料、农膜等生产资料。托管户可以根据各自所需，自由选择公司提供的服务项目，贫困户同样享受农药50%、肥料20%的补助，公司同样以高出市场1到2毛的价格优先收购他们的苹果。

反托管模式主要针对无劳动能力、无资金的贫困户。贫困户与公司签订协议，将土地流转给公司全权管理，由公司负责制订种植计划、生产管理、果品销售，并根据实际情况评估出保底收益，农户只负责生产环节，企业按耕种面积向农户支付土地租金和劳务工资。苹果销售后，如果高于保底收益，公司会向农户再次分红。托管户年总收入由"保底收益、再次分配所得、公司正常劳动报酬、其他零工收入"4部分构成。

尧禾镇薛圪佬村薛少峰选择的就是反托模式。薛少峰有果园1000多平方米，之前多年自己一直在外打工，除去费用一年也积攒不了几个钱，果园因疏于管理，叶黄枝衰，他几次都想挖掉。加入托管后，第二年就套了两万个果袋。

"我果园少，美华说我可以把自己的果园进行托管，同时再按照公司的统一管理，代管其他全托户的果园，由公司按月发放工资。代管之前，公司对果园进行测产，年产1500公斤的，如果在我的管理下达到2000公斤或以上，超出的部分公司还会和我进行分红。我今年除了工资领了两万元外，果园卖了1.4万，还得了1000元的分红。一举四得，比在外面打工强得多。"

为了规避市场风险，在全托、半托、反托的基础上，美华还推出了产品入股模式：按照采取自愿且贫困户优先的原则，苹果成熟后，如果当时苹果收购价格过低，难以收回投资成本，果农可将苹果入股公司经营，企业按照市场价保底收购，并择机出售。出售后若高于当时收购价，企业将支付果农全部果款及盈余分红，若企业最终售出价格低于当时收购价，亏损部分亦由企业承担，果农旱涝保收。

党建引领开新篇

鼓起来的腰包是最实在的，果园托管后提质增效，更多的果农要求加入托管队伍，李小勇也尽力满足果农需求。可随着托管户的增多，托管面积的扩大，一些矛盾也显现出来。村民高明全的哥哥婚后一年病故，家里的4000平方米土地归嫂子所有，美华要流转这些土地遭到高明全的极力反对："我们家的地让外人收租金，办不成，你美华敢流转，前脚栽树我后脚拔。"接连几次碰壁后，李小勇再次来到了尧禾镇，镇党委从美华基地所在薛圪佬党支部着手，晓之以理，耐心说服，妥善解决了问题。

自己三番五次难以解决的问题经党支部说教予以解决后，李小勇心里有了谱，他申请尧禾镇党委指导美华果业成立党支部。随后，镇党委以美华果业党支部为核心，联合各村支部，创造性地组建了跨行政村的镇产业联合党总支，镇党委书记兼任总支书记，发挥党员带头作用，做好企业与村组及贫困户的协调对接，协调解决企业与贫困户合作过程中出现的各类问题，监督企业落实国家产业扶贫政策。同时成立托管委员会，投票选出会长与组长，每个组长监管 5 到 10 户果农的园子，督促提醒他们科学管理，进一步推进"美华托管"模式，辐射更多的群众。

党员李军平是托管委员会小组组长，负责 8 户 3 万多平方米果园的监管，他严格按照标准化管理，果园连年增收，平均亩产比托管前增加 1000 斤，增收 2000 多元。几年的实践证明，有了联合党总支的领导和协调，有了党员的带头示范，美华公司的托管业务得到了顺利实施和扩大，产业发展年年上台阶，贫困群众的收入也是芝麻开花节节高。

美华果业董事长李小勇介绍："在推出果园托管模式后，美华公司结合实际，创新思路，组建了土肥测配室、农残检测室，进一步保证苹果品质；同时邀请县园艺站果业技术人员长期入住公司，现场指导，为果农答疑解惑；并组建技术机械培训队，提高果园机械化水平；同时针对周边村庄贫困剩余劳动力，公司提供装卸、倒筐、包装、分拣等工作岗位；努力实现农资直供，保证农资质量、价格、环保，降低生产投入成本。"

美华果业推行的果园托管模式，不仅增加了贫困果农收入，企业基地也进一步扩大，减少了前期投资，稳定了货源，标准化管理下苹果的品质得到了保障，苹果价格也得到了提升，果农积极性进一步增强，村里留守儿童、空巢老人少了，欢声笑语多了，呈现出一派祥和的气象。2017 年，全省非公经济党建助力扶贫组专程到美华进行调研，陕西省非公党建工委书记赵亚莉高度评价了美华产业助贫模式。

美华创新的全托、半托、反托、产品入股四种托管模式说起来简单，用起来实在，它的推出是公司与地方党委政府和党员群众上下联动、齐心协力的成果。2018 年，"美华模式"荣获全国脱贫攻坚创新奖，正式在陕西全省进行推广。

（2017 年 8 月）

138

站好最后一班岗
——记古槐村第一书记陈诚

2017 年 3 月 14 日，45 岁的陈诚来到了陕西省渭南市白水县林皋镇古槐村，这是他在白水担任第一书记的第三个村。古槐村因之得名的那棵老槐树离村部仅有百米之遥，陈诚到村部报到之后并没有直接去参观那棵闻名白水的老槐树，而是一头扎进资料堆里，因为他要先把古槐村的基本情况了然于心。

陈诚，江苏淮安人，中国航空器材集团公司办公室高级主管，2015 年 7 月经单位选拔，中组部批准，下派至白水县史官镇狄家河村任第一书记。2016 年 3 月，被调整到林皋镇新卓村再次挑起第一书记重担。2017 年 3 月 14 日，陈诚又被任命为古槐村第一书记。

古槐村：发展苹果产业 助力精准扶贫

古槐村位于林皋镇西北部 14 公里处，北接宜君，西连铜川，由原来的冯家山村和陈家沟村合并而成。全村有 12 个村民小组，460 户，2011 口人。陈诚来到古槐村后，用了半个月时间走遍了村里的沟沟坎坎，全村共有 73 户建档立卡贫困户，他一一摸底。

作为一名工作 1 年半的第一书记，陈诚早没有了刚来白水时的惶恐与迷茫。只有发展产业才能真正脱贫是他的经验总结。于是，每到一个地方他都特别留意能不能发展产业。在走访了解中，陈诚发现古槐村存在土地闲置的情况，便鼓励村民发展苹果产业，成立合作社。起初村民并不积极，于是他在周末连续两天到古槐村 11 组去做村民的工作，在他的努力下，有 11 户村民（其中 4 户是精准扶贫户）决定试一试。陈诚趁热打铁，在白水县果业局的帮助下，不到 1 个月的时间，古槐村 11 组 120 亩的新建园——"长富 2 号"矮化树全部栽植到位，果树成活率达到 99%。这雷厉风行的干事作风与他曾经在部队服役的经历息息相关。

狄家河：摸索帮扶路子　全力开展工作

　　2006 年，在部队服役了 16 年之后，陈诚被分配到中国航空器材集团公司，任集团办公室主管；2015 年，他第一次来到白水，这个时候的他多了一个头衔——"第一书记"。

　　工作没头绪，生活不习惯，是陈书记来白水的第一感受。他至今还记得在狄家河村时被跳蚤肆虐的情景，一个月后，当他第一次回到北京的家里时，妻儿看到他满身的红包不由满眼蓄泪，家人一边为他擦拭被跳蚤啃咬的红包，一边劝他留在北京。陈诚沉默着。

　　4 天的假期，很快。离家的那天早上，等妻子上班孩子上学后，陈诚开着家里的那辆现代悦动从北京到白水，1100 公里的路程，他一口气开了 11 个小时！他说，为了更方便工作。如今这辆车在白水的里程已经超过了 23000 公里。

"第一书记工作难，没有项目没有钱"，这句话陈诚深有体会，但他却并没有被吓倒！而是开始摸索怎样开展扶贫工作。都说"要致富先修路"，陈诚及时与派出单位联系沟通，决定从修路开始。他将狄家河的村情村貌详细报告给公司，征得公司的同意后，为狄家河村修筑村道2.9公里。村道修好了，接下来要解决的就是发展的问题。为此，陈诚多次外出调研，拿出"一组一景一产业"发展方案，最终和狄家河村的一组村民狄张锁、张云同商量好，由他两人牵头先种植发展4000平方米"户太8号"葡萄园，成功后成立合作社再向其他的贫困户和村民推广。一年过去了，陈诚已经离开了狄家河村，但狄张锁会时不时地和他通个电话，咨询请教一些问题，叙说葡萄园发展情况："今年的葡萄很好，等熟了，我给您送去！"

2016年初，狄家河村通过计算贫困发生率后，摘除了"贫困村"的帽子，陈诚随之被调整到林皋镇新卓村，再次挑起"第一书记"的重担。

新卓村：修路产业并举　健康脱贫同行

"深入基层，深入农户，深入人心"，这是陈诚开展第一书记驻村工作的方法。白天走访调研，晚上跟村"两委"商讨带领群众发展的法子，陈诚在新卓村是大忙人。

在入村搜集整理了新卓村的民情台账后，陈诚发现新卓村通组道路年久失修，高低不平，每逢遇到下雨天，原本坑坑洼洼的沙土路便积水严重，使原本就出行难的村民和车辆更是难上加难，可以说这条路是制约新卓村发展的一个瓶颈。于是，他全面收集信息，找第三方做了合理规划和详细的预算方案，向集团公司扶贫办和主管领导汇报了相关情况，争取公司的支持。经过多次衔接，公司批准了他的方案，并以中国航材集团公司捐资的形式由县扶贫开发领导小组办公室主管建设，累计投资 133.11 万元，经过 3 个月的紧张施工，修成了 4.4 公里的宋源路。路修好了，在交工的时候，陈诚和施工方以及第三方拿着尺量器，冒着严寒，硬是把 4.4 公里的宋源路全部测量了一遍。他说自己手里的事一定要保质保量！

新卓村背靠方山森林公园，海拔在 1090 米左右，早晚温差大，是全县苹果优生区之一。但由于村民组织化程度低，果园管理理念和传导技能差，村民普遍管理果树方式粗放，只有少部分村民家的果园果品优果率能够达到 85% 以上。针对这一现状，陈诚开始发动村里苹果管理水平高的和后续想扩大果园发展的村民，整合 2 万元作为启动资金，筹建了该村第一个果蔬专业合作社。随后又投资 1.5 万元为该村组建了金航养殖专业合作社。目前，该村两个合作社入社的会员家庭已经由最初的 35 户增加到了如今的 46 户（包含 10 户残疾人户，11 户建档立卡贫困户），养殖合作社规模达到拥有肉羊 110 只左右，芦花鸡 200 只，入社会员家庭平均收入提高了近 2000 元。同时，为了便于村民销售产品，陈诚又多方沟通交涉，促成 B2C（商家直接对接消费者的电子商务模式）电子商务运行中心落户果蔬专业合作社。

在走访中，陈诚发现新卓村村民患肠胃病、高血压、高血脂等慢性病的较多，绞尽脑汁想为村民做点什么。功夫不负有心人，在他的努力下，终于联系到了解放军军事医学科学院研究员张成岗教授。张教授是土生土长的白水人。与张教授交流沟通后，陈诚的想法得到了张教授夫妇的支持和帮助。张教授夫妇为村民免费发放价值 20 余万元的改善慢性病的保健饮品 720 份，并于 12 月 10 日启动了"张成岗教授亚健康改善与慢性病防控·健康伴我行"第一期公益活动。第二期公益活动也在春节后顺利启动了。

张文海是新卓村四组村民，今年 53 岁，因为一次事故而永远失去了左手，他体弱多病的妻子连续两年做了两次大手术，女儿还正上高二，一家人生活非常拮据。陈诚走访他家后，当即表示每月资助孩子 500 元的生活费，直到孩子参加完高考，每个月陈诚都会按时将生活费转账到他们的银行卡上。农忙时节帮村民摘苹果、掰苞谷，一天不吃饭，这些在陈诚看来都是小事，但这样的小事他做了很多，有些自己已经忘记了，但却记在群众的心里。

还有两个多月，陈诚的任期就满了，届时，他将回到北京，回到自己熟悉的地方，但即便如此，他也会站好最后一班岗，将在白水的最后两个多月过得充实而丰盈。他告诉记者，目前正在与本村的一个家庭农场联系合作相关事宜，以此来带动古槐村的贫困户发展养殖业，同时，村里的群众告诉记者，陈书记刚刚丈量了冯家山到灵洼的村道，他说还有 2.2 公里没有硬化呢……

（2017 年 5 月）

法援在路上，只有开始，没有终点
——记民盟白水城区支部盟员王建茹

2015 年 7 月 9 日，对于王建茹来说是一个难忘的日子。当天，他作为"1＋1 中国法律援助志愿者行动"2014 年度优秀法律援助律师代表，在北京接受了中国法律援助基金会名誉理事长顾秀莲、司法部部长吴爱英的表彰。

时间要回溯到 2014 年 7 月。经过一个多月的层层筛选，白水城区支部盟员、秦泉律师事务所王建茹律师如愿以偿地成了司法部"1＋1 中国法律援助行动"志愿者中的一员，随后被选派赴贵州省黔南州少数民族聚居区荔波县，开展为期一年的法律援助服务。

"初到荔波，语言是最大的障碍"

贵州荔波县，地处贵州省南部，气候湿热，全县人口不到 18 万，而布依、水、苗、瑶等少数民族就占了 90% 多，生活习惯与汉族迥然不同。

初到荔波，除了要适应当地的地理、气候环境之外，如何与法律援助对象以及服务地的同志交流成了王建茹亟待解决的问题。为了解决这个难题，从到服务地第二天起，王建茹给自己约法三章：首先使自己的普通话更标准；其次对于较难懂的法律术语，自己将之口语化或者直接写在纸上，同时采用打比方的方式，让受援对象更好地理解；第三就是与当地群众打成一片。在工作之余，他经常去荔波的大街小巷走走，并参加了荔波当地的户外群，提高对当地语言和环境的知悉度，使自己尽快适应并融入当地的生活之中，以便于更好地开展法律援助工作。一年下来，当地的同志戏称："老王比我们荔波人还荔波，不仅能听懂荔波话，而且有些我们没到过的地方他都到过，连很老的习俗都知道。"

"把法律援助工作延伸到每一个需要法律帮助的地方"

"我是法律援助律师，有事情、有麻烦来司法局找我。"这是王建茹在荔波说过最多的一句话。法律援助行动最主要的一个方面，就是对打不起官司的弱势群体提供法律帮助，而作为志愿者，提供严谨优质的法律帮助是必须履行的职责，在办理法律援助案件的过程中，尽最大可能降低诉讼成本和缩短诉讼时间就成了必须考虑的因素。

刚到服务地时间不长，有一个独身多年的老人走进了王建茹的办公室，颤颤巍巍，满脸皱纹，而且口齿不清，经过交谈才知道父母以及唯一的兄长过世，老人因为居住和生活问题得不到落实欲起诉他的嫂子。得知该情况后，王建茹律师劝他先别着急起诉。随后一个人去了老人所在的城南社区了解情况，并让相关负责人联系其嫂并通知了老人。双方都到场后，关于老人的问题，与双方都进行了深入交流，该劝解的、该告诉错误之处的都一一和他们做了说明与法律分析。法再大，几十年的恩情和亲情不能忘，最后，双方都满意而归，王律师晓之以法，动之以情，把一起欲对簿公堂的家庭事务顺利化解。

"法援在路上，只有开始，没有终点"

为了更好地开展法律援助服务，根据服务地的情况，王建茹探讨出了一种"三三制"的传帮带方式，以案带人，增强实务性。前3个案件无论是刑事案件的阅卷笔录、庭审提问以及提问目的、质证意见和辩护意见，还是民事案件的证据整理和证明目的、质证策略及庭审辩论，先由自己整理，让具有资格的出庭人员按照该思路熟悉案件庭审程序，增强业务能力，提高操作感性认识。庭审过程中的变数和庭前预测以及变数应对、遗漏点，由自己随时来补充。而后续3个案件则由具有资格的出庭人员按照上述方式自行整理案件，对整理后的材料由自己进行修查补正。出庭则按照上述思路根据情况进行应对，通过"三三"方式的6个案件以后，再由他们自行整理出庭思路。在庭审过程中由王建茹来旁听，根据各人情况再进行调整。

法律援助志愿服务毕竟有限，仅仅通过自己代理案件、刑事辩护、咨询和简单的普法并不能从根本上解决问题，法律援助的形式必须多样化，只有把法律援助理念和方式留下来才是最根本的。王建茹认为作为法律援助志愿者，援助的目的不仅仅是办理更多的案件，而是留下和教会服务地办理案件的思路和方法，这才是终极目的。正是抱着这样的想法，王建茹不仅自己尽可能多地帮助受援人员，更是带出来余汶珏、李世恒两个很出色的布依族法律援助志愿者。

一年时间，王建茹在荔波义务办理援助案件 39 件，同时，他通过在贵州无线电台做客法律服务节目以及通过授课、咨询等形式大力进行普法宣传，为提高当地用法律思维依法行政，用法律途径维护权益尽了自己最大的努力！

今年刚开春，王律师又一次踏上了前往荔波的列车，他说："虽然志愿服务期结束了，但'法律援助'，只有开始，没有终点。"

147

（2016 年 4 月）

待到山花烂漫时， 他在丛中笑
——记尧禾中学老师李建平

　　他是学生眼中的良师、朋友眼中的益友、父母眼中的孝子、妻子眼中的好丈夫、孩子眼中的好爸爸；他就像云端那只苍鹰，即便折翅，也要高翔；他就是那支滴泪的蜡烛，要燃尽自己，照亮别人。

　　一件不太合体的深蓝色西装，一条灰黄的休闲裤，一双半旧的黑色布鞋，一张饱经沧桑的脸，这是第一次见到李建平老师时他留给我的印象。当时他正着急要给学生去上课，因为腿脚不方便，走路看起来很吃力。当得知我们的意图时，他有点为难，一边要给学生上课，一边又要接受我们的采访。后来，还是周围的老师给他吃了定心丸，让他晚自习时再帮学生把课补上。这样一来，他才肯安心接受采访。

一

　　1969 年 3 月 25 日，这一天，在白水县大杨乡张王庄村一户贫困的农民家中，一个新生命诞生了，他就是李建平。虽然家里当时已穷得揭不开锅，可看到李建平可爱、聪明、健康的小模样，父母还是很高兴，用心抚养着他。

日子一天天地过着，生活在悄无声息地发生着变化，曾经的小不点如今已长成了可以上学的大孩子。上了学的李建平每年都会捧回鲜红的奖状，让父母感到很欣慰，学校里平日举行的各种竞赛，他也总会取得骄人的成绩。那时的天很蓝，阳光很灿烂，在李建平眼中，生活就是这样美好，生活本来就应当这样美好。

直到有一天，生活给李建平开了一次不小的玩笑，李建平才突然明白，生活并不是他想象的那样，还需要抗争与奋斗！

那时离高考还有 3 个月，正当李建平废寝忘食备战高考时，他突然发现了一个可怕的事实：自己的右腿竟然不听使唤了。这怎么可能？自己一直以来身体都是很好的，帮父亲倒砖、踏泥，与哥哥一起拍瓦、担水，再苦再累的活儿对他来说都不在话下。腿怎么会突然出毛病呢？尽管心里害怕，可李建平还是心存侥幸，认为自己不会有事，在当时，对他来说再大的事也大不过高考了。

只是病痛是不会因为人的冷遇而偃旗息鼓的，相反，他会变本加厉地肆虐不在意自己的人。也许是李建平的态度激怒了病魔，短短 3 个月时间，李建平的四肢就开始变形，右手握笔已经很困难，连吃饭也存在问题。可倔强的李建平还是坚持着，右手不行用左手，就这样，高考中，李建平坚持用左手答完考卷。高考结束了，他也倒下了。1.72 米的个子，75 公斤的体重，在病魔与高考的双重压力下，瘦了 20 斤。

体重的严重下降并不是最可怕的，最可怕的是高考后李建平四肢已严重变形，彻底不能行走，只能每天在土炕上度日子。

李建平不甘心啊！他不相信自己就这样了，他央求家人带他去看病，他不愿自己就这样一辈子在土炕上度过。他的理想还没有实现，外面的世界他还没来得及参与，他不能就这样算了。对生的强烈渴望焦灼着他的心，尽管他明白自己的家庭一贫如洗，可"活下去"是他当时唯一的信念！

父亲沉默着，母亲泪流满面，不是不给儿子看病，家里实在是拿不出那笔钱啊！

这时二哥挺身而出，他明白家里的难处，知道弟弟的痛苦，于是下定决心去矿井挣钱为弟弟看病。尽管这时哥哥已经成家过起了自己的小日子。

当拿着二哥用血汗挣来的钱检查换来的结果竟是"进行性肌营养不良症"时，全家人都绝望了！"进行性肌营养不良症"就是在今天看来也是绝症，更何况在 20 世纪 80 年代。

李建平走在崩溃的边缘，但"人是不可以被打败的"！也许医院的诊断让他死了治病的心，却更加激起了他求生的欲望，他不再想着依靠别人，而是靠自己顽强的意志进行严酷的锻炼，使身体不再畸形。他要创造一个奇迹，一个人与病魔战斗的奇迹。

功夫不负有心人，就是凭着这股子坚毅与耐性，李建平的病情竟有了好转。放在炕头的砖块、果园里的树枝都成了他锻炼身体的道具。他不用每天只躺在炕头了，他也可以蹲在地头种西瓜了，他要凭着自己的毅力拯救自己，养活自己。

可西瓜也不是好种的，虽然第一次种西瓜让李建平尝到了甜头，可随后的贱卖却给了他不小的打击。不过这次失败倒是给了他重新回到学校的契机。因为从生活实践中，他再一次认识到了读书的重要性。

又是一番与家人的争执，结果以李建平的成功而告终。他如愿以偿地来到了白水中学，本以为这样离自己的理想会更近一步，可谁知白水中学的班主任竟不接受这名新来的学生，还说"我看你还是提早回去"的风凉话。李建平的心凉到了底。面对病魔都没有想到放弃的李建平这次却想到了放弃。不仅想到了放弃，他更是想到了死。他要去建筑队找帮自己挣钱缴学费的二哥说说心里话，却不曾想二哥因在高处作业竟摔断了骨盆。见了二哥，二哥语重心长地鼓励他努力拼搏，别辜负了自己。此时的李建平咽回了所有的话，也收回了放弃的念头。是啊，得对得起帮助自己的人。

原来的班是没法待下去了，他四处求人才换到了新班级。新班级有宽松的环境，李建平如鱼得水，他珍惜这次难得的求学机会，在学习上吃了比别人更多的苦，花了比别人更多的时间，成绩直线上升，最终以优异的成绩考入延安大学。

路好像又平坦起来，其实不然，还有更大的磨难等着李建平去经历。

1991年9月13日，李建平来到了延安大学，他心里美滋滋的，以为生活将在这里重新启程。然而只隔了一天，噩梦就又一次降临。延大竟因为他身体的原因不接纳他，劝他退学。

听到这个晴天霹雳后，李建平震惊了，但旋即就恢复了平静。也许是加在他身上的苦难太多的缘故，李建平已习惯性地去思考该如何面对和解决问题，而不是怨天尤人。他在心里对自己说："我是不会退学的，我一定要留下来！一定要！"

从这之后，李建平寻找着任何一个表现自己的机会，他要让师生认可他，学校认可他。随着一次演讲比赛的大获全胜，随着一篇篇文章的发表，李建平慢慢地被师生接受了。但这也只能换来在学校听课的机会，至于毕业证，那是想都别想的。让他完全在延大站住脚的人是作家路遥。

有一次，路遥来延大做报告，李建平所在系的系主任将他的事迹讲给路遥听，路遥二话没说就找到校长，事情就这样发生了戏剧性的变化。后来，在路遥的帮助下，1992 年暑假，李建平免费参加了西安的"作家协会培训班"，他的写作水平大幅提高，他的名声也越传越远。1993 年 2 月，广东省月牙湾中国首届诗歌节中，李建平的作品获得好评；同年 6 月，辽宁省营口市召开"李建平作品"研讨会。灿烂的光环背后是李建平呕心沥血的付出。

有谁知道他为了体能测试过关，每天早晨 5 点多就手脚并用地爬山；有谁知道他在图书馆一坐就是一天，直到臀部伤口血迹渗出。

快要毕业了，很多家单位向李建平发来邀请函，众多的邀请函中，任选一个都可以改变他的命运，可再多的邀请函与父亲的召唤相比，都显得那么微不足道！

就这样，在一个晨光熹微的清晨，跟随着父亲，李建平辞别了延安，回到了家乡白水，开始了他生命中新的角色——教师。

二

有学生说："李老师到哪所学校，我就去哪所学校。"有医生说："他照顾生病的学生比有些家长还细心。"学校领导说："把班交给他，我放心。"李建平说："我只是做我应该做的事。"

从最初的收水乡中学到大杨乡中学，再到今天的尧禾中学，李建平给学生说的最多的话是："行胜于言。"他就是这样一点一滴从自己做起，再去感染学生、打动学生、引导学生，从而达到他教书育人的目的。

给学生布置的作业，他先挨个做上一遍；需要学习背诵的古文，他先在课堂上背上一遍；要求学生写的作文，他先写好，再与学生对比，从中找出差距，共同提高。一本厚厚的物理辅导题，画满了他细密的解题思路、解题方法。他说做题的目的是从中归纳总结，寻找规律，帮助学生举一反三。不仅如此，他还善于从做题中总结口诀，帮助学生提高学习兴趣，使学习变得易学、易记、易掌握。

在他眼中，没有差等生。他说："只要学生刻苦学习了，努力过了，就是优等生。"他告诉学生："人的起点不一样，但终点是相同的，关键是过程。"他帮助学生理解"爱心"的含义。所谓爱心，就是帮助别人，爱心是抽象的，但帮助是实实在在的；他践行着自己的诺言，不放弃任何一个学生；他鼓励打算退学的张建亚，不要轻言放弃，要相信自己，在他的鼓励、帮助和指点下，张建亚如愿考上了理想的大学。他教导误入歧途的学生，帮助他们改过自新，以积极乐观的心态认识生活；他对待生病的学生犹如自己的孩子，感动了家长，也感动了医生；他牺牲掉几乎所有的休息日帮助学生免费补课。面对那一双双透出着强烈求知欲的眼睛时，他恨不得倾其所有去满

153

足学生们。

"师者，所以传道受业解惑也。"作为一名人民教师，在教书育人上，李建平第一看重的是育人。他教育学生要学会感恩，要学会用自己的人格力量去感化别人；他劝诫学生："不要交错友，不敢走错路。"他对学生说："被一块石头绊倒不可耻，可耻的是被同一块石头绊倒两次。"也许是对生命有比别人更深切的体验，每次放学，李建平总要不厌其烦地叮嘱学生"安全第一"。

每天清晨，天刚蒙蒙亮，尧禾中学的学生们就会看到李建平老师窗前的灯光，这盏灯，每天晚上十二点前是绝不会熄灭的。

李建平说，自己在尧中很满足，他喜欢这里的宽松环境、人文情怀以及浓厚的学习氛围，让他有一种家的感觉。

154

如今，年近不惑的李建平还没有自己的房子，每次回家，一家三口都和母亲挤在一块。他说："没有房子但很快乐！"

是的，对于一个精神富足的人，快乐就是这样简单。

天渐渐黑了，暮色中的尧禾中学肃穆而温馨，学生们或背书，或打篮球，他们脸上洋溢着自信与朝气。"我想，我在尧中看到了和谐！"李建平说。

（2009 年 10 月）

花椒映红十月天

——白水兴秦花椒专业合作社产业扶贫出实招

国庆期间，陕西省渭南市白水县的椒农们一刻也没闲着，从山顶到山沟的梯田里，一树树红红的花椒灿若云霞，采摘好的花椒铺满大地，犹似硕大的红地毯，格外喜庆。

"今年，我家的3000多平方米花椒颗粒饱满，收成特别好，卖了近4万元，每亩能多增加两三千元，也不用外出打工了，在合作社的花椒示范园就可以务工，既务了果园，又照看了家里，短短几个月内我也有了1万多元的收入。"说起这些，白水县西固镇东固村西党组贫困户党明堂高兴得合不拢嘴，他打算把自己种植其他作物的4000平方米沟坡地也整理出来，栽上花椒树。

扶上马，送一程。2015年12月，白水县首家农民花椒专业合作社——兴秦花椒专业合作社成立之初，党明堂就立即加入，成为合作社的第一批社员。合作社以花椒产业发展为基础逐步延伸产业链，通过扶思想、树信心、传知识、送技术、科技带动，农资帮扶，为贫困户赠送树苗，购买喷雾器、地膜、农药等，在向社员提供花椒供求价格信息、优良品种、技术指导和相应的生产资料、组织统一销售的同时，并为每一位社员量身定做脱贫致富良方，长期产业与短期打工相结合，短期打

155

算实现迅速脱贫，长期计划保证永不返贫。

精准扶贫的重点是产业扶贫，产业扶贫的关键在于技术扶贫，这对于 15 岁就担任村干部，一干就是 35 年的陈书明来说深有体会。很早的时候他便注意到，花椒品种混杂、管理粗放、病虫冻害严重、产量低而不稳、效益普遍不高的一系列问题一直制约着花椒产业发展，加之其杆、枝均具皮刺，给育苗、栽植和采收带来诸多不便。一斤 30 元的花椒，人工采摘成本超过 5 元，影响了广大群众的栽培热情，降低了花椒的经济效益。为了解决这些制约花椒产业发展的问题，在成立白水县兴秦花椒专业合作社之前，陈书明便通过多次参观、走访、请教名师，对自家栽植的花椒树进行多次改良、选育、嫁接，最终用科学手段成功培育出了产量高、出油率高、味道醇厚、便于采摘的无刺花椒"兴秦二号"。随后，他便注册成立了兴秦花椒专业合作社，推广培育出新品种，让村民们共同发展。

张志发今年 66 岁，是西固镇南卯组的贫困户，也是兴秦花椒专业合作社的成员，家里有 666 平方米成龄的花椒树，9000 多平方米幼园。合作社一边对其老园进行统一管理，统一施肥、统一修剪；一边将其 9000 多平方米幼园改良为合作社新嫁接培育出的无刺花椒"兴秦二号"。同时，为其提供工作岗位，使其农闲时节足不出村即可打零工挣钱。在采访中，他兴奋地告诉记者："合作社培育的无刺花椒粒大、色艳、好采摘，不出几年，自家的 9000 多平方米幼园挂了果，好日子就在前面等着哩。"

白水培育出了无刺花椒的消息不胫而走，不仅周边县市纷纷组团参观，甘肃等地的椒农也慕名而买，加入了兴秦花椒专业合作社。目前，合作社共有社员 186 户，744 口人，其中贫困户 28 户，103 口人，社员涉及 3 省、9 县、22 个镇，栽植花椒 360 万平方米，培植无刺苗木 6 万多株，为社会提供 60 多万株优质花椒苗，产值上百万元，8 户贫困户因为花椒已经脱贫。合作社理事长陈书明多次被蒲城、富平、澄城、甘肃宁县、华池等地林业、畜牧、组织部邀请讲授"花椒与扶贫""扶志、扶智与扶技""合作社的发展""做人与做事"等课题。

今年 7 月 1 日，陈书明被渭南市组织部授予"致富领富优秀共产党员"称号。他告诉记者："农业产业扶贫是长期工程，走集约化、产业化的发展路子是未来的方向，最近我们又购置了花椒清选机、真空包装机、自动化恒温烘干机，申请的花椒品牌正在办理中，工厂征地正在进行中，我们要将土特产做成大买卖，让小花椒敲开致富门！"

157

(2016 年 5 月)

形象之见

——白水县城区交警中队创设形象岗纪实

连续几个月来，白水县南彩门十字路口备受关注，大家纷纷前来观看、拍照，以至成为市民们热议的话题。他们在拍什么？交警。交警有什么好拍的？原来是白水县公安局交警大队城区中队在县城南彩门十字路口新设了一个岗台，执勤交警一正一副，动作规范，哨音响亮，敬礼手势、转体整齐划一，其精气神儿不由得让人眼前一亮，成为白水一道亮丽的风景线。

勇中创新

白水县交通呈四纵八横管理格局，近年来，城区车辆不断增加、保有量高达 5 万，加之道路狭窄、单行施行，无形中加大了交警工作量。白水城区交警中队现有工作人员 33 名，肩负着全白水南至彩门，北到四马路的交通管理以及高峰岗、护学岗的执勤工作，工作压力大，人员紧张。

南彩门是进入白水县城的第一个十字路口，这里曾经是人们用来庆祝喜接新车的一个地方，炮声不断、沙粒乱飞、纸屑满地、交通事故频发，与白水县的对外形象格格不入，因而成为令城区交警中队头疼的地方。

如何破解这一难题，使白水县对外形象符合县委、县政府提出的"四区、五新、六大"工程要求，大队长樊少宁多次召开队委会研究讨论，并将专题上报县公安局，得到了王文超局长的高度重视与支持。经批准决定：在县城南彩门创设交警形象岗，使其不仅成为白水交警的示范岗、培训岗，更成为白水县对外形象展示的一张新名片。创设形象岗，是需要一点勇气的，这无疑是自我加压，还要冒着一定的风险和非议。

2015 年 11 月底，白水县交警大队在网络上发出招聘南彩门形象协警的公告。

从严培训

今年 33 岁的高彬是白水县雷牙镇雷牙村人，去年 11 月，他从网上看到白水交警大队招聘公告，动了心思。身高 1.75 米以上，作为退伍军人的自己不正好符合这些招聘条件吗？加之自己从小就有当警察的梦想，于是，他拿上简历、证件，踊跃地报了名。通过目测、笔试、面试、计算机考试层层筛选，他与其他 5 名应聘者从 40 余名报名者中脱颖而出。

通过考试只是第一步，接下来 10 天的集训，至今想来，高彬都记忆犹新。每天时间都安排得满满的，上午的队列队形、交通指挥手势训练，下午的交通法律、法规学习，让他觉得忙碌又新鲜。看到其他同事训练认真而刻苦，数九寒天也个个头顶冒汗，自己更是铆足了劲，暗下决心，一定要加油！南彩门可是进入白水的第一个十字路口。南彩门岗台，就是白水交警的形象岗台，自己代表的不仅仅是白水交警的形象，更是白水对外的第一形象，决不能给白水人丢脸。

形象岗带队班长李永奇，是一名干了近20年的老交警，从退伍的那天起，他就踏上了交警队执勤岗台，这一站就是6年，后来因为工作需要，他又成了巡查班班长。在部队，他是优秀士官；在交警大队，他是岗位标兵，并多次被评为先进。去年年底，李班长接到上级通知，要在县城南彩门设立形象岗，展现白水新形象，由他负责所招协警的训练。

通知即命令。李班长拿出自己当兵的做派，每一个交通手势的方向、高度，甚至目光他都要严格把控；转体在什么时候起，什么时候止，怎样才算规范，哨子要什么时间吹，哨音长度等一系列问题，李永奇都做了严格的要求。在他的军事化训练下，6名协警果然不负众望，快速高效地掌握了执勤交警的各项要领。城区中队长许鹏为此可是付出了不少心血，全程跟训，现场督查……

2015年12月1日，白水南彩门形象岗正式设立。老交警李永奇带领新招聘的6名协警光荣地开始了第一天的执勤。

精细执勤

冬日清晨7点，天才蒙蒙亮，当人们还在舒适的被窝享受冬日里房间特有的温暖时，南彩门形象岗执勤交警们已经开始了一天的早训。清脆的哨音划过天际，似要叫醒还在沉睡中的白水。

班长李永奇首先就前一天的工作进行了点评：手势应当更有力，配合应当更默契。之后，他对当日工作进行了安排：两名协警一正一副站岗指挥交通，两名协警缉查布控核查车辆，剩余两名协警做好疏导、咨询、登记等工作，两个小时后，轮流换岗。

年前那场百年不遇的严寒对于执勤交警来说，是一场严酷的考验。虽然穿着大衣，戴着手套，但零下十几度的十字路口，寒风肆虐，手、脸、耳冻得发麻是必然的。尽管如此，执勤交警依然犹如钢铁战士般，整齐地完成着标准有力的规范化指挥手势。每天 1000 多次的转体、9000 多个手势、9000 多声哨响，保证了出入境白水车辆的安全有序。执勤交警为此付出的则是全身酸痛的代价，他们吹口哨时呼出的热气竟然在大衣领上凝结成了晶莹的冰霜。

每天，路经白水南彩门形象岗的车辆大概有 5000 余辆，小车、客车、载货车，各种各样。南彩门形象岗不仅肩负着指挥交通的职责，同时他们还要练就火眼金睛，排查过往车辆是否存在隐患。

今年春运期间，一辆从蒲城县发至白水县的客车引起了执勤交警的注意。经过详细的盘查，他们发现这辆车牌为陕EA7846 的大型客车司机根本没有备案，属于违法行为，立即给予及时妥当的处置。

还有一次，执勤交警在缉查布控盘查过程中，从一辆轿车中发现管制刀具一副，立马予以没收，并报上级备案。

从设立形象岗至今，执勤交警已经记不清到底搀扶过多少行人过马路，帮多少司机指明了道路。他们清扫积雪，助推打滑车辆，盘查危化车辆，为白水的交通安全保驾护航，展示着白水对外的新形象。

几何效应

形象，顾名思义，就是指能引起人的思想或感情活动的具体形态或姿态，也指一个人乃至一个集体的外表或容貌，是其内在品质的外部反映，更是其内在修养的窗口。

白水南彩门设立形象岗到底有没有必要，是不是在作秀？形象岗到底能坚持多久？有的人也提出了这样的质疑。

经过 3 个多月的运行，可以看出，形象岗不仅规范了交警的执法行为，更拉近了交警与人民群众之间的距离，两者之间的对立情绪正在化解，社会反响良好；春节前夕，县委书记周庆文等领导专程慰问了形象岗执勤人员，对其工作给予了充分的肯定；县政法委书记李全海多次过问并亲临视察指导；同时，其他县市的交警大队也纷纷前来白水参观取经。

目前，城区交警中队已将在南彩门设立形象岗的做法向一马路十字、四马路十字进行推广试行。南彩门形象岗虽设立于寒潮来袭的年前，但市民们对它的热议有增无减。据不完全统计，3 个多月来，过往车辆、司乘人员以及行人对其注目观望者共计 20 余万，冒着严寒，拍照、上传形象岗照片至手机微信者不胜枚举，形象岗执勤交警扶助老弱病残通过十字路口上千人次，接待来白人员问路咨询数百次，处置安全隐患 10 余起。自设立形象岗以来，南彩门面貌焕然一新，从未发生过一起交通事故。

一国一地一行业都有其形象。

白水城区交警中队创设的南彩门形象岗是打造四区五新白水的创新举措，是白水交警外树形象、内强素质的具体实践，更有着向全县乃至更广范围推广的宝贵价值。

(2016 年 5 月)

从"蓝创"到"酷客"
他让科技梦想落地生根

——记陕西酷客科技发展有限公司董事长马永康

他是别人眼中的 IT（Information Technology 信息技术）精英，在白水创新创业中心从事软件开发工作，成立了自己的公司，是名副其实的"创客"。但他又不是人们印象中的 IT 男——西装革履，风度翩翩，手提电脑，自信从容。第一次见到他的人会犯嘀咕："这就是传说中的精英？"皮肤偏黑，头发稀疏，着装也不怎么讲究，怎么看也不像年轻有为的职场精英呀！但这就是他，陕西酷客科技发展有限公司董事长，24小时自助洗车平台的创始人马永康。

马永康是地地道道的白水人，出生于杜康镇和家卓村，现年30岁。采访过他的人都知道，他的普通话里有着浓浓的白水味，是典型的"白普"。大学毕业后他本有机会留校任教，过上城里人的生活，但却毅然选择了回乡创业，从山里走出的他为什么要重新回到山里呢？这还得从他毕业那年说起。

放弃留校　心念远方

2010 年，马永康毕业于西安科技大学机电工程系，上大学期间，品学兼优的他连续 3 年担任学校学生会主席。毕业后学校将仅有的留校名额给了他，但他却想去外面闯荡，在社会的洗礼中快速成长。他先应聘到神华宝神铁路公司从事技术工作，随后又来到陕西宝光光电有限公司。2013 年的一天，马永康像往常一样走出西安的小区，看到路上车来车往，但有的干净有的脏，他突然想到为什么不能利用自己的专业知识在小区里面建个智能洗车行呢？现在几乎家家户户都有汽车，洗车却要到周边车行，价格贵不说，有时还要排长队，如果居民区有自助洗车行的话，这些问题都可迎刃而解。说干就干，他首先向公司递交了辞呈，随后就联系大学里的那帮哥们，一群胸怀梦想的年轻人由此开启了他们的创业之路。

起起落落　矢志不渝

2014 年，拿着东拼西凑的 2.4 万元，马永康和大学时好友们组建了科研团队，成立了西安蓝创环保科技有限公司，致力于 24 小时智能化自助式便民洗车设备项目的研发与实施，这既是一条充满希望的大道，也是一条颇不平坦的小路。马永康和他的团队要想成功研发出满意的产品得闯 3 关：技术关、推广关和资金关。

技术是他们创业的前提，更何况马永康和他的团队要做的是一件新鲜事。智能洗车不仅要考虑便捷，还要考虑环保、节约、成本等问题，既要方便又要便宜，如果自己研发的洗车系统收费也和普通车行一样，就没有多少竞争力，也违背自己创业的初衷。于是他们借助自己的专业技能，通过科学的分析，实地考察，技术钻研，制订出严密的方案，再通过实践，反反复复，一而再再而三地编程、实验、推翻，再编程、再实验、再推翻。在经过一年多的技术攻关后，第一台功能完备的智能洗车系统面世，马永康将这台洗车系统命名为"蓝创动力"，"蓝"代表梦想，"创"代表创新创造，"动力"是他们团队激情与开拓的象征。当马永康和他的团队沉浸在成功的喜悦中时，他们没想到自己的喜悦会如此短暂。

连续 4 个多月的走访、推销、兜售，无人一试的窘境犹如泼头的冰水让这群充满梦想的年轻人蔫了。但就这样认输吗？怎能如此甘心？马永康认为不能就这样算了。彷徨无计之时，他突然想到了离自己居住小区不远的地方有个传统洗车店，虽然不怎么起眼，但却值得一试。经过简单的交涉，当得知马永康想将自己团队研发的新产品在他们店里免费安装试用时，店老板犹豫再三后还是答应了小马的请求。

"不用不知道，一用还真妙"是一周后洗车店老板给小马研发的洗车系统的评价，"省水、卫生、便捷"是客户的普遍反映，"尤其是你们的泡沫机，一边喷泡沫一边洗，比手动方便多了"，这些评价犹如一颗定心丸，让小马忐忑的心终于安定下来。当然，在使用过程中，洗车店老板也反馈了一些小问题，这是小马需要进一步技术改造的项目。

攻坚克难，精益求精。在马永康团队的科技攻坚过程中，蓝创动力一代二代三代逐步诞生，用户体验反馈越来越好，洗车成本也降到了 5 元钱。客户可以根据自己的需要通过"KUKEAUTO 共享洗车"平台或是微信点击"附近洗车"，了解目前洗车门店的分布情况，通过监控模块预知是否需要排队，以便能够随时随地去洗车，整个流程无须现金，全平台支持移动支付；如果客户不想自己动手洗，"KUKEAUTO 共享洗车"平台提供代洗服务，整个过程不超过 20 分钟，成本只有传统洗车店的 1/3 到 1/2。

2015 年，马永康自主研发的"24 小时智能化自助式便民洗车设备及应用软件系统"获得国家实用新型专利证书及 6 项软件著作权。随后在 2016 年渭南市首届创业创新大赛中获得"3D 打印和先进装备制造组"三等奖。

回报乡梓　科技富民

客户认可、凯歌高奏，正当形势一片大好，马永康撸起袖子要扩大范围，继续改进技术研发人工智能系统时，公司的资金出了问题。这可怎么办呢？一分钱都能难倒英雄汉，何况马永康还是社会上打滚没几年的"小年轻"。焦急、无奈，跑得嘴角都起了泡，资金问题依然无法解决，绝望之余，马永康喃喃自语："天上会掉馅饼吗？"

这天上还真掉下了馅饼。白水县政府在马永康困顿之时为他伸出了橄榄枝，邀请他和他的团队入驻"白水县创新创业中心"，为他们提供办公场所，为他们解决资金难题，并将马永康团队研发项目确定为白水县委、县政府数字化便民重点建设项目，小马的 24 小时自助洗车服务点也在白水县城建成使用。

"投我以木桃，报之以琼瑶"。2016 年，马永康在白水县注册了陕西酷客科技发展有限公司，将研究团队全部搬回白水县，在不断完善自助洗车系统的基础上，又开始研发自助停车系统与智慧农业系统。用他的话说"要让科技服务更多的人，让家乡人优先体验到科技带来的实惠"。

目前马永康创办的公司已经形成一套完整的研发、设计、安装、调试、培训、维护一站式服务体系，公司的主打产品有 KUKEAUTO 共享洗车客户端、KUKEAUTO RFID 智能库房管理系统、KUKEAUTO 汽车客户管理系统、KUKEAUTO 洗车券电商系统、自助洗车设备等系列产品，主要用于高技术专业化服务相关领域。目前一年期限已累计服务客户频次近 20 万次，包括省内有西安、渭南、宝鸡、高陵、延安，省外有山西、甘肃、银川等地。

马永康告诉记者，"酷客科技"意为不同的创客将要进行一场革命式的创新，这较之于当时的"蓝创动力"更具有前瞻性与目的性。马永康告诉记者，他们正在研发的人工智能洗车系统，是智能自助洗车系统的第六代，他要让"机器人"代替人来完成洗车的工作，整个洗车系统无人操作，只要用手机 App（应用程序，Application 的缩写）或微信小程序按要求完成步骤就可以让爱车洁净如新，目前此项研发工作已经进入论证编程阶段。而智慧农业更是他们团队目前研发的重点，从智慧灌溉、农作物测控，再到通过物联网嵌入而减少人工管理，这项研发在 2019 年春节后将在白水县进行初期测试，相信测试成功后，这项研发会为更多的果农带来便捷。

（2018 年 11 月）

苹果之乡的摄影家

在白水县一马路西头，有一座显赫的影楼，那就是艺龙照相馆，这座照相馆的老板叫冯义。您若想听他的故事，那先温上一壶茶，听我慢慢道来。

拿来冯义的简历一看，简简单单：1953 年出生，系白水县尧禾镇满意村人，1959～1975 年在尧禾上小学、初中、高中，1976～1979 年在尧禾铁牛河水库管理站工作，1979～1982 年在县教研室工作，1982 年至今从事摄影工作。大家也许很纳闷，这样一个人会有什么独特之处？

冯义，长相普通，就如同他的简历一样。认识他的人也都认识他的摄影包，因为无论走到哪里，他都随身带着。照相对他来讲，是人生中的亲密好友，是永远也不会舍弃的亲密伙伴。

早在 1976 年，冯义因兴趣爱好，偷偷学起了照相，那时他手里的相机还是借县水工队的。还记得自己第一次照相时，因为不懂得胶卷的使用方法，竟将别人用过的底板装进相机，再怎么摆弄也照不出影来。冯义觉得很奇怪，后来请教别人才知其中原委，原来底版是不能重复照相的。这是不是很可笑？冯义也觉得自己有点儿犯傻，可没关系，照相嘛，慢慢来。尽管没书，没有器材，但听别人的一些只言片语，也能帮他探索出一条照相的路来。

在开始学习照相那阵儿，冯义不知道相片怎么冲洗，于是向别人请教。今天有人说相片要用医院的药水洗，那他就去找药水，回来试一试；明天有人说洗相片不能见光，要在黑洞洞的房子洗，那也行，明天他就找那样一间屋子；再后天有人说洗相片要用一种箱子，箱子里要有电灯，箱子上要有玻璃盖，那更好了，自己权当重温物理实验……就这样，在别人的一言一句中，冯义摸索实践着，直到他简易的"实验室"开始出现所期待的那一点图影。

"有图影就好办了"冯义心里想，"这可是个好兆头。"于是开始对外接活。尽管接了活，他心里头还是没底，有时候感觉对方的表情、姿势都很到位，自己抓拍的时机也没问题，可洗出的照片全然不是那么回事。这时候，冯义就将照坏了的相片藏起来，自己慢慢"欣赏"。有时候照出的照片好了，就送给人家，得来的当然是由衷的赞许。这样一来，在不断的"自我欣赏"和"别人赞许"中，冯义的技术日益娴熟。为了实现"自我欣赏"的大幅锐减、"别人赞许"的大幅增加，冯义决定自己买一台照相机。那还是 1978 年，我国的消费状况并非按需分配，而是定量消费，这预示着冯义要买相机还得费一番功夫。

在要拥有一台自己的相机的强烈愿望激励下，冯义想起了曾来白水拍电影的朱孔阳。朱孔阳是西安电影厂的摄影师，找他帮忙应该问题不大。这次还真让老冯给蒙对了。当他来到西影找到朱孔阳后，没费多大工夫就搞定了胶卷、相纸、药水等物品，花掉 124 块钱，背回了一台照相机。

1982 年，白水县教育局勤工俭学办成立了专门的照相部门，冯义担任主摄影师，这无疑又给他提供了一次绝好的学习机会，善于钻研的冯义紧紧抓住了这次学习与实践的机会。一年之后，怀揣技艺的他开办了我县第一个私人照相馆——东风照相馆，名正言顺地当上了个体大老板。东风照相馆就是艺龙照相馆的前身。

东风照相馆开业后不久，冯义就开始为政府部门照相，他说："每一次照相都不一样，每一次都是学习的过程。"就是凭着这样一种态度，冯义的技术越来越好，拍的照片越来越受欢迎。因为经常出入政府机关，冯义也得到了许多认可。有一次，白水县原县委书记张建中对他说："你来县委宣传部工作吧！"冯义听后并没去报到，他觉得自己的性格本身就很恬淡，不受羁绊，向往自由，他有着自己的追求。

冯义说自己有两个特点，而这两个"特点"才使他在照相这条路上走得比较稳，比较长，这两个特点就是"认真的态度与正确的定位"。"认真的态度"是对于照相而言的，而"正确的定位"是对自己做人的一种准确把握。他说："照相本身就是一种服务行业，因而自己的定位应是为别人服务好。人不能将自己看得太重，自己就是平平凡凡的老百姓，人生在世，不一定要让别人看得起，但一定要对自己负责任，对自己所从事的事业负责任，别人对自己照片的肯定就是对自己人生的肯定，艺无止境，修养无止境。"

说起冯义的认真，我还真得啰唆几句。在从事照相工作初，冯义还干过摄像工作，当时的摄像及编辑设备是很简陋的，要实现音像同步很困难，必须一字一帧地核对，专题片一秒应配几个字的解说词，新闻一秒应配几个字，都必须精确把握，同时还要注意配音人员自身的习惯、特点。冯义每次在编辑这些图像时，除了要考虑别人能注意到的地方外，甚至将标点符号、一句话完成之后的换气都计算在内，因而，他编辑的片子大多都一次成功，配音人员也多喜欢与他合作。

20世纪末，柯受良、朱朝辉飞跃黄河，热爱摄影的冯义紧紧抓住这次机会，亲临现场。特别是朱朝辉飞跃黄河，冯义于前一天晚上11点就来到了黄河边，选择最佳拍摄位置，选好后一步也不敢离开，用三脚架占住。整整一夜，冯义就守着黄河，守着三脚架，守着自己的最佳位置，等待那即将被历史记录的一刻。

在冯义所有的照片中，"白水苹果"出境率最高，为了拍白水苹果，冯义也颇费周折。

有一次，为拍一组苹果的照片，他不顾太阳的毒晒，骑着摩托车来到北塬。可谁知道，摩托车在狄家河竟然"汽油告急"，冯义无奈，这前不着村后不着店的地方，买油、借油都不容易，想来想去，只得向朋友打电话求救，在朋友的帮助下，他终于拍到了令自己满意的照片。

还有一次，冯义在雷村乡拍苹果时，发现拍到的效果不好，苹果干巴巴的，看了不能勾起人的食欲。他灵机一动，何不在苹果上喷一些水呢？一试，果然不出所料，一张张水灵灵的苹果照片出炉了。这些照片在《陕西画报》的最佳位置刊登后，得到了专家的首肯与广大读者的好评。

除苹果之外，仓颉庙及县城风光也在他的照片中出尽了风头。有一次，白水籍人士，江泽民和李瑞环的保健医生王兴在看到冯义拍摄的仓颉庙照片后兴奋地说："我要将照片拿给江泽民同志和李瑞环同志看。"潜台词就是"这照片拍得太出色了"！

而这潜台词后的潜台词则是冯义长时间的揣摩与积累。在拍摄白水街景时，他首次运用"反转片"，采用增长曝光时间、多次曝光的方法，使自己拍出的照片不仅清晰、明快，极富艺术性，更富有现代气息。冯义有一张照片拍摄的是林皋湖的傍晚，照片中的林皋湖宁静、安谧，湖面氤氲的水汽若隐若现，夕阳下，林皋湖静若处子，神秘而内秀，意境至上，是一张难得的佳照。

几十年来，上至航拍白水全景，下到几十米的井底拍照，全县 998.6 平方公里的土地上无不留下冯义的脚印。罗丹曾说过："生活中并不缺少美，而是缺少发现美的眼睛。"冯义不仅长了一双发现美的眼睛，更难能可贵的是，他将美丽的瞬间定格为永恒。正是因为冯义锲而不舍的追求，我们才更清楚地认识了白水这片美丽的土地。

如今，当你走在白水的大街小巷，随便问一个人，艺龙照相馆在哪里？他都会为你指出具体的位置。之所以如此，是因为冯义的照片已经成为白水的一张明信片，所有人都知道冯义的相照得好。是的，冯义的相的确照得好，这让人很钦佩，可更让人尊敬的是，冯义还是一位极富爱心的人。一次偶然的机会，冯义得知白水县林皋镇许道云门村一位叫刘晓芹的学生因家庭困难面临着辍学的危险时，他二话没说，开始资助这个学生。当这个女生上到高中因身体状况不得不辍学时，他又转而资助刘晓芹的家人，帮助他们家脱贫致富。除此之外，冯义还热衷县上的公益事业，为县上的公益事业捐款捐物。因为冯义的德艺双馨，他被白水县工商局、民政局、交警大队等单位特别聘为行业监督员，被县统战部授予"统战工作先进个人"，他的"艺龙影楼"也被陕西省摄影协会评为"婚纱艺术摄影一级店"。在他的熏陶与指导下，儿子冯斌也走上了摄影之路。在经过专业的学习后，冯斌的拍摄技术并不亚于老爸，甚至在用光、构图、时尚、市场运作方面更是青出于蓝。

到今年为止，冯义已当选白水县政协委员 18 年了。18 年来，冯义从未停止过发现美、追寻美的脚步，在冯义任政协委员期间，他的所有提案都是有关城市建设与环境卫生的。他希望所有白水人都能动起来，珍惜我们宝贵的资源，使白水的天更蓝，水更清，街更美。为了这一目标，他将和儿子一道不遗余力地"上下而求索"。

（2005 年 4 月）

朝　阳

　　一辆轮椅，一门知识，一座医院，一腔热忱，一双温暖的手，让朝阳擎起了一片蓝天。

　　在白水县冯雷镇冯雷村街道南拐角处，有一座二层的楼房，那就是冯朝阳于 1999 年创办的"朝阳医院"。说起冯朝阳建医院的事来，还有许多故事。

一

　　我知道生活不相信眼泪，命运不同情弱者，我只有振作的勇气，没有消沉的理由。

　　1963 年，冯朝阳出生在冯雷镇一个农民家庭，出生时，在本地担任乡村教师的父亲为他取了个寄托无限希望的名字——朝阳。父亲希望他如早晨八九点钟的太阳一样，充满希望，充满光明。然而令父亲万万想不到的是：两岁时，小朝阳竟因一场大病导致小儿麻痹，以致双腿残疾。心急如焚的父母亲为治疗他的疾病花掉了家里所有的积蓄，但疗效甚微。于是，小朝阳的童年注定要与双拐为伴，他的人生也注定要经历艰辛的历程。

　　在父亲的照顾下，当小朝阳刚刚读到小学四年级的时候，由于父亲调到外村去教书，朝阳不得不随父同去。这便使原本就很劳累的父亲更加劳累。懂事的朝阳为减轻父亲的负担尽量少喝水，少上厕所，一来二去，朝阳的身体极度衰弱。心地善良的村民得知这一切后，主动把蒸好的馒头送到学校。就这样，在父亲以及村民的关爱与帮助下，朝阳读完了小学、初中，又升入了高中。

读高中时，让朝阳记忆犹新的是一个星期天的下午。那天，看到同学们一个个离校回家，朝阳也心动了。他开始收拾东西，但当看到那对冷冰冰的拐杖时，他不由得放慢了双手。昔日热闹的宿舍此时显得特别冷清，只有朝阳一个人孤零零地坐着，窗外不知什么时候下起了小雨。朝阳越想心里越孤单，于是拄着双拐，艰难地走进风雨中。夜渐渐深了，离家还有约5公里，朝阳只能依靠双拐慢慢挪移。在路经一块坟地时，朝阳害怕极了，他感觉总有一双看不见的眼睛在黑夜中窥视着他，便下意识地加快了脚步，就在这时，一不小心，脚下一滑，跌倒在泥泞中。也不知费了多大劲，花了多长时间，朝阳才挣扎着爬起来，趔趔趄趄地往家走。回到家，父母看到满身泥泞的朝阳时，千言万语都化作了一行行酸楚的眼泪。

1980年，对于冯朝阳来说本是充满阳光的一年，经历了10多年的寒窗苦读，他终于以优异的成绩从全校600名学生中脱颖而出，成为高考上线的3位同学中的第2名，然而不幸的是，因为自身的残疾，他竟被无情地拒绝于大学门外。

天，暗淡了；心，死寂了。一切的一切，都在顷刻间化为泡影，朝阳整天将自己关在家里，心如死灰。

很长一段时间后，在父母语重心长的教诲中，在父老乡亲的真诚鼓励下，冯朝阳从家门中走了出来，他必须将泪吞在肚子里，振作起来，用残疾的双腿走出一条属于自己的路！

二

人生在世，信念是金。充满信念的人才敢于和命运挑战；充满信念的人，永不言败。

1981年，冯朝阳将自己的遭遇反映给政府，得到了政府的支持与帮助。政府安排他做了一名镇卫生院的收费员，也是从这时候起，朝阳的人生有了大转机。

在镇卫生院期间，朝阳除了干好自己的本职工作外，还经常学习打针、化验……久而久之，他对医学产生了兴趣。此时他开始利用业余时间学习医学理论，先后自修完医学院校西医的两套教材，还有北京乡村医生函授学院的全部课程，取得了大专文凭。接着又先后赴西安和蒲白矿务局医院进修，使自己的理论水平与实践能力得到大幅度提高，这为他以后行医开诊所奠定了坚实的基础。

1991年，冯朝阳所在的镇卫生院解散后，他便寻思着自己开诊所，这一开竟为冯朝阳开辟了一条新路。

在开诊所期间，冯朝阳克服了重重困难，从稚嫩走向成熟。因为双腿残疾，他不能总是来回移动，这无疑使他的诊治与学习都受到了影响。为了解决这一难题，朝阳想了个好办法：他治疗的时候，总不忘在轮椅中放上几本自己喜欢的医学书。这样一来，当给患者看完病后，他就能用节余时间看书，而不用再次劳烦妻子给自己送书。日复一日，年复一年，由于不懈努力，他的医术得到了患者的肯定，县卫生局授予他中级医师职称。与此同时，北京名医名方研讨中心也聘他为会员。

从最初的门庭冷落到现在的门庭若市，从最初的医术平平到今天的医术精湛，从最初的朝阳诊所到今天的朝阳医院，无不饱含着冯朝阳的努力与心血。那一夜夜不曾熄灭的灯光，那一晚晚很难合上的双眼，那一日日爱不释卷的双手，无不记录着冯朝阳创业初期的艰辛与刚毅。

1994 年，正当冯朝阳的诊所红极一方的时候，不幸又一次降临到这个倔强的男子汉身上。在一次出诊途中，因意外车祸使朝阳原本还能拄双拐走路的腿彻底残废了。他的行走只能依赖轮椅了。朝阳在痛苦彷徨之后，并没有消沉，他很快从不幸的阴影中走出来，因为他心中总有一轮初升的朝阳，在温暖着他，启迪着他，他全身心地投入到诊所的工作中，命运已无法再捉弄这个拥有坚强意志的人了。

三

"我作为肢体上的人是残疾的，但灵魂上的我是汉字中大写的'人'，是顶天立地的人，我是借助于政府以及周围人的帮助才能够站立的。因而我要尽我所能扶残救危，用爱心编织残疾人的生活梦想，让残疾人拥有生活的希望和信心。"这就是冯朝阳的心声。

在经历了一次次的打击后，冯朝阳练就了钢铁般的意志。他思虑着，自己现在的一切有赖于乡亲们的帮助。人，都是感情动物，自己得到乡亲们的照顾，现在也到了报答的时候了。

1999 年，他和妻子借贷 20 万元，在冯雷镇街上盖起了四间二层小楼，建成了一所"朝阳医院"。以"朝阳"命名是想表明心迹，冯朝阳说他愿化作一轮和煦的朝阳，给父老乡亲送去温暖，送去平安，送去吉祥。

"朝阳医院"建成后，冯朝阳便着手实施降低药价的事，仅此一项，他每年就少收入 2 万到 5 万元，但却给群众带来了实惠。

2000 年，冯朝阳任冯雷镇残联理事长。在全县率先制订了残疾人的各项工作制度，整理上下级文件百余份，拍摄制作宣传短片 8 部，并将自家医院 2 楼无偿腾出来，改造为镇残联办公室，自费购置了桌椅、电视、电脑、沙发、文件柜等硬件设施，使镇残联工作进入正轨。为了有效地帮助同自己一样的残疾人，冯朝阳赴外地考察，深入调研残疾人现状和工作状况，掌握第一手资料，确定残疾人工作思路，全面展开"助残"工作。

在关心处理镇残联工作的同时，冯朝阳还时刻将村里的公益事业放在心上。1999 年，他为患者孙爱艾垫付医疗费用 2000 余元；2003 年，非典时期，向村中心学校捐赠价值千余元的过氧乙酸消毒药品；2004 年，在资金困难的情况下，又为新庄村一组村民杨周企安装假肢，并发动村上其他人加入助残行列中。目前，冯雷镇已形成了 100 人的志愿队伍，经常性地开展助残活动。2002 年 12 月，孤寡老人张东生因下雪路滑跌倒，导致右下肢骨折，落下残疾，生活不便，志愿者田永红等人便经常为老人熬药做饭，料理家务，帮助老人渡过难关……像这样的事情一件件、一桩桩，太多太多了。

现今，冯朝阳已被渭南市人民政府授予"自强模范"称号，冯雷镇被中国残疾人联合会评为"组织建设先进乡镇"，冯朝阳个人也被评为"全国残联基层组织优秀理事长"，并荣幸地在人民大会堂受到了胡锦涛、习近平等国家领导人的亲切接见。

　　面对荣誉，冯朝阳没有骄傲，他现在正筹划新的发展机制，准备通过正规渠道，完善法定程序，以便和镇上的水泥厂、砖厂联手经营企业，以此更好地促进残联工作的长效稳定发展，为残疾人送去阳光，送去温暖。

四

　　在这篇通讯稿将近尾声时，我想用冯朝阳曾经说过的一段话作为结束语——"我之所以选择从医，是因为我想把健康传递给更多的人，因为我的残疾，让我想到更多人的残疾，我想尽我之全力，帮助残疾人解除病痛的折磨；我之所以热爱残疾人事业，是因为我周围的人总像朝阳一样温暖着我的心灵，扶助着我，鼓励着我，因而我要将这种爱心传递下去，让更多更多如我一样的残疾人心中充满阳光。"

（2005 年 5 月）

深邃人生烙画兴

——记烙画艺人李兴华

"我跑遍祖国各省市和周边国家，偶尔也见过铁笔烙画，但大都是简单的线条白描图案，像李先生这样能烙绘出水墨画效果的从未见过，堪称一绝！"这是"墨竹王"孙杰在看到李兴华用烙铁作的山水画后所发的感叹。那么李兴华究竟是何许人也？烙笔画究竟是怎么一回事呢？带着这些问题，我来到了西固镇庙前组李兴华的家中，得知了这位艺人与烙笔画的故事。

李兴华于 1948 年 2 月 2 日出生在皖北萧县东阁村。他是清雍正朝两广总督江南代管李卫之十九世孙。1953 年，李兴华随父母迁居到白水县西固镇庙前组，这一待就是大半辈子。

李兴华在 5 岁时就对绘画产生了兴趣。每当看到父亲作画，他就瞪大了双眼。一切都是那样神奇，一张白纸，在父亲的左描右画下，瞬间就变成多彩的世界。他越看越痴迷，有时便不由自主地用瘦小的手指在地上临摹。渐渐地，他的画也作得有模有样了。当时有人问起小兴华长大后要干什么，他自豪地回答："我要当画家。"

随着李兴华年龄的增长，他越来越热爱绘画，做画家的梦想也日益高涨。1966 年，"文化大革命"开始了，李兴华做画家的梦想不得不搁浅，他失望极了。无奈之下，只能将梦想深藏于心，回乡务农。那是一段多么无奈的日子，想做的做不了，不想做的却每天都必须面对，即便自己有偷着学的想法，也不能实现。李兴华失望、忧郁、烦躁，"黑五类"（"文革"期间，指代地主、富农、反革命分子、坏分子、右派分子的子女）、"狗崽子"的帽子压得他喘不过气，他觉得活人太难了，开始萌生了轻生的念头。但小时候的梦想又怎么能够轻易舍弃呢？他咬咬牙挺了过来，他告诉自己一定要坚持，黑暗之后就是黎明，冬天过后春天必然来临。在这种梦想与毅力的支撑下，李兴华从"文革"中走了过来。"文革"之后，一切都解冻了，李兴华感觉自己就像挣脱蛛网的飞虫，重新获得自由是一种多么快乐的感觉，更何况自己现在可以光明正大地学画、作画了。从这之后，李兴华重新拿起了笔，看到什么就画什么，花鸟鱼虫、飞禽猛兽，无不成为他作画的内容。因为自己刻苦，加之小时候受父亲的熏陶，他作画水平大幅提高，写意、工笔，无不拿手。

一次偶然的机会，李兴华注意到了烙铁勾勒的简单线条，他心里一动，自己何不用烙笔一试呢？在作画的道路上，自己为什么不独辟蹊径？这一想法在经过很长时间的酝酿后，终于在 2000 年成为现实。

2000 年，李兴华开始创作了自己的第一个烙笔画作品，他找来木板、传统烙铁，先用铅笔在木板上作了一幅山水画，然后再将烙铁烧热，开始临摹。由于第一次用烙铁作画，火候掌握不到，轻重把握不准，轻了烙不上，重了又会将木板烧坏，这样一来二去，一幅画被弄得"伤痕累累"。但李兴华并没有灰心，他仔细揣摩其中的道理，研究火烧烙铁的原理，不断实验，将火烧烙铁从火炉中拿出来时发现烙铁头一旦与空气接触，就会氧化生成一层薄膜，作画时，必须先将这层薄膜刮掉，然后再作。尽管这样，烙铁也支撑不了几分钟，就会因为温度的降低而无法继续。为了解决这一困难，李兴华专门准备了6把烙铁，每次作画时，将这些烙铁全部放入火炉，一个用完再用另一个。这样循环使用，就能持续较长时间。后来，李兴华改用电烙铁作画，大大地缩短了画画时间，也提高了画的质量。

随着李兴华烙铁技艺的不断进步，作画速度大大提高，对木板的需求也大量增加。他每作一幅画成本都会超过百元，这对没有主要经济来源的五口之家来说，的确是一笔不小的开支。好在家人都十分支持，经常帮他找木板。有时候，李兴华为寻找一块合适的作画木板，要将附近商店的仓库翻遍，从三合板到五合板，再到锯木板，逐个精心挑选。在李兴华的影响下，家人外出时，也都特别留心，若碰到合适的作画材料，定会想方设法地买回来。

2001年夏，白水县文化馆馆长王奇戈由于一次偶然的机会知道了烙画艺人李兴华，于是邀请他前往文化馆做客。与王奇戈的结识，为李兴华开拓了一条新思路，王馆长建议他将白水的"四圣八景"用烙笔绘就，制成屏风，不但古朴，而且艺术价值会大幅提升。李兴华听取了这一建议，不顾三伏天气的炎热，收拾好画笔、画纸，他要跑遍白水的沟沟坎坎。在白水，有些地方，车辆可以通行；但有些地方，只能靠步行才能走到。老伴担心李兴华的身体，几度劝说，但已将绘画当作生命的李兴华又怎能轻言放弃！无奈之下，老伴只好陪着李兴华徒步游览了白水的"四圣八景"。这年夏天，白水的沟沟坎坎、山林、河畔无处不留下老两口的身影。

游遍了白水的山川河林，李兴华胸有成竹。他将自己看到的景色先临摹成草图，然后再用烙铁绘制。经过40多天的笔耕，李兴华终于完成了白水的"四圣八景""苹果仙子""仕女图"等10多副屏风，以及40余幅山水烙笔画。

从这之后，李兴华又用龙盘成个"寿"字，这张图耗费了李兴华一年多的时间。在作"龙寿图"时，先在纸上绾成个"寿"字，用龙形进行填充。完成后发现不像，就再琢磨，再试画。在用龙形填充"寿"字的同时，又加上祥云，这样就有了龙腾虎跃的气势。最后经过反复的修补填充，一幅奇特的"龙寿图"就这样诞生了。

这件作品一经问世，就得到了许多书画家的好评。有位画家说："仅就其画面水平而言，就富有张大千之风格，更何况是用铁笔烙就，真是难能可贵！"又有一位书画家挥笔写了"品正艺高"四字赠予李兴华，作为对他的为人和作品的评价。

如今，李兴华烙笔艺术渐趋炉火纯青，作品已达百余幅，好多作品都被书画爱好者作为珍品收藏。在采访即将结束时，李兴华告诉记者，他会坚持创作，若有机会，他还想办个人作品展，使这门手艺传承下去，让更多的人了解烙笔画，喜欢烙笔画。

（2005 年 6 月）

曼言曼语

每个人心里都有一颗善良的种子

做记者已进入第 16 个年头，对这一行可谓感情深厚。想当初自己还是一个刚毕业不谙世事的小姑娘，转眼之间，在这一行里竟摸爬滚打了 10 多年。要说收获还是有一些的，那这些收获从何而来呢？

在这里我且略去单位、领导、同事给我的帮助，仅仅说说那些我采访中遇到的人。

第一次记忆深刻的采访是十几年前有关某部门收费的问题。当时街上以三轮车谋生的人还有很多，某部门要求这些司机每人缴纳一定数额的管理费。于是我们就接到了热线电话。

当来到某部门后，工作人员有抵触情绪，我请他们拿出收费的依据、标准或文件，而这些，他们统统没有。

后来，收费没有再继续，我以为这事已经结束了。有一天，在上班的路上，一位三轮车司机拦住了我，非要载我一程，我说不用，快到了，他说："我认识你，是你采访的'那条'新闻。"

因为这位陌生司机的一句话，我的心莫名地一暖，这是我的职业带给我的感动。

还有一则有关收费的事。

雷村王河，因为石桥年久失修，载重能力减弱，村民便在村口设了一个路障，向过路的司机每人收取 5 到 10 元。

接到热线后，我与两名男同事出发了。

拍摄中，竟被村民团团围住，更有村民企图抢夺我们的摄像机。他们的初衷也许只为减少车流量，保护他们的石桥。这是我工作几年后才体会到的，当初只觉得他们是乱收费。

后来，经过单位与镇政府的交涉，此事才算作罢。但在被围困的那一刻，我突然明白，选择这一职业，同时就是选择了无畏！哪怕是个体与群体的对抗。

作为一名记者，起初我的想法很单纯，"铁肩担道义，妙手著文章"，我将记者等同于正义的化身，但随着采访的人和事越来越多，我开始更多地关注人物内心和他们背后的故事。

教师、村主任、公务员、学生、农民，甚至犯罪嫌疑人，各行各业，他们背后都有许多不为人知的故事，或心酸，或快乐，有的埋得很深，如果不是我小心翼翼地探问，连他们自己可能也已忘记那些过往。

这种探究式的采访于我而言是万分纠结的，有些伤痛已经结痂，但我却因为想了解更多更本质更直入内心的想法，不得不揭开。

一个吸毒犯，20 来岁，五官清秀，本来是风华正茂的年纪，却因沾染恶习而抢劫，锒铛入狱，他还有一个年仅两岁的小女儿。

"女儿现在已经会叫爸爸了吧！"我说。

他失声痛哭。

一个女教师，多年来照顾学生、帮助留守儿童，却迟迟没有自己的孩子。

"学生带给您最温暖的时刻，还记得吗?"

她说起有个学生写的作文——《我的妈妈》，说着说着她哭了，因为学生作文中的"妈妈"是她。

一个村主任，20多岁开始，直到年近50依然奔走于村中处理事务，村里路修了，水通了，两大姓的矛盾调和了，当然他的父母也老了。

"我看两位老人身体都不大好。"我和他聊着。

他低头沉默良久，再看已是眼含泪花，努力克制着。

"我最大的愧疚就是没有照顾好我爸妈! 我连一个合格的儿子都算不上。"

一位藏族女孩，20世纪70年代从富裕的牧区跟随丈夫来到贫瘠的农村，要开启新的生活，无奈天不遂人意，丈夫意外瘫痪，她无怨无悔地小心伺候，8年来，丈夫没生过一点点褥疮。

面对镜头，她一直微笑着，从始至终。那种笑容非常具有感染力，好似能扫尽一切阴霾。她是我采访过的最为坚强的女性! 但我知道，那笑容是给丈夫、给儿子、给邻居的。她笑着笑着大概就忘记了伤痛。只有夜深人静时，背转身来，唯有月光才能看得见她的满面泪流。

还有很多很多，种了30年樱桃树的陈大爷，和盗墓贼斗智斗勇的王大叔，命运多舛但依然为爱为梦想而写作的奚大姐……每一个名字背后都有一段波浪起伏的人生，人心也跟着在这些风浪中起伏、摇摆，继而沉寂。

我本无意触碰别人被坚强层层包裹的脆弱，但，我是记者，我需要的是将人物完整地呈现，而不是碎片化的拼凑。在众多的人物采访中，我看到了人生的无奈，也渐渐明白人性的复杂，但这也让我更加坚信每个人心里都种着一颗名叫"善良"的种子。

（2016 年 2 月）

保守他人秘密是一种美德

保守他人秘密是一种美德。

其实，自己最明白自己是否具有这种美德。

人的劣根性之一就是探究别人的秘密与隐私。世界上有很少一部分人能摆脱这种劣根性。当自己有意或无意地得知了别人的秘密后，如何处理，人品高下立见。有的人在得知别人秘密后，大肆宣传，生怕传播范围不够广，知道的人不够多，议论得不够激烈，这时候如果阿猫阿狗会说话，他也会立马告知。此时他们总会很神秘地压低声音，并以这样的话语开头："我告诉你一件事，你可不敢告诉别人，我可是只告诉了你一个人。"然后遇到下一个，他又开始复制粘贴上一番话。

此外，还有一种人，他们在得知别人的秘密后，云淡风轻，该干吗干吗，别人的秘密于他而言，真如穿堂之风，风过即散，不留一丝痕迹。

当然，还有第三种人，他们在得知别人的秘密后，寝食难安，像抱着一颗杀伤力巨大的炸弹，守住它，怕炸了自己，扔掉吧，怕伤着别人，于是不断地犹豫、纠结说还是不说。到最后，说出去的慢慢沦落为第一类人；守住秘密的，渐渐成为第二类人。

人，不是生而就被分为第一类或第二类的，大多数人是在第三种人的纠结中逐渐地形成自己的处世之道、为人之法，最后高下立见，人品立分。

我欣赏那些能守住别人秘密的人，10 年，20 年，一辈子。

（2016 年 3 月）

仓颉　黄土大塬的一抹情怀

　　古老白水的土地上有一条河叫洛河，如同苍穹间落下的图腾，缭绕着黄土大塬上的一座山，这座山的名字叫桥山。在桥山的西北方住着中华民族的人文始祖轩辕黄帝，东南方则供奉着我们民族的字祖仓颉。轩辕黄帝留住了华夏的血脉，被叫作"根"。字祖仓颉孕育的民族精神，被叫作"魂"。

　　当我们把思维的元素融合在一种混沌和明晰的期盼之中的时候，竟然会惊奇地发现，黄土大塬留给我们的不仅仅是自豪的历史，还是一抹无穷无尽的仓颉情怀。

——题记

　　白水，仓颉。仓颉，白水。

　　人民网介绍当代著名作家袁鹰先生的作品时记载到，汉字是民族文化的化石，是历史的载体，是前人智慧的结晶，是有着鲜活生命的"你""我""他"。在我们的方块字中潜藏着的丰富的审美和诗意，有着深厚的文化底蕴，有着独特的文化魅力，有着浓烈的爱国情怀。

　　方块字，世界上最令人不可思议的文字恰恰就诞生在白水这片神奇而古老的黄土地上。我们说，它不仅仅是结束了结绳记事的荒芜时代，更是把一种亘古不息的华夏文明传承到今天。就是因为有了文字，我们的民族才创造出了五千年的伟大农耕文明；因为有了仓颉，中华民族的历史才更加五彩斑斓，才更加令人陶醉和神往；正是因为有了仓颉，华夏文明才傲然矗立在世界东方。

我们要记住轩辕黄帝，因为他是我们民族的人文始祖；我们更要记住仓颉，因为他创造了我们民族无可辩驳的精神载体——汉字。

对于华夏民族来说，黄土地既是启蒙之地、立足之地、生存之地，更是文明的发祥之地。

仓颉，黄土地。黄土地，仓颉。

从北魏的"均田制"、太平天国《天朝田亩制度》中的"有田同耕"，到中国共产党人的土地革命，无不折射着土地与生命的密切关联。苏辙说："天之所生、地之所产、足以养人。"（出自《转对状》）是的，生命离不开黄土地，我们离不开黄土地。所以，从古到今，人们对黄土地的情结与情怀、怀念与留恋、神往与钟情，无不呈现着一种生命和精神的真谛。

如果我们从高空俯瞰白水大地，就会惊奇地发现有个和宇宙精神相通的乾坤湾，牢牢地镶嵌在天宇之间。古洛河很依恋也很谦逊地在这方孕育仓颉文明的圣地上悄悄转了一个弯，融入黄河，奔向大海。它似乎告诉我们，大大的乾坤湾就是生命的乾坤，是它给了这片土地生命和灵魂。不是吗？黄土地、黄河、黄皮肤的中国人在这片热土上生生不息，繁衍创造，不断前行。黄帝和仓颉，他们一个始创华夏民族，一个始创鸟迹虫书。不管是涅槃还是传说，正是他们拉开了史前时期人类文明的序幕。一个个传说故事、一篇篇神话寓言、一首首诗词歌赋，在一串串文字的记录下，也在诉说着仓颉的一抹情怀。

仓颉，情怀。情怀，仓颉。

仓颉不仅仅是传说，更是一种生命眷恋的宇宙情怀。《春秋纬元命苞》记载："仓帝史皇氏，名颉，姓侯冈，龙颜侈侈，四目灵光，穷天地之变，仰观奎星圆曲之势，俯察龟文鸟羽山川指掌，而创文字。天为雨粟，鬼为夜哭，龙乃潜藏，终葬衙之利乡亭。"衙之利乡亭即今白水县史官村北，与黄帝陵遥遥相望。

《荀子·解蔽》载："古之好书者众矣，仓颉独传者，壹也。"说真的，浩瀚的世界里，创造文字不可能是一人之力就能完成的，它就是文化的一种演进。可仓颉留住了，成了统一和传播过程中的集大成者。就像木匠敬鲁班，酒坊敬杜康一样，中国人最讲究寻根问祖、师出有名。也许这也是一种文化积淀，也是一种文化传播的需要。我们今天看到的仓颉被后裔推崇为"龙颜四目、感动天地"的神人，恰恰说明了仓颉的伟大和对人类的贡献。

汉字之美，美在形体。如今的仓颉就是华夏民族文化的符号，一种文化精神的神话图腾。他所创造的汉字，作为我们民族的一张标志性名片，世界上唯一一种未曾中断的文字，在中华五千年文明、华夏七大语系、海峡两岸及香港、澳门维系中，组成了我们中华民族的文明基石、文化长城和情结纽带。海外侨胞，凡书汉字者，皆知仓颉。"认祖归宗、同文同根"，在他们寻根问祖的黄土大塬上，不仅有祭祀黄帝的虔诚身影，还有拜谒仓颉的拳拳情怀。

曾经有人不解地发问，为什么汉字是仓颉造出来的呢？其实道理很简单，就是因为仓颉具有一种对生命的深邃情怀。他把群体的生命意识深深融入孕育生命的黄土地中。情怀是什么？《易经》中说："观乎人文，以化成天下"，宋代大儒张载《横渠学案》中写道："为天地立心，为生民立命，为往圣继绝学，为万世开太平。"这种情怀，自黄帝仓颉始而后一脉相承，延续至今。

我们无须去探究仓颉作为个体的存在与否。其实仓颉就是我们民族的文化记忆和精神标志，就是民族生命本身。他的存在和延续就是展现着述民情、化民风的博大情怀，使天下苍生结束混乱的记忆，告别蒙昧蛮荒，使文明的薪火从此传遍中华大地。文字就是一种文化，一种属于生命精神的文化。正因为它是一种文化，它才超越了方块字固有的含义，延伸成为华夏民族一种记忆的符号、交流的符号、情感的符号、精神的符号和生命的符号。

20世纪80年代，考古学家在白水发现了仰韶时期的最大房址和龙山时期的瓮棺葬群，这说明居住在白水的先民们在六七千年前就创造了灿烂的古代文明，但因为当时文字的缺失，遗憾的是没有留下只言片语的记录。

有了文字，便有了文明传承的载体。文字的诞生，才书写了泱泱中国五千年文明史、文学史、文化史；先秦两汉的纵横捭阖，隋唐时期的英雄气象，宋元明清的科技进步。有了文字，才有了经、史、子、集，让我们在读史中明辨是非。楚辞、汉赋、唐诗、宋词才使我们在旖旎的意境中开阔胸襟。戏剧传奇、明清小说，深入骨髓的生命体验勾起我们的思考，让我们将中华民族的传统美德和人文情怀代代传承。

仓颉，文化。文化，仓颉。

走进拥有 3000 年历史的仓颉庙宇，庙内明正德《重修仓颉庙碑》记载："公（仓颉）逝，黄帝敕葬白水东北彭衙城六十里，有庙在焉，建置之初，自黄帝至尧舜，历禹汤而宋元，逮我皇明，仓有天下数千载之余矣。" 说明仓颉庙为敕造，仓颉庙的修建为国家行为，其祭祀典礼规模相当于今之国祭。当年孔子周游列国时，路经北洛河澄城与白水交汇处，因仰慕仓颉，特前去拜祭。当地人为纪念这位圣人，还将孔子涉水而过的小溪取名为"孔走河"。

据史料载："仓颉造书两卷，隋乱时失于兵火，现存只有二十八字"，清乾隆时期，白水知县梁善长将仓颉所造文字遗存的 28 个字摹制而成《仓圣鸟迹书碑》。1984 年，上海书店翻印的宋代王著《淳化阁帖》将它们破译为："戊己甲乙，居首共友，所止列世，式气光名，左互乂家，受赤水尊，戈矛釜芾。" 相传，这二十八字即为中国最早的国书。

仓颉庙内悬挂匾牌"文化之祖"出自于右任老先生亲笔。

1920 年，失落千年的《广武将军碑》重见天日，于右任先生得见其碑拓，喜曰："千年出土光腾射""老见异物眼复明"，挥毫大书"文化之祖"悬于庙中；原故宫博物院院长郑欣淼先生，也在他的《千秋仓颉庙》《仓颉庙记》等文中，对仓颉造字于白水，传播于九州，造福于万代，做了详细的论述。居于中国苹果之乡的仓颉后裔，正奔走于整理、传播仓颉故事的征途上，这些圣人、贤达、学者、后裔利用他们发自肺腑的言行，表达着对字祖仓颉的敬仰情怀。

"画卦再开文字祖，结绳新创鸟虫书""雨粟当年感天地，同文永世配桥陵"，这是仓颉墓两侧的对联，其周围是一圈六棱（八卦形）砖砌花墙，意寓文化才能成为一个民族强大的围墙，是朱庆澜拜谒仓颉庙后捐资修建的。同时在庙内，有一石碑，为彭德怀手书的《仓颉庙古柏保护令》，由此可见，同根同祖的华夏儿女，都对仓颉有着一种发自内心的呵护情怀！

还有讨袁护法的高俊、揭竿而起的王二，这些仓颉故里的后裔不仅传承着圣人的人文情怀，更发扬着他心系黎民苍生的民本情怀。

"论功不在炎黄下，尊圣当于孔孟先""开凿汉字先河，丹心万载，丰功万载；创造文明历史，白水一人，亘古一人。"这些对联，不仅是对仓颉的一种敬仰，也是对仓颉文化的一种尊崇和皈依。

2010 年，联合国新闻部宣布启动联合国语言日，将"中文日"定在农历二十四节气之"谷雨"，以纪念"中华文字始祖"仓颉造字的贡献。在美国国会大厦图书馆内，陈设有仓颉的塑像，汉语译为："仓颉，东方文化的保护神。"在陕西、河南、甘肃、山东、浙江、山西、澳门、台湾等地，有关仓颉的祠庙、陵墓、亭院以及造字台、授书台等遗迹多达数 10 处。我们在想：在培养和践行社会主义核心价值观的新时期，如果把白水县"谷雨"祭祀活动提升至国家层面，必将进一步增强 13 亿华夏儿女的民族凝聚力，中华民族伟大复兴的中国梦一定会早日实现。

千百年来，凡有仓颉祠庙之地，都有不同的仓颉庙会和祭祀活动。为什么联合国会将谷雨节气认定为中文日？为什么西方文明对仓颉亦有着同样的认同？为什么全国各地会建造如此多的仓颉纪念馆，会举办各种各样的祭祀活动？为什么将《仓颉传说》列为全国非物质文化遗产？在诸多的仓颉纪念地中，为什么独将白水仓颉墓与祠庙确定为全国重点文物保护单位？著名文艺评论家、当代学者肖云儒用"三个唯一"回答了这些问题。即白水仓颉庙是全国 40 多个庙里面唯一的国家级文保单位；是唯一的仓颉庙、仓颉墓、仓颉庙碑、仓颉书、仓颉古柏群五合一的庙宇；是唯一一处以谷雨祭仓颉和清明节祭黄帝联系在一起，让人们在追思"人文初祖——黄帝"的同时，追思中华文明之根"文化之源——仓颉"的地方。

仓颉传说不仅是白水的珍贵文化遗产，更是中国乃至世界的非物质文化遗产。在白水这块古老而神奇的黄土地上，古有四圣创文明，今有五新画宏图。30 万白水儿女及海外赤子为了实现将仓颉祭祀列入国家公祭的愿望，正在积极地呼吁与奔走！与时俱进的白水人，正在"四区"目标、"五新"蓝图的梦想中奋发而为,这片以仓圣塬为圆心的黄土大塬,必将成为占世界人口 1/4 的华人,乃至全人类关注的文化热点和情怀聚点。

(2016 年 4 月)

(本文在《渭南日报》发表时,编辑对该文进行了润色修改)

来自仓颉庙的启示

作为一名白水人，已经记不清有多少次踏进那扇神圣的庙门，多少次瞻仰古庙的威仪，多少次聆听古柏的诉说。但每一次的拜谒都有不同的感触。戊戌年正月初九，我与几名盟员一起再次踏进千秋仓颉庙，汲取力量，洗涤灵魂。

竞　争

走进仓颉庙，有两座戏楼并排而立，名为东戏楼与西戏楼。两座戏楼同处一所庙宇，在全国独比一家。传说这是为了便于仓颉观戏而特别修建的。据史书记载，仓颉"龙颜四目"，四个眼睛，两条眉毛，两只眼睛看东戏楼，两只眼睛看西戏楼。这样的表述体现了仓颉后裔对圣人的虔拜之心。又有一说，东西戏楼同台竞技，观众立于戏台前，哪家戏班唱得好，观众就将赏钱抛给哪边，到最后，看哪家戏班的赏钱多，就是哪家获胜。公平，公正，不偏私，胜者扬其名，败者励精图治，来年再战。"优胜劣汰"的自然法则早在仓颉庙里就以"对台戏"的形式得以完美体现。

竞争，是仓颉庙启示我的第一个关键词。

谦 逊

在仓颉庙的前厅中，矗立着大大小小的石碑，居于正中的是《仓圣鸟迹书碑》。这通碑石上刻有仓颉首创的 28 个象形文字："戊己甲乙，居首共友，所止列世，式气光名，左互义家，受赤水尊，戈矛斧芾"（《淳化阁帖》译文）。这 28 字不仅仅是最早的象形文字，更是一篇记录炎黄大战蚩尤而获全胜的历史散文。仓颉作为黄帝的史官，立足本职，时刻不忘自己作为一名史官的职责，创文记史，结束了结绳记事的蒙昧蛮荒。"论功不在炎黄下，称圣当于孔孟先"，黄帝为了嘉奖仓颉的丰功伟绩，赐其仓姓，谕为"人下一君，君上一人"，但仓颉自认为一介草民，黄帝赐姓又不可不受，于是提笔在黄帝赐姓上书一"艹"头，终其一生以草民自居。

谦逊，是仓颉留给后人的宝贵道德品质。

自 立

走在仓颉庙的展示厅里，最为人津津乐道的是《知足常乐图》。该图位于报厅的西墙上，其实，与之相对的东墙面也有一幅壁画，名为《自食其力图》。该图有山有水有林有田，渔樵耕读各尽所能，自食其力。东，日升之方位，一轮红日冉冉升起，朝气蓬勃，正是奋斗之时，如此大好时光岂可辜负，于是，渔民钓其乐，樵夫觅林间，耕者乐其田，读者品其味。

渔樵耕读各得其所，各尽其才，自食其力，不负时光，用奋斗来换取美好幸福的新生活。

自立，是仓颉庙对后人的谆谆劝诫。

知　足

与《自食其力图》相对的就是《知足常乐》图。《知足常乐图》绘于报厅西壁。西，日落之方位，夕阳无限好，只是近黄昏。与东面的自立、奋进不同，年轻时奋发图强，待到日薄西山，就要及时止欲，知足之足常足矣。

《知足常乐图》中共绘有 5 个人，有坐轿的、骑马的、骑驴的、推车的、跛脚行路的。此五人人生际遇各不相同，通过年轻时的奋斗，有的身居高位，封官拜相；有的温饱尚且无法自足，还要沦为乞丐，但面对人生的最后归途，回头看看，比上不足，比下有余，知足常乐，便可颐养天年。

自　信

在仓颉庙中，寝殿并不对外开放，但导游依然会带领游客来到寝殿前，因为这里有一根蒿木横梁，着实让人称奇。

蒿为一年生草本，当年生，当年灭，从未听过成林成木的。但仓颉庙寝殿外的这根蒿木梁，全长 16 米，游客现在所见的只是整根蒿木的 1/3，自然界的造物神奇尽显于此。

天生我材必有用，蒿草也可成栋梁。所以，即便卑微如蒿草，也不可妄自菲薄，要努力生长，万一哪天成才呢！

自信的观念，自立的精神，竞争的意识，谦逊的品质，知足的心态，仓颉庙无处不透出智慧的光芒，每一次的拜谒，都是一次朝圣、一次洗礼，沐浴圣光中，心智也被开启，下次，仓颉庙又会带给我什么启示呢？

（2018 年 2 月）

"口头禅"气象

记得很小的时候，大人们见面寒暄的第一句话一定是："吃了吗?"轻松平常，司空见惯，不能引起人的任何思考，大人如此，连小孩子见面也是："我妈今天给我做了烙油饼!"那样子真骄傲，好像自己正经历着世界上最幸福的事。如今再看这句寒暄，才发现这口头禅竟有着某种特殊的意义。

彼时资源匮乏，人民经历过战争的洗礼，又加上自然灾害的侵袭，各种运动的接踵而至，能填饱肚子已经成为人们最大的愿望。家里长辈们对于吃的记忆刻骨铭心，平日温和慈祥的爷爷奶奶们当看到孩子碗里有吃剩的米粒时会勃然大怒，会讲起他们如何费尽心思地去得到一个窝头，如何用红薯叶、小麦麸皮做成馒头来果腹。犹记得上中学时，有位老师在课堂上说起自己年轻时最大的愿望是当一名食堂管理员而引发学生们哄堂大笑时的情景。那一刻，老师是认真的，同学的笑也是真实的，因为没有经历过老师所处的时代，因而对于老师的愿望无法认同的大笑并不能被指责为不近情理。我的同龄人诞生于新中国，长在红旗下，生长于 20 世纪 80 年代的改革开放大潮中，温饱早已不是问题，对那句"吃了吗"的口头禅也并无多深的印象，对于长辈们关于食不果腹的苦难史也无法感同身受，因为"嗨，又在哪发财"的口头禅已经取其而代之。

随着十一届三中全会的召开，改革开放的大幕在中国的版图上全线拉开，机遇、挑战无处不在，解决温饱的人们此刻的关注点自然不必停留于"吃了吗"这类问题，"发财""赚钱"成为当时的热潮。我的家乡是著名的苹果之乡，每当苹果成熟的季节，天南海北的客商都会云集我们的小县城、小山村，尤其是那些先富起来的南方人，操着难懂又时髦的粤语，一边检视着果农交过来的苹果，一边笑嘻嘻地来一句"在哪发财"，那满脸的优越感真是挡也挡不住。让我奇怪的是，那么难懂的粤语，"在哪发财"这句竟是人人都会说的。原来，这句口头禅已经成为当时的流行语，在这句话的背后是商业的扩展，好多果农已经不满足于将果子交给南方的客商，而是自己当起了小老板，与之同时兴起的还有果库、纸箱厂、套袋厂、宾馆饭店、卡拉OK……一时间，家乡的小城也渐渐有了都市的气息。

时代如潮，总是奔涌着向前，人类社会随着这股潮动又迈向了更高的领域。改革带来的红利不仅富了南方人，全国各地也渐渐尝到了甜头。很多人此时已经完成了最初的资本积累，有饭吃，有衣穿，有房住。很少有人再陷入"明天的饭在哪里"的困顿中，于是，口头禅也跟着发生了变化，"嗨，去哪玩了"成为一时的热点。

的确，按照马克思在《资本论》中总结出的人类发展的客观规律，当满足一定的经济基础时，人类对文艺、道德、哲学、宗教等上层建筑领域的追求开始显现出来。不囿于自己的小圈子，行万里路，领略祖国的大好河山，扩大自己的认知范围，向更宽更广的世界迈进，成为当前的主流。一年出去几次已经成为大多数家庭的标配，连中小学生海外游学也悄然火爆起来。每逢节假日，旅游业异常火爆，全家游、老年游、出国游、研学游、自驾游名目繁多，一句"嗨，去哪玩了"自然而然成为口头禅。

时代在前进，社会在发展。自十八大以来，在习近平总书记治国方略的指引下，全国人民都在忙着一个伟大的目标——实现中华民族伟大复兴的中国梦，大家撸起袖子为幸福生活而努力奋斗着，忙碌成为一种常态，于是，顺其自然的，人们的口头禅也变成了当下的"最近在忙什么"。

忙什么？忙工作、忙生活、忙学习、忙孩子、忙直播、忙抖音、忙游戏、忙于自我价值的认同。生活节奏的加快是忙碌的根源，自己迈着小碎步优哉游哉，在时代的大阔步下只能被甩得连背影也找不见，所以，只能奔跑，那蒸腾的汗珠都带着奋进的味道。

只是人太忙了，心就会亡。

我渴盼的情景是，友人相见，不问你最近高就，不关心买房与否，只轻轻地来一句："最近在读什么书"那么自然，那样随意，就像曾经的"吃了吗"一样。

能将读书作为口头禅，至少说明人已经进入了读书的状态，我们的社会发展也进入了更高的层次。读书的人是有"闲"的，这里的"闲"不仅仅是时间的宽裕，更是心灵的放松，是对自我更深层的追求。人只有闲适的时候才能把读书作为日常的一部分，才会拿起书细细品，静静思，走进另一个世界，进入另一层境界。不因比较带来的不平衡而恐慌，不因对名利的追逐而迷失，抬头云卷云舒，俯首花开花落，于晨光熹微中与古哲先贤对话，在落日余晖中悟人生之真味。此种境界，吾所求也！

等我的孩子长大了，他的口头禅会是这样吗？

"最近在读什么书？"

（2017 年 10 月）

西巷的烟火味

　　每次走过西巷，都被一种东西吸引着、感染着，这种东西充满着浓浓的味道，不由得让人心生眷恋，我管这叫作烟火味。

　　西巷的烟火味是世俗的。

　　"洋芋便宜卖了""新鲜的桃，10 块钱 3 斤""青菜青菜，1 块钱 3 把"，这样的叫卖声此起彼伏，每天都在上演。叫卖的内容会随着四季时令的变化，一变再变，但叫卖的腔调永远都是一样的，充满着热情与希望。

　　走过早市拥挤的巷道，会看到讨价还价的各种招数，就只为个 1 毛、2 毛，贵的时候如此，便宜的时候一样杀价。起初，我想不明白这件事，后来渐渐发现，年轻人一般都很干脆，挑好东西、上称、付钱，行云流水，一路飘过，讨价还价的基本是上了年纪的，为什么呢？原来，老年人并不是真的在乎那 1 毛、2 毛，他还的不是价，而是寂寥与孤独。

　　西巷的烟火味是色彩绚丽的。

　　红的樱桃、草莓，绿的西瓜、芹菜，紫的葡萄，黄的木瓜，五颜六色，交织在一起，由浓到淡，由深到浅，加上冒着热气的豆浆油条包子，引来各色人等前来选购。回家之后，再各施巧计，将娇艳的红、细碎的绿、深沉的紫、迷人的黄糅杂在一起，用艺术的手法呈现美食的诱惑。因而，西巷的颜色不仅可观，更可食。

西巷的烟火味，时而会溅出点火星来。

不宽敞的巷道，小商小贩摆满路边。这里占道经营是常事，因为习惯并不觉得不方便。只是有时窄窄的巷道会跑来几辆汽车与三轮车，这下本显窄小的巷道就更拥挤不堪了。

"你再挤，再挤个看看！"

"说谁呢？"

"说的就是你，咋了？"

这样你一句我一句，声音渐高，挤得渐近，眼看一场战斗即将打响。别急，这个时候总会出来几个和事佬，说说这个，劝劝那个，乌云就此散去，瞬间，西巷大地又"晴空万里"了。

要说西巷的烟火味，最吸引人的还在于它的人情味。

时间久了，买卖双方都成了熟人，砍价归砍价，人情归人情。买卖完毕，总有一根葱呀，一头蒜呀，一小撮生菜被当作赠品搭出去。卖方有意，买方也便还之于情，多找的块块钱、毛毛钱也会一分不少地退回来。卖方高兴，买方也乐意，皆大欢喜的剧情，人间总是喜欢上演的。

西巷的人情味不只体现在你赠我让上。有次我看到一个小男孩，大概两三岁的样子，一个人晃晃荡荡地在巷内玩。正起劲时，脚下没站稳，摔了个结实。说时迟，那时快，只见至少从三个方向冲出好几个大人来，抱孩子的抱孩子，拍土的拍土，查看的查看，找家长的找家长，焦急之状，溢于言表。我想这就是"幼吾幼以及人之幼"吧!

每天早上,打西巷走过,总会嗅到一种生活的味道,这是一种凡俗的味道,这是一种生生不息的味道,有生气,有活力,接地气;走在这样的巷道,脚步不由得变得轻快,无论什么样的烦恼,经这世俗烟火的缭绕,也该变个模样,添些欢喜。

西巷是一个人烟聚集的场所,这里有生活本来的样貌,无论贵贱,不管贫富,饮食男女,你来我往,就此展开多彩的生活,奔向美好的明天。

(2016 年 8 月)

民国回响

民国在我眼里是一个充满创造、富含才情、色彩旖旎的时代。

那时的很多东西都值得怀念。比如清纯动人的学生装、妩媚优雅的旗袍、如泣如诉的天涯歌女，还有那一篇篇跳脱清末沉闷压抑又不失含蓄内敛的惊世之文，那一个个特立独行又美艳明丽的惊世之人。

其实，我是没有资格说喜欢那时候的谁谁谁的。连认识都算不上，又怎能说喜欢呢？但在内心深处，我对其的欣赏又无处不在。无论是为人的洒脱、单纯，还是为文的清丽美好，以及思想的深邃独到，无不绽放出耀眼的光芒，让整个时代熠熠生辉。

一袭旗袍、一卷旧书、一段曼妙的音乐、一盏香气氤氲的清茶。她，那个特立独行了一辈子的女子，在走过 75 个春秋后，客死异乡，但她惊艳了的时光从未老去。

理智如她，明明知道红白玫瑰要么成为墙上的蚊子血，要么成为桌上的米饭粒，却依然可以为爱低到尘埃里，甚至当得知丈夫外遇无钱打胎时，自己竟然出资看望！在爱情面前输得一塌糊涂的她，那一刻，该是收起了睥睨的眼神，藏起了自己的高傲。

张爱玲的骨子里该是一个渴望爱情但却不敢相信爱情的悲观主义者，她害怕爱情带来的伤害，于是宁愿将自己包裹。在她的小说中，每个主人公爱情之路都不顺遂，即便是《倾城之恋》，白流苏与范柳原也是以一座城的沦陷而得以成全。

暮年的张爱玲独居美洲，是渴盼团圆的吧！

如果说张爱玲惊艳了时光，那民国另一才女林徽因则温柔了岁月。

江南女子的温婉多情、聪慧典雅、美貌多才在她身上无限放大。

在那个充满希望，有着和煦阳光的四月天午后，空气中弥漫的都是甜蜜的花香。这样的日子是美好的，在这样的日子中相遇是美丽的。一位多情的诗人，从此用尽毕生才情，在丰富中国文坛的同时，也留下了永久的话题。

对于诗人来说，人生若只如初见，但对于曼妙的女子来说，她的天地还很宽广。我至今记得当看到国徽、人民大会堂、英雄纪念碑的设计者中出现林徽因名字时的震惊，我无法将那个写出《别丢掉》《你是人间的四月天》的女子与那些雄伟坚固的建筑联系在一起，文艺的头脑中是如何储存下精密的计算的？上天太过垂怜这位女子！

林徽因无疑是那个时代最为耀眼的存在了！

她为了保护古建筑，长途跋涉，几多奔忙，让当时的才女冰心多少有些心里不悦。但，谁让大家都喜欢呢！用现在的话说，明明可以靠脸吃饭，还那么努力，那么上进！如此的积聚正能量，谁能不仰视呢？

从传统的意义上来说，民国另一大才女冰心是一个幸福的存在。她的生活顺风顺水，她的事业让人称羡，名声好，名气大，80多岁高龄依然坚持创作，99岁寿终正寝，是民国几大才女中，最为高寿的。她的《小橘灯》《寄小读者》童叟皆知，耳熟能详。这样一位才女，在世人眼中属于命好福大的范畴，只是她与张爱玲、林徽因、苏青等，虽为同时代才女，但之间并无过多交集，张、苏二人甚至对冰心竟有几丝鄙夷。就是和林之间，虽然林的老公梁思成与冰心的老公吴文藻同为舍友，两家也未亲近起来，未免让人惋惜，究其原因就不得而知了！倒是张爱玲与苏青之间惺惺相惜，让人向往。

民国是一个美好的存在，美文、美衣、美女，鲜明的个性、传奇的人生激荡于时空之上，回响不绝于耳！

214

(2017年5月)

欣赏别人是一种美

曾写过这么一句话：如果技不如人，就由衷地去欣赏，尤其是那些身边的人。为什么这样说？是因为这并不是件容易办到的事。

乞丐并不嫉妒比尔·盖茨，但他嫉妒比自己多收入 1 元钱的另一个乞丐；考试考 60 分的人并不嫉妒考 100 分的，但他嫉妒上次考 59 分，这次考 61 分的人。

昨天看到一句话，说有的关心是为了嘲笑，而有的不关心是因为嫉妒。

比如说，你今年准备考研，然后会有一些人过来鼓励你，考研成绩还没出来时，他们焦急地盼着放榜的日子，期待早一点得知你的成绩。当你告诉他没戏时，他如释重负，百般安慰，继而鼓励你再接再厉。第二年，你又去应考，他们依然焦急地等待着成绩，甚至比你还着急。等好消息传来，大家也一哄而散，至此再也没有了有关你考研的话题。

又比如说你考驾照，如果哪门没过，关心者众，但若顺利通过，便再无一人关心。

又或者大家本是同一平台，突然之间你升职加薪，真正祝贺的又有几人？

由衷地欣赏是一件顶难的事。明明别人美过自己，偏偏不去承认；明明别人比自己更有能力，偏偏不屑一顾；明明别人付出更多，偏偏归结于歪门邪道。这只是一种不肯欣赏别人的心理在作祟罢了。

1800多年前的曹丕早在他的《典论论文》里就提出"文人相轻"并予以批评。千百年来，"相轻"者不仅仅在文人之间，更是深入到各行各业、各色人等中。我们习惯于欣赏那些高高在上的、被贴上成功标签的名人，却对自己身边的能人视而不见；我们习惯于羡慕那些和我们没有交集的人，却对和自己打交道的熟人异常苛刻。欣赏为什么不能从身边人做起呢？

乐嘉有次对金星说："你知道你最美的地方是什么吗?"金星说："我直率。"乐嘉说："你最美的地方是懂得欣赏别人的美。"

从西安出租车罢工到"百鸟朝凤"

今天的微信朋友圈被西安的出租车刷屏了。

事情的起因是"滴滴打车"。

因为"滴滴打车"让西安的出租司机感受到了危机，因此西安的出租司机有预谋有组织有纪律地进行了声势浩大的集体罢工，导致钟楼盘道四个方向堵死。全西安市民在朋友圈里也参与了这场罢工的讨论："你们平时不就是在罢工吗？路远了不打表，下雨下雪不打表，换班加油、不顺路不拉！远了不拉！人多不拉！觉得会堵不拉！有行李不拉！还罢工！""你们干脆罢工别出来了，永远罢下去。"警方手段也强硬，堵车、抓人、拖车，上演大规模警车与出租车"对峙"大戏。舆论谴责出租车司机罢工，警方镇压，罢工的出租车司机估计没有想到会是这样的结局，否则他们断然不会出此下策，他们的目的很简单，抵制"滴滴"，保护权益。

我们先来说说，"滴滴打车"为什么会引起出租司机如此恐慌。

"'滴滴'方便了大家的出行""'滴滴'的态度好于出租车司机""'滴滴'的收费也比出租车便宜"，我想这些就是"滴滴"之所以存在并大有发展趋势的理由。出租车司机面对新生事物"滴滴出行"的竞争没有反思自己是否需要改进，却组织大范围罢工，企图通过这种方式施压政府，以求自己一家独大。但他们只是站在自己的立场来考虑这件事情，完全忽略了他们赖以生存的客户的感受，当舆论一边倒地谴责他们的行为时，我不知道，他们是否可以从消费者的角度重新审视这个事件。

黑格尔说："存在即合理。""滴滴打车"作为网络时代衍生出的服务体系，在受众面前已显现出强大的生命力。人都是现实的动物，明明有好的服务，既便捷又便宜，为什么要舍近求远呢？由此看来，"滴滴"的发展势在必行。

突然想起前段时间看过的吴天明导演的最后一部电影《百鸟朝凤》，两者本风马牛不相及，但还是想把它们联系在一起。影片讲述的是两代民间唢呐艺人肩负着传承唢呐技艺的重任，却在时代的变革之中，无法用自己的手艺取得立足之地，老艺术因此面临消亡困境的故事。

观影后，一种深深的无奈感从电影本身延伸至我的心灵。抛开人文情怀，我只理性地分析剧中唢呐匠面临的困境。唢呐技艺在新的艺术表现形式"现代乐队"的冲击下，风光不再，曾被推崇备至的唢呐艺人也从神坛被踩在脚底，祝寿场上的群架将"新与旧"的矛盾冲突集中表现出来，但这依然无法阻挡新事物发展的步伐。老唢呐匠去世后，他的传承人竟然聚不齐给老师傅吹唢呐送终的班子！影片虽悲凉，却是现实的表达。

这与今日发生的出租车罢工事件，有本质的相同。

出租车对"滴滴打车"——传统对新事物。

唢呐技艺对现代乐队——传统对新事物。

出租车与唢呐匠之间都是因为自己发展滞后，无法满足现实需要而对新事物生出愤恨来。出租车司机采取的是罢工的办法，唢呐匠更为直接——打架。但打架之后呢？群众并没有因为打架而选择唢呐。唢呐匠们最后不得不因为生存危机而放弃自己谋生了大半辈子的技艺。

同情是留给唢呐匠的，但面对现实，如何适应新时代，在继承传统技艺的基础上，探索出适合现代审美的新表现形式才是王道。就如同出租车，如何改善自己的服务态度，从消费者角度考虑问题，才能在竞争激烈的现代社会谋得长久的发展，否则这次是"滴滴"，下次保不定还会出现"哒哒"什么的出行服务，罢工是解决不了问题的！

（2016 年 5 月）　219

等你，从春到秋

今春下乡采风时在飞泉寺近旁发现了一大片枫林，足有百亩之多，想着待到秋来，红叶满地，该是怎样的旖旎风光。于是日夜盼着，眼见秋一日深似一日，再也按捺不住，丢掉手头的所有工作，驱车前往。山路颠簸更让盼望的心热切起来，近了，更近了，远远地就见到云霞般的红叶映衬着秋日蓝天，岸边是洛水汤汤，枫林依山傍水，如世外高人，不疾不徐，春来绿，秋来红，哪像我辈总在赶着时间，赶着节令，好在，从春到秋，我来得还不晚。

深红、褐黄、墨绿，没有人能画出这样的深深浅浅、层次分明，连最高明的画家也调不出这样自带晕染的色彩吧！透过阳光，霜红的叶子像被打上了柔光，不那样高冷了，触手及之，温习绵软，细密的脉络画出类似开放三角的形状，精致是自不必说的。在所有的植物当中，我最钟情的就是枫叶与银杏了，各有特色，各美其美，一个红得像火，一个黄得如蝶，共同装扮着秋的世界。

没有见过江南的红叶，想来江南的枫叶定然不同于北方，江南的叶一定是温柔而多情的，有吴侬软语的窃窃私话，该是一副娇媚的模样，而北方的叶总多了一丝凛冽，朔风吹过，满地的红黄交错，但仍有许多倔强的存在，哪怕摇摇欲坠，依然坚挺于枝头，铆足浑身的劲，红遍山林。

忽而想起那个温馨浪漫的小故事。相传在唐天宝年间，也是这样一个秋天，身在洛阳的年轻诗人顾况捡到从上阳宫（皇家宫女所居）水道流向下水池的一片红叶，叶面有宫女题写的诗句："一入深宫里，年年不见春，聊题一片叶，寄与有情人。"见此题诗的顾况也赋诗一首写于红叶之上："愁见莺啼柳絮飞，上阳宫里断肠时。君畴不闭东流水，叶上题诗寄与谁?"他将这红叶从上水池传进宫内，竟然真的和那位哀怨的宫女取得联系。不久安史之乱爆发，顾况趁战乱找到那位与他传诗的宫女，逃出上阳宫后，二人结为连理白头到老。红叶传情的"下池轶事"就此流传开去。

美好的故事总有更多人去附会，关于这则故事《唐宋传奇集·流红记》中记录的有不同的版本。唐僖宗时，有儒士于佑傍晚时分出外散步，不知不觉走到禁衢之地，眼见颓阳西倾，落叶顺着御沟续续而下，于是临流浣手，发现有一片红叶略有不同，若有墨迹载于其上，浮红泛泛，于是伸手取之，见有诗题于叶上："流水何太急? 深宫尽日闲。殷勤谢红叶，好去到人间。"于佑也如顾况一般和诗红叶之上："曾闻叶上题红怨，叶上题诗寄阿谁。"并将红叶丢进御沟的上游，让它流入宫中。后来于佑寄食于贵人韩泳门馆，韩泳待他极好，将宫中放出的宫女许他为妻。婚后夫人发现于佑箱中题诗的红叶，大惊，原来这正是她题的那首诗。夫人继而告诉于佑，自己于沟中亦拾得一片题诗红叶。拿出一看，正是于佑所题。

无论版本如何，红叶题诗成就的佳话是确实存在着。我不知道眼前的这片枫林将会演绎怎样的唯美故事，但趁着秋来，徜徉于枫林之中，耳畔聆听洛水滔滔，这样的日子，莫不是岁月静好？

（2018 年 10 月）

222

杜康故里说"和美"

如果把镜头放在和园的上方进行俯瞰，可以发现，和园的水系竟是一个行书的"和"字。"和"，和谐，协调。

《说文》释义相应也。《广雅》注疏，和，谐也。因为寓意美好，"和"的理念深植于杜康故里，和园所在地的和家卓村就因"和"而得名。

据传，和家卓村原写作"合家桌"，因为该村是一个多姓的村庄，单用一家的姓氏为村名，势必引起其他姓氏的抵触。于是，村里的老人合计后决定将村名定为"合家卓"，指多家姓氏合在一起而组成的村庄。后来因为"合"通"和"，"和"较之"合"字具有更为丰富的审美内蕴，于是该村就"以和为名""以和为贵""以和而兴"，"合家卓"正式更名为"和家卓"。

"和"，代表着相容，是中华民族独有的处世观念中最为核心的文化思想，经过长达 5000 年的传承，"和"已演变为一种精神，升华为一种境界。"和"，单看字形，为大地生"禾"可养天下之"口"。"禾"为黍、稷、麻、麦、豆等五谷的总称，"口"为进食及发声的主要器官之一。五谷为生存之本，只有五谷丰登、丰衣足食，天下方能和谐安定。

作为酒祖杜康，深谙"和"之真谛，他集五谷而融于水火，经水之洗涤，火之淬炼，时间之酝酿，终成佳酿。水与火以"酒"的形式达成了完美的和解，汩汩流淌的泉水成为入口甘冽的美酒，浸润进华夏文明的血脉里，书写着一页页崭新的传奇。2016 年 4 月 19 日，在丙申年谷雨祭祀仓圣典礼中，"和"字被确定为"一带一路"年度汉字，与其说这是一种巧合，不如说这更像是一种必然，两位圣人都与"和"有着千丝万缕的联系。

哲学家赫拉克利特曾说过："美在和谐。"中国有句老话，"和为贵，谐为美"。冰心也曾说过："美的真谛应该是和谐。这种和谐体现在人身上，就造就了人的美；表现在物上，就造就了物的美；融汇在环境中，就造就了环境的美。"和园之美，就在于她与环境相谐和。

孔子说："君子和而不同。""和"不是一味地迁就，而是包容之中有坚持，求同而存异，这种"和谐"才是美的和谐。如果大家都发出一种声音，那就会演变成一种可怕的现象，如同一个大花园中只有一种植物，那就是美的缺失。

美，用眼睛来看，就是美好的事物，然而，美，不仅仅是视觉的美好，更是一种心灵的愉悦。

《说文解字》卷四中说："美，甘也，从羊从大。羊在六畜主给膳也。美与善同意。"从"美"字的字面结构来看，其上是"羊"，其下是"大"，我们完全可以说，古以"羊大为美"。因为羊大必肥，肥羊肉经过烘烤，烹饪味道必然美妙可口。古人从口齿间感知到美的存在，再将其赋予在一种和善的动物身上，即便到现在，依然会听到我们白水人用这样的方言对话："这顿饭咥地美不美？""美！"在白水传统美食"河北三转席"中，当客人们吃罢饭后，主家总要谦和地说："菜不丰富馍偏黑，今天的饭儿没吃美"，然后，客人们就会异口同声地说："吃美咧，吃美咧!"一个"美"字，足以表达出对现世生活的满足。其实，对于很多人来说，美就是一种舒适、舒服、舒畅、满意、过瘾的感觉。

爱美之心，人皆有之。社会发展到今天，当人们不再因为果腹而东奔西走时，人类对美的追求变得更加高级，变得更为高尚，更趋于多样化的融合。美不仅仅为吃得好，还要住得好，美丽宜居，和谐与共。现在党中央提出"建设美丽中国"的号召，在白水县委所制订的"四五六"战略宏图中，着重强调了"创新、人文、开放、美丽、幸福"的"五新"白水奋斗目标，全国振兴乡村 20 字目标中，也把"生态宜居"放在了突出位置上，提出到 2050 年，乡村全面振兴，农业强、农村美、农民富全面实现。因此可以说，和园是乡村振兴战略中的一个新起点，是"五新"白水的一个新看点，是精准脱贫路上的新亮点。

225

和则生美。

美，不仅要在视觉上处处能欣赏到，在心灵上也追求一种愉悦的感知。于是，我们不断地努力着、实践着、建造着一种美的环境，美的心境，美的家园。"和园"就是人们追求美的产物。正如和家卓村歌中唱到的："千人一口方为和，和和美美兴家国。"

和是一种现象，美是一种感知，和美和美，和和美美，和美也已成为一种文化，由和而至美，体现的是幸福感的提升，和美家园，其乐融融。

(2018 年 5 月)

只心向暖　静待花开

身边总有一些温暖的人，他们在讲述那些温暖的事情时也会感染到你，尽管故事的过程很揪心，但，结果是好的，就像现在帮我治疗颈椎的王叔叔的故事。

王叔叔和王阿姨都是那种顶好顶好的人，王叔叔会说笑，但不大声，阿姨柔柔的，一点儿也不像60多岁的老太太，在王叔叔面前，甚至有一丝娇羞。

治疗时间长了，就对他们的故事有了一些了解。原来，叔叔和阿姨都是癌症患者，只不过叔叔得肺癌已经30余年了，阿姨的皮肤癌也有七八年了。但此刻，站在我身前的两人一点也没有病人的影子，他们衣着朴素，笑容一直堆在脸上，叔叔瘦高个，阿姨矮他一头多，但两人走在一起还是那样和谐。

叔叔是30多年前得的病，那时也就30多岁，患病那阵儿，真的是苦痛地煎熬，用阿姨的话说，亲戚朋友没有人借钱给他们，认为是绝症，只能等死。但阿姨不信那个邪，向学校里请了长假后就一直在医院里陪伴着叔叔。那段日子是灰暗的，但灰暗中总会有亮光，这亮光就是希望，叔叔阿姨的希望来自哪里呢？彼此的鼓励罢了。

叔叔说："当时疼得要死，比死还难受，真想一死了之，但还是要坚持下去，只为了不能也不想丢下她一个人。"

阿姨说："当时也不怎么害怕，反正已经打定了主意，治！万一病治不好，自己就走进车流中，反正是不活了，要不还能怎么办？"

阿姨说得很决绝："走投无路，好了一起陪着，不好了也一起陪着。"

"你阿姨为了我，和家人都不来往，她真的是举目无亲。"叔叔微微笑着。

叔叔大阿姨10来岁，两人认识的时候叔叔离异，只记得他们二人的婚姻是不被祝福的，30多年来，阿姨的选择一直不被家中原谅，所以当时她走投无路也并没有夸张。

好在天无绝人之路，叔叔竟挺了过来，因为一段奇遇还学会了推拿按摩的手艺。两人齐心协力地还完了治病的贷款，阿姨又回到了学校，叔叔原本是矿区的一名职工，病好后也回到自己的岗位上。

时间就这样顺水流着，日子是平淡的，但他们却将日子过成了诗。

阿姨不喜欢单元房的逼仄与压抑，叔叔就在村子里买了一处空院，栽上桃树、杏树、李子树、苹果树，养一只狗，几只鸡。阿姨没事了就给鸡剁剁草、带狗遛遛弯。小黑是一条特别聪明听话的狗，它的嗜好竟是吃冰糖，阿姨也不嫌烦："来，小黑，今天已经吃了5块了，再吃一块就不能吃了！"小黑乖乖地走近阿姨，轻轻叼走冰糖，有点不好意思地低下头咀嚼起来，"嘎嘣、嘎嘣"，没过一会儿就吃完了，它摇摇尾巴，用它那可怜巴巴的眼睛望着阿姨，阿姨无奈只好又拿出一块。

叔叔一边给我按摩颈椎，一边假装训斥小黑："出去，小黑！"小黑就夹着尾巴快快地从门缝钻出去了。

阿姨是退休后患的皮肤癌，但病因还是在学校时，她眼角旁边有颗绿豆大小的痣，批改作业的时候，总喜欢去抠那小东西，久而久之竟癌变了。当时并不知道，只觉得眼角不舒服，女儿劝她去医院看看，结果却诊断为皮肤癌，幸好是早期，不过叔叔曾经受过的痛苦阿姨要再受一遍。

"磨难"二字只有经历过的人才有资格说得轻描淡写，叔叔和阿姨正是这样的人。他们说起往事的时候，总是淡淡地，就像他们淡淡的微笑一样，微笑虽淡，却有种穿透力，能感染人，让人觉得舒服与温暖。

"你明年春天来我们这里花就开了，那才好看，香椿也长出了新芽！"

此刻，虽是严冬，但炉火正旺，通红通红的，水仙也开出了花，送来一阵阵幽香，待来年，王叔叔和阿姨家的小院应是繁花似锦吧！

(2018 年 12 月)

感恩有你

看到朋友们不断更新的文章，读到公众号后台催稿的留言，我的心莫名地有些恐慌，觉得的确应该写点什么。

过去的一年，自我感觉不该荒废时光，于是试着做了《曼言曼语》的公众号，本只为自娱自乐，自我激励，但承蒙朋友们捧场，也断断续续发了几十篇文章。起初，公众号定位即是"闲时涂鸦忙时隐，岁月静好有留痕"，但长时间不更新，便会觉得像是欠了那些关注自己的朋友们一笔账似的，如此懒怠，为什么还要继续关注你呢？

才情对于一个写作的人来说诚然重要，但更为可贵的是勤奋与坚持。就像我对儿子说的，不要自认为有点小聪明就不刻苦不努力，否则连那点小聪明也要丢了，白白可惜了造物主的眷顾。只是，我如今已经成为自己口中那个不勤奋的人了。

写作对于作者来说，固然是一个人的事情，但当作者的文章成型后，就不仅仅是一个人的事了，读者的无限想象会赋予文章本身更深更广的含义。明末文学批评家金圣叹品评的《水浒》《西厢记》，清初文学批评家毛宗岗品评的《三国演义》皆是文中上品。读者阅读本身就是再创作的过程，所以说见仁见智。一篇文章，无论作者认为多么精妙，语言如何考究，依然会有读者不买账，这是客观存在，是最为合理的存在！如果一篇文章都是叫好声，或都贬如敝履，那才让人担心！作者不必斤斤计较于读者的叫好或贬斥，虚心接纳，有则改之，无则加勉，这样文章才会越写越精练！正因心怀此意，于是每写完一篇文章，都会渴盼读者能给出一些评论，或褒或贬，如同道理越辩越明，争议也会促进作者进行更好的反思，以助下次成就佳作。

时光荏苒，转眼丁酉，借助公众平台，诚挚地感谢过去一年给予我帮助、关注、鼓励、批评的所有人，那些我认识和不认识的、点赞的、评论的、转发的所有朋友们。因为你们，我没有理由懈怠；因为你们，我将继续努力，不忘初心，砥砺前行。

（2017 年 1 月）

跟着心走

现在想来，从业最闲适的一段时光是在电台度过的。

那时候每天可以挑自己喜欢的文章与听众朋友分享，聊聊天气，聊聊心情，聊聊出行，一个小时不知不觉就过去了，每一天都是轻松愉快的。

可正是因为太轻松了，只囿于自己的小天地中，开始感觉到恐慌，总觉得太安逸了并不太好，外面的世界自己并未真正地参与，浑身的劲没处使似的，于是就开始拼命地读书，好像从书中可以旁观到另一个世界。

那时候读书是非功利的，只挑自己喜欢的，不为学多少知识，读到哪算哪，不记笔记，不写论文，不着急，静静读……

读《易经》时，明白了一个浅显却非常实用的道理：人的每个阶段都处于不断的变化中。命是什么？就是根据自身外在的、内在的变化做出相应的顺其自然的调整，也就是具有"中国式管理之父"之称的曾仕强主张的"阶段性"调整，这样，当面对生活的逆境时，才能相对舒服。那么要怎样调整才能成功应对呢？我想，只要与人为善自然就差不到哪吧！"积善之家必有余庆"！

读四书，看到《孟子·离娄上》中有段话："男女授受不亲，礼也；嫂溺，援之以手者，权也。"原来古人早就告诉我们要通权达变，不可教条。断章取义只会误读经典。

及至读到老庄，奇幻的思想天马行空，怎能不被感染？那种洒脱自在、超越自我的境界至今想来仍心向往之。

彼时，我的心灵已被洗礼，世界是美好的，家园是美好的，每一个人都是美好的，大家都在追求着真善美，连直播室放出的歌都是甜美的。

可是，当我打开《史记》，好似打开了另一扇门，原来每一个个体的成长不一定都是那么美好的。

李斯少年立志不当厕鼠而当仓鼠，之后他的确成了秦朝一只巨大的仓鼠，看着赵高指鹿为马，并与之合谋，伪造遗诏，迫令秦始皇长子扶苏自杀，立胡亥为二世皇帝，可他与秦朝功勋卓著的那个丞相本就是同一人！

项羽力拔山兮气盖世，为西楚霸王，可他也非常在意别人的眼光，绝非锦衣夜行之人。

刘邦的泼皮，李广的小气，李陵的无奈，司马迁的隐忍……那些名垂千古的人物背后，并不都是光鲜。善意有时换来的竟是灾难。《史记》记录范雎"一饭之德必偿，睚眦之怨必报"，这难道不是恩怨分明吗？怎么会被评价为心胸狭窄？

有时候，一种思想会充斥另一种思想，人应当以德报怨，还是睚眦必报？情与法之间要如何来平衡？什么才是值得坚守的东西？当善良被一次又一次伤害时，还要坚守吗？《农夫与蛇》是极端的寓言，如果那条蛇是身边朝夕相处的人呢？有没有一种以不变应万变的法门？

还真被我找到了。

子贡问孔子："有一言而可以终身行之者乎?"

子曰："其恕乎,己所不欲,勿施于人。"

原来这个字叫"恕"。恕人恕己,方得心安。

人的确应保持一颗善心,只是恕也应该有限度,善与恶是相对的,如果一味地扬善而对恶听之任之,公平与正义如何维护?

我们选择用善良来面对这个世界,但同样,我们也应当保护我们的善意不受伤害!孔子把这个叫"以直报怨"。跟着心走,做正确的事情,无论将来面对什么。

(2016 年 3 月)

话说尧头豆腐

无论天南地北，绝大多数中国人都喜食豆腐，甚至不少定居海外的华人，将豆腐制作和烹饪的工艺带到生活所在地，既成为谋生手段，也满足了同胞一饱口福和寄托乡情之需。著名文学家梁实秋先生将豆腐誉为中国食品的瑰宝，专门写了一篇名为《豆腐》的散文，记述了自己喜欢的几种吃法，并借烹饪之法给读者普及了蕴藏在豆腐中的地域文化。说起豆腐的起源，那还要追溯至汉代。

相传，汉淮南王刘安崇尚黄老之术，广招门客数千人，"天下方术之士，多往归焉"，著名的有苏飞、李尚、左吴、田由、伍被、毛被、雷被、晋昌，号称"八公"。在八公的陪伴下，他日夜修炼，常年吃素，为了改善生活，八公偶然以石膏点豆汁，悉心研制出了鲜美的豆腐，并把它献给刘安享用。刘安一尝，果然好吃，遂下令大量制作。后来，刘安谋反败亡自杀，但做豆腐的手艺却传了下来。

陕西豆腐因地域不同而有南豆腐与北豆腐之说，居于关中平原与陕北高原过渡地带的白水县，其生产出的豆腐兼南北之长，最为出名。早在唐代尉迟敬德监造白水城郭时，就曾用豆腐切块，摆作模型。关于白水豆腐的史料记载，最早见于清乾隆十九年（1755）所编《白水县志》地理志物产类，志中说

"白水产黄豆用做豆腐"，清末至民国，白水豆腐的生产和食用进入较盛时期，以豆腐为主料的河北辣子汤、八宝辣子和白水包子，形成特色的风味食品。在白水，若论豆腐清爽滑嫩、醇香温润，尧头豆腐无出其右。

尧头村是白水豆腐第一村，位于白水县城东 1.5 公里处，共有 4 个自然村，5 个村民小组，1350 口人。全村做豆腐的占到总人口的 90%，其中 3 组村民以梁姓为主，他们做的豆腐最为拿手。据传，尧头村梁家三社的先人即在汉淮南王刘安府中担任厨师，后刘安败亡后，他为了活命，辗转从淮南来到了长安，却担心告发刘安密谋造反的雷被发现他，于是一路向北，当来到粟邑县后，发现尧头三面环沟，人烟稀少，很是安全，于是在此地的土窑洞里安顿了下来。他初来尧头，人生地不熟，正为如何谋生而烦恼，一日，沿沟乱走，发现对面的土地种有大豆，于是灵机一动，"豆腐！"随着这一声轻呼，尧头的豆腐就传承了几千年。

昔日尧头，三面环沟，干旱缺水，发展滞后，交通不便，隔沟看得见，绕路走半天。之前尧头村人做豆腐都是小门小户，自制自销，尧头虽干旱，但仍能满足做豆腐的需求。随着社会经济的发展，尧头村的豆腐已从走街串巷的叫卖变为订单销售，对水的需求明显加大。按照做豆腐的老师傅的说法，豆腐就是水的精灵，成品豆腐耗水比例高达 1∶3，豆腐被称为"水豆腐"是名副其实的。为了解决发展带来的难题，20 世纪末，尧头人就在政府的帮助下，率先安装了自来水，解决了尧头豆腐发展的根本问题。

石膏化后浓如酪，水沫挑成皱成衣。豆腐制作与水密切相关。在制作豆腐的过程中，其水质决定着豆腐品质，点浆技艺决定着豆腐的口感。尧头豆腐的制作从选料、定水、炕黄、磨浆、滤浆、烧浆、点浆、养浆、成型，共需要九道工序6个多小时才能完成。精选优质大豆需颗粒饱满、无杂质，水需取材当地，磨浆需用石磨，滤浆时要将石磨磨好的原浆用80℃的热水浇泼，稍等10分钟用过滤布将豆渣和豆浆分开，随后再用大口生铁锅将豆浆烧沸后，改为文火继续烧浆约10分钟左右，之后，便是最关键的环节——点浆。点浆考验着师傅的技艺，好的点浆师傅是化豆腐为神奇的高手，变戏法般，偌大一锅豆浆就凝结成了喜人的豆花。接下来再经过成型环节，细嫩筋香、切丝不断、切块不烂的白水尧头豆腐就做成了。

尧头豆腐为什么比别的地方做出来的好吃？很多人都思考过这个问题，其实答案很简单，那就是自然的馈赠。

尧头豆腐口感细腻嫩滑，筋道爽口，名满三秦。21世纪初，看到尧头豆腐有发展潜力，有些商家便雇用村里做豆腐的老把式在渭南、西安等地现做现卖，同样的原料，同样的师傅，却做不出同样的味道。投资的商家与做豆腐的师傅百思不得其解，后来回到尧头，豆腐品质又原样复原。后来经过检测，发现尧头豆腐取水当地，其水质富含钙质，性硬，与别地的水大相径庭，因而才出现了"尧头豆腐离不开尧头水"的说法。

味道是有记忆的，最易勾起乡愁的就是舌尖上那抹熟悉的味道。都说一方水土养一方人，白水之水做成的豆腐成为在外打拼的白水人思乡的载体。不管是年下还是中秋,即便某个普通的日子,在白水车站都有豆腐被带往祖国各地,散装的和礼盒装的体现出的仅是形式的不同,相同的思念与眷恋已经深深地浸入豆腐的肌理里。这些豆腐带着家乡的味道,被带到不同的厨房,或煎或炒,或拌或炖,伴着笑语盈盈,和着熟悉的故事,抚慰着异乡游子的心。

2016 年 1 月,白水豆腐入选陕西省第五批非物质文化遗产名录。

(2017 年 6 月)

花开缓缓归

在少人的月圆之夜，走在乡村沟畔的小道上，听众花吐蕊的声音，曲曲折折中细嗅蔷薇、牵牛花、矢车菊、格桑花恣意怒放中的淡雅芬芳，不由得想起那句诗："陌上花开，可缓缓归矣。"

彼时，钱镠已为吴越国主，通过修筑海塘、疏浚内湖、扩大垦田等保境安民的政策，使得吴越国经济繁荣，文士荟萃，渔盐桑蚕之利甲于江南，钱塘富庶盛于东南。

一天，待在杭州城中的钱镠发妻戴氏王妃（一说庄穆夫人吴氏王妃）想起自己嫁给钱镠之后，跟随夫君南征北战，背井离乡，未曾侍奉双亲，于是恳请回乡住上一段。钱镠非常宠爱自己的这位妃子，答允她每年春上都可回家小住。

过去临安到郎碧要翻一座岭，一边是陡峭的山峰，一边是湍急的苕溪溪流。钱镠怕戴氏轿舆不安全，行走不方便，就专门拨出银子，派人前去铺石修路，路旁边还加设栏杆。后来这座山岭就改名为"栏杆岭"了。

这一年春来，戴氏王妃已按例回乡，吴越国主料理政事后走出宫门，信步来到凤凰山脚下，看到西湖堤岸已是桃红柳绿，万紫千红，原来春已三分，想起戴氏回家也有些时日了，不免生出几分思念。回到宫中，便提笔写上一封书信，命差役快马加鞭急送郎碧村。

戴氏接信徐徐展开，"陌上花开，可缓缓归矣"跃然纸上，熟悉的笔迹，惯常的语气，寥寥数语，平实温馨，情愫尤重，胜却千言万语，甜蜜与思念交织成一行珠泪顺戴氏脸颊缓缓滴落。

春正浓，花已开，陌上点点斑斑，色彩迷离，此等美景错过一年便少上一年，莫待春来迟，众芳芜秽方始归，趁着花未全开之时，你可细嗅花香，缓缓移步，待归来月正圆。

美丽的故事诞生在美丽的地方，佳话一传越千年。故事本身是动人的，更何况加注了飞黄腾达后的不忘糟糠之意，于是多少文人墨客就此九字生发感慨。苏轼的《陌上花》三首，借题喻兴亡，后来晁补之又和了三首陌上花，"为报花须缓缓开"一句意味深远。更有王士祯在他的《香祖笔记》中评论道："钱武肃王目不知书，然其寄夫人书云'陌上花开，可缓缓归矣'，不过数言，而姿致无限，虽复文人操笔，无以过之。"又说此语艳称千古。

作为看客的我自然没有那么多的兴亡之叹，也不理会其文学含义，但故事背后的那个"懂"字，却是最令我动容的。

因为懂得，所以成全；因为懂得，所以不催；因为懂得，所以愈显情深。

忽而又想起了阿秀，那个金大侠笔下骑着白马落落寡欢的女子，"白马已经老了，只能慢慢地走，但终是能回到中原的。江南有杨柳、桃花，有燕子、金鱼……汉人中有的是英俊勇武、倜傥潇洒的少年，但这个美丽的姑娘就像古高昌国人那样固执：那都是很好很好的，可是我偏不喜欢。"

不喜欢。

因为，苏普。

那个深藏在阿秀心里的哈萨克男子。

阿秀因父母被追杀身亡后只身来到大戈壁，被好心的"计爷爷"收留，从此生活在回疆的哈萨克族人中。因为一只小小的天铃鸟，她和哈萨克勇士苏鲁克的儿子苏普交上了朋友。

那是一段无忧无虑的日子，两个小人儿一起牧羊、唱歌、讲故事，当天铃鸟飞往温暖的南方过冬的时候，草原上就响起了阿秀美妙的歌声。她的歌声像天铃鸟一样，所有人都这样说。但阿秀并不懂歌里的意思。

计爷爷说："天铃鸟是草原上一个最美丽、最会唱歌的少女死了之后变的，她的情郎不爱她了，她伤心过度而死的。"阿秀迷惘道："她最美丽，又最会唱歌，为什么不爱她了？"

听阿秀唱歌最多的是苏普，他也不懂那些歌里的含义，直到有一天，他们在雪地上遇到一只恶狼。苏普杀死了恶狼，这在哈萨克族是非常英勇的事情，苏鲁克在听到儿子小小年纪就猎杀了大狼后大喜，但当知道儿子是为了救阿秀只身犯险后，狠狠抽了儿子一鞭，之后又拿起鞭子抽向了阿秀。

"他恨极了汉人，因为他的妻子和大儿子都被汉人强盗一天之内杀死了。计爷爷说他是好人。"阿秀这样想的时候，苏鲁克抽到她脸上的鞭痕也就不那么痛了。

哈萨克族男子会将自己猎杀的第一张狼皮送给最心爱

的人。

阿秀得到了那张狼皮，她很喜欢那张狼皮，但当看到苏鲁克因为苏普将狼皮送给自己而毒打苏普时，她忍痛将狼皮悄悄放在了哈萨克族最美丽的女子阿曼的帐篷前。

苏普不明所以，要找阿秀问问清楚。

"我从此不要见你。"

苏普挨打之后更显迷茫，"唉，汉人的姑娘，不知她心里在想些什么。"

苏普自然不知道躲在门板之后哭泣的阿秀心里的悲伤。

多年以后，苏普与阿曼已成为相亲相爱的情侣，阿秀只能假装自己已经死去，远远地看着他们，既悲伤又欣慰，天铃鸟还在唱着婉转的歌，阿秀送给苏普的玉镯却早已打碎，不见了。他说一生一世要陪的人儿是阿曼，阿秀只是记忆中儿时的好朋友。

241

这样的遗憾，终是因为苏普的"不懂"。然而，即便阿秀懂了，却也未必欢喜。

你心里真正喜欢的，常常得不到。别人硬要给你的，就算好得不得了，你不喜欢，终究是不喜欢。这个执拗的汉人姑娘，骑着她年迈的白马，孤身一人向中原走去。

因为懂得，终传佳话；因为不懂，便总有伤心之人。

夜更深了，暑气渐消，月晕渐现，沟畔偶有成双的人儿路过，崖畔花开正浓。

（2018 年 8 月）

槐园游思

　　方山林场是早听说过的，只是一直没有去过，及至去了才知，原来就是一大片丛林，高低不等的灌木长满整个山头，是一个清幽、宁静的好去处。也许是因为绿的陪衬，天也显得湛蓝，云也白得蓬松，这让久居城市的我们有了别样的感触。烦躁与喧嚣融入了林子的静谧中，虚浮在凝重的林荫边也了无踪迹，心是沉下去的。

　　满山都是灌木、松柏，还有红红的马茹子挂满枝头。虽已是盛夏，槐花早已败落，然而丛林中却依然还有槐香隐隐飘来。野兔、山鸡不时从眼前跑过，我们一行五人游于其中，林因人幽，而人因林静。

　　在林荫道上漫步是别有一番风味的。天，只能从叶的缝隙中才能窥见，清风袭来，地上的湿气与林间的凉气让正经受酷暑的我们着实感到了夏季难得的凉爽。同行者当中有位姓丁的老师，学识渊博。他向我们说起槐木的由来，槐木作为最早的染料的缘由以及槐与黛色，及至古时女子描眉用的颜料之间的渊源。这让我们在欣赏景色的同时又增长了许多知识。

　　只有 6 岁被唤作豆豆的小女孩是我们当中最有趣的。她说的话足以让我想上大半天，她向我们说起自己的时候竟用的是"我小时候"。在她清脆的童音中，我们感到着一个小女孩的故事与梦想。在槐林中，有零星几只鸟飞过，小豆豆便说："鸟儿睡着了，我把它吵醒，它就飞走了。"看着她天真可爱的面孔，听着她童稚的话语，我的思绪飘飞，不知是因为融入了这槐林，还是因听了那童稚的足以勾起我回忆的语言。

小时候是做过很多梦的，及至现在长大了不知又多增了几许，只是今日之梦早已不同于往日。是因失去往日梦的情致吧！才使我感动于小豆豆的"小时候"，小豆豆话语的真挚与纯净。

在广袤的蓝天下，槐林幽幽静静，似在倾听着什么，又似在沉思着什么。小豆豆的欢快被这片槐林包容着。我的思绪越发飞远了。

生活平淡如水，它在溶解着人太多的东西，人在长大的过程中，便有许多的初衷被溶解在路上，被丢弃。就像小时候的梦想，小时候的善良、爱心，小时候的纯洁与无争。

243

在儿时太多的东西被渐渐遗弃的时候，有许多在经过偶然的触动后或许还可以想起，而更多的早已在生活的重负下被湮没了。更有甚者，竟有许多人，在许多年后，都不记得自己曾经还坚持过什么。而槐林却依旧无论是否有游人，每年它都会用心开尽满树的花，让它那淡淡的清香弥散于整片槐林中，又在清风中散落一地。我猜那是对春的告别，又是对大地的回赠。

只是不知道小豆豆长大后，是否还会忆起这次槐林一游，是否还能想起自己口中的"我小时候"。

(2004 年 5 月)

回家的路

　　我的家乡白水尧头是渭北有名的豆腐村，每每说起豆腐，人们自然就会想起尧头，这也是让我颇引以为豪的事情。我们尧头村，村子虽小但声名在外。

　　在我外出求学的时候，每逢回家，都是熟悉的山路、熟悉的村庄迎接着我。我因为村子还是记忆中的样子而倍感欣慰，因为我的思乡之情依然存放在固定的角落里。还是那些土坯墙，还是那条土疙瘩路，还是门口那棵老槐树……

　　2008 年，我的儿子出生了，我经常带他回家看外婆外公。儿子会说话以后，有一天，在回家的路上，他突然对我说："妈妈，去外婆家的路坑坑洼洼，颠簸得厉害！"他竟然会用"颠簸"二字！这两个字，让我也突然意识到，全县大大小小的村子都已修成了水泥路，而我的家乡——离县城不到 3 公里的尧头村，却依然是千百年前走着的土疙瘩路！那一刻，我深深地为家乡的落后而心痛！我开始深刻地意识到，生我养我的尧头村竟一直在原地踏步，停滞不前！

　　日子一天天地过去，任春流到冬、秋流到夏，我和儿子回家的路依然如旧，就像儿子说的"颠得屁股疼"。尽管如此，我们仍乐此不疲，因为这里有我们最亲爱的人！

　　今年夏天，我和儿子刚回到家，爸妈就高兴地对儿子说：

"宝贝，以后你来看外公外婆就不用再走这些土路了，咱们这儿也要修水泥路了！"

"什么、什么？咱们也要修路了？能修到咱们家门口吗？是不是真的呀？是县上要给咱们修路吗？"我连珠炮似的问题问得爸妈不知先回答哪个。

原来，是我们尧头村的上门女婿王彦忠一直在外创业，回家看到村子多年落后的面貌竟一丝未变，心生感慨，毅然决定自己出资为全村修建水泥路。

人都说："要致富先修路"，如果真能修成水泥路，对于尧头村民来说的确是件大好事！但真的能实现吗？

那天下午，我和儿子沿着走过千遍万遍的老路回到了县城。

几星期后，刚走进村子，就看到忙碌的村民有的在测量，有的在拉线，搅拌机严阵以待，碎石子堆放在净业寺旁边的空地上。

又过了几星期，回家的路就彻底变了样。水泥路结实而平坦，笔直地伸到了我家门口。儿子兴奋地对爸妈说："哎呀，外婆，你们家变了！和我们家的路一样了。"

看来，王彦忠说的是真的，他用短短两个月的时间为尧头全村修建了水泥路！看到王彦忠真心为全村百姓办实事，今年秋季换届选举的时候，他高票当选为尧头村村主任。

如今，我和儿子每周都会回家看爸妈，每次儿子都有新发现："妈妈，路边为什么有那么多坑？""那是要栽树呀！""妈妈，路边为什么出现那么长的水沟？""那是要排污水呀，要不然下雨怎么办?"　"妈妈,外婆家越来越美了,有湖有公园。""妈妈,去外婆家晚上也不用怕了,你看,有路灯!"

……

前不久,年刚过,村里的乡愁馆开了,取名"美在白水",我和儿子也去了,乡愁馆里有熟悉的辘轳、土炕,有小时候垂涎三尺的点心、豆干,墙上的老照片里有奶奶走过的那些小路……

我的家乡在蓄势发展着,而我的乡愁也没有因为村里的变化无处安放,眼前的树,眼前的路,眼前的湖,眼前的青砖、路灯与过去的印记渐渐融合,这是时代留下的烙印。

(2015 年 3 月)

246

怀念父亲

姐姐已多次催促我给爸爸写封信，我却迟迟不曾动笔。不是不想，而是不忍。我没有勇气举起手中的那支笔，它握在手中是那样轻，却又重如千钧地压在我心里。悲伤早已漫过我的眼，又浸满我全身，我的父亲，我不相信，他已经永远地离开了我们，离开了他呵护一辈子的儿女，离开了他亲密的爱人，我的妈妈！

如今，回想事情的发生已经没有任何意义，多年与哮喘作斗争的坚强的父亲最终败给了病魔。所幸他走的时候是安详的！他的儿女，他的子侄，他的亲人都在身边陪他度过人生的最后时刻。我想，在我们痛苦相送父亲的时候，我的爷爷、奶奶、大伯也在天堂的那边伸手迎接着父亲的到来，所以，父亲走得并不孤单，他只是去完成一次永远没有归程的旅行。唯留遗憾的是父亲走得太匆匆，他的人生永远定格在了 64 岁。

回想父亲，永远都是声若洪钟，哪怕是疾病折磨得他无法动弹的时候。听到父亲的声音，没有人会相信他是卧病多年的病人。人活着就贵在精气神，父亲永远是精神的。

父亲一辈子命运多艰，但他一直顽强应对。5 岁时，爷爷去世，是奶奶、姑姑和大伯与父亲相依为命。在那些艰难的岁月里，缺衣少食，父亲凭着顽强的毅力，完成了小学到高中的学业。父亲曾说起过为学时的艰辛。放学后，有时甚至课间，父亲都会紧赶慢赶地来到窄且陡的南河坡，将长长的、粗粗的麻绳套在自己肩头，帮别人拉坡，以换取微薄的生活费。肩上那一道道深深的印痕，不仅仅是关于贫穷的记忆，更是父亲与命运抗争的痕迹。

后来，父亲参军3年，因要照顾奶奶而退伍。成家后，上有年迈的老母，下有嗷嗷待哺的婴孩，父亲肩上的责任更重了。还记得夜幕时分，父亲回家时疲惫的身影，那样瘦弱又那样坚定；大清早，天不亮，父亲又要起身先送母亲去八一厂上班，然后自己再继续赶回氮肥厂。父亲是焊接工人，若遇抢修任务，不分昼夜连续工作两三天都是常事。我想，父亲一定累极了，他的身体在那时候就已经严重透支了吧！

为了供我们姐弟四人读书，父亲在工作之余又栽植了苹果树。那时候，父亲就更忙碌了！晚上浇上一夜果园，天微明，赶上班前回家换好衣服再去上班，那时候父亲的脚步何其匆匆！父亲就是这样供我们长大，养育我们成人的。还记得上学时，班里经常有同学因交不起学费而被劝退回家，但我们姐弟几人从未出现过这样的情况。父亲和母亲经常说，宁愿他们自己受穷受累受煎熬，也不愿让儿女受牵连。在父亲辛勤的操持下，我们姐弟几个也都学到了谋生的技能。可谁料，天道不公，当儿女们有能力孝敬父亲时，他却匆匆走了！

亲爱的爸爸，您可知您的儿女如今已经长大了，想报答您，您为什么不给我们机会？

亲爱的爸爸，您可知当看到和您一般大的人健朗的身影时，您的女儿有多羡慕?

亲爱的爸爸，您可知当我再喊一声爸，却没有人答应时的落寞与悲凉吗?

亲爱的爸爸，我永远怀念的父亲!是您让我懂得了责任与担当!是您教会了我做人要真要善!是您让我明白了吃亏是福!您常说，不给儿女添麻烦，您是这样说的，更是这样做的!也许是冥冥之中的定数，也许是您的有意为之，您一天也没让儿女侍奉床前，连走后之事都安排得妥妥帖帖，您是要将永远的遗憾留给您的儿女吗?

"树欲静而风不止，子欲孝而亲不待。"亲爱的爸爸，您的儿女再也无法孝敬您，唯有将孝敬之心敬献给母亲，让母亲晚年幸福安康!

想您了，爸!

(2016 年 4 月)

回眸三峡

　　我好像忘记了那是怎样一个开始，在游船告别瞿塘峡要进入巫峡的腹地时。只记得有一轮红日冉冉升起，悬挂在山巅，踽踽独行。这时，对三峡熟之又熟的导游也兴奋了，她有些激动地告诉游客，在船行巫峡中，有这么好的天气，这么灿烂的阳光不多见。巫峡要么云蒸雾绕，要么细雨霏霏。我相信导游的讲解，古人诗句中早有对巫峡的记述："曾经沧海难为水，除却巫山不是云。"也许今日的阳光高照是这群游客与巫峡冥冥之中注定的缘分。

　　我也说不清自己是怀着怎样的心绪游览巫峡的。是赏景？显然没有那么单调。是思古？又过于沉重了。是探幽吗？也并不那么纯粹。我也不知要怎样去解读这滔滔江水，这奇崛的山峰，索性把自己交给巫峡，看巫峡如何带我走进历史、现在与未来。

　　认识三峡是从读刘白羽的"长江三日"开始的。那时印象最深的不是巫峡，而是瞿塘峡，是急湍的江水与夹岸的高树，是翠绿森严的密石与石上倒垂向江水的绵竹。随着读的书日渐增多，郦道元对三峡的描述给了我另一种印象。我不仅认识了三峡的奇、秀、绝，也见识了三峡中悬棺的神秘，认识了巫山十二峰，知道了巫山神女与楚怀王的故事，了解了三生石畔秀才与和尚的生死之交。及至自己也乘船逆流而上，游览从小到大就读、听、梦想的三峡，却不知如何解读这方圣地了。

总感觉与这江水很亲近，与这群山很熟悉。也许梦中曾无数次地相会，也许前生自己真的是与这江水朝夕相伴的渔女或浣女，要不然，当与这水这山亲密接触时，怎会有一种回家的感觉？我的故乡明明是在遥远的北方，这种错觉是没有道理的。于是，便只有借助于"三生石"来诠释我的错觉、我的感受了。

那么，我是如何告别这山、这水，开始我的征程的？曾经有人说过："其实，所有的故乡原本不都是异乡吗？所谓故乡，不过是我们祖先漂泊旅程中落脚的最后一站。"那么，我的割舍是怎样难舍的一个过程啊！

今天，我第一次游历三峡时，竟好似来过许多次，神交过千余次。当游船穿过夔门，当三峡的俊秀、奇崛、神秘渐渐离我远去时，我不知是了却了一桩心事、还完了一次久欠的债务，还是多添了一水愁绪、几山思念？尽管唐朝诗仙的衣袂还随着江风飘摆，两岸猿声的啼叫还如千年前，只是千年后的我，一个告别长江时不忍回头的游子，只能遥想却无从找寻，只能欣羡却无法拥抱了。于是，我只能将眷恋载上航船，继续西行……

251

（2004 年 10 月）

历史深处散发的温度

近日翻读宋史，有两则隐藏在历史深处的小故事萦绕脑海，挥之不去。这两个故事都与狱卒有关。

其一，发生在宋朝开国皇帝太祖赵匡胤身上。那是一个暑气蒸腾的夏日。

开宝二年（969）五月，暑气已至，国都开封闷热难当，人皆寻荫摇扇以御暑气。太祖端坐皇宫，自有人为其想方设法防暑降温，即便如此，也是难抵暑热。太祖寻思，自由之民尚不耐暑，何况狱中系绳带枷之人，于是下诏给各州郡，命令长官督掌狱属员每五日对监狱进行检视，洒扫狱户，洗涤刑械，贫困不能自存者给饮食，病者给药，轻系小罪即时予以遣释，无德淹滞。此后，每年仲夏，宋太祖都要重申此项命令，以申戒司法官员。后来此法一直延续，成为宋朝正式的制度。

无独有偶，100多年后的公元1077年，此时正值神宗皇帝当政。大才子苏东坡在徐州任太守，这是他政绩最为人乐道的时期，抗洪减排，修建黄楼，留下诗词歌赋百余篇。这些事最为史学家所津津乐道，但翻开这些政绩，背后更有一种人性的关怀，给人启迪。

当时，宋朝有一条法律，凡太守鞭打犯人致死者，太守受罚。但苏东坡指出，此律法虽可防止人犯服刑改造期间免受挨打虐待，但犯人因病致死或照顾不善而死，则无人过问。因此，他亲身视察监狱，指定郎中为囚犯治病，并指出囚犯也是一般老百姓，并非别人。

穿越千年，重读这两个小故事，其中折射的人性光辉依然令人动容，原来，伟大的灵魂都是相似的。宋太祖因夏日炎热而推己及人，苏东坡为一州太守，亲赴监狱，寻医问药，对小人物的关注、关怀，让历史不仅有征战、杀戮，还透出脉脉温情。

（2018 年 9 月）

八分真

当我认真思考这个社会的时候，我不得不认真思考这个社会的主体——人；当思考人时，我又不得不从自己周围的人看起。

有时以为自己看得挺透，但一接触到人，我便明白自己还很浅很浅。大千世界，形形色色，我所见过的都足以让我抓耳挠腮，冥想半宿，更不用说那些陌生人了。

在思考那些还算熟悉的人时，我总试图去发现他们的共性与区别，以及造成他们性格的原因。他们的性格中、话语中、行为中，真诚占几分？要辨清真假是一个最基本的问题，也是一个非常重要的问题。因为只有保证了命题的真，你以后的推理才有可能真，并且这些真诚来源于什么，又会进化演变生成什么？生成之后"真"又有几分？诸如此类，还会衍生出许许多多的问题。

我又忍不住去想一个人的行为与内心之间的差距有多远，语言与"真"有几分可以画上等号？除去礼节性的敷衍外，在认真之中的"真"到底占到多少呢？人是活在"真"中，还是"非真"中？人是相信"真"多，还是被"假"蒙混的多？

如同裤子有七分、八分、九分一样，"真"是否也要这样来划分呢？可恶的是，裤子的几分肉眼可以直观到，而人的几分"真"却需要用心灵与头脑来揣度并理智地判断，而在这理智的判断中，又总有感性的干扰，甚至是支配。因而这样判断出的"真"到底有几分就不得不令人怀疑了！

在当今这个物欲横流、诱饵遍地的时代中，大多数人都活在利益交换中，活在虚伪的应付中。人总担心自己因无知而被利用，甚至是算计，于是干什么事都多了个心眼，在保护自己的过程中无意识地为自己建了堵墙，一道杜绝一切的墙，包括"真诚"。如此一来，这个社会更加复杂，人与人的交往更加扑朔迷离，人除了担心因无知被利用外，更是想方设法地找门路、托关系，去利用别人。于是，人与人越隔越远。心与心靠近的机会越来越少，人总是担心自己上当、受骗，可人越是担心便越是容易上当、受骗，而受骗又总是从一件很小很小的不经意的事情开始的。比如说一顿便饭，一件谢礼，一次天衣无缝的巧遇……所有的偶然背后都是必然在操纵着，而所有的必然中又都暗藏着大玄机。当你一步步逼近时，你才渐渐看出一点端倪、一丝脉络，直到你已无法自拔时，你才清醒于"全叶"，而造成这一切的罪魁祸首便是"真"的不够或不存在，是我们为自己建的那道墙在作祟。

我不否认，这只是众多人中抽样出的一小部分人的共性，芸芸众生中还有很多人有很多种不同于此的活法。他们也有寄情于山水、留意于风月的，也有安于现状、甘于淡泊的，更有那种完全超然于物外的高士，但更多的还是追名逐利的痴人。尽管他们明白自己，人活一世，"累"字当头，但终是被"活得更好"的美好愿望支配着,在浮躁的空气中徜徉,并自得其乐。这好比是被迷惑者永远不明白自己被迷惑一样。

其实我写痴人,自己又何尝不痴呢?社会本身就存在着许许多多的谜,谜里总有真有假,我又怎么能弄清?更何况人一生本身就是一个大谜。古往今来,又有几人能够参透?既然众多志士高人都无法参透,我又瞎忙活些什么呢?就这样糊涂中清醒,清醒中糊涂地随着时间走吧!人要保留"全真"是很难的,又有几多不明智,那我就保证八分真吧!在八分真与两分非真中不懈怠,也不着急,悠悠地尽享我的生命,尽享我的人生。

(2005 年 3 月)

笨小孩

　　和朋友一起去唱歌，其中一人点了一首刘德华的《笨小孩》，听着听着，不由得被打动。说起这首歌，以前虽然听过，却没有认真地听，只知道基本的旋律，却不知具体都唱了些什么。此次仔细一听，才知，原来这首歌歌词写得这样好，平铺直叙，犹如一个人的简历；真挚执着，又似一个人的传记。

　　对于明星，我知道的不多，尤其是现在的新生代们。我没有自己的偶像，因而明星于我而言就是一个笼统的概念：光鲜、多金，一朝成名便飞至人生的巅峰，他们的成功好像更多的是凭借运气，轻而易举，离普通老百姓太遥远。但对刘德华我还是知道一些的。

　　在我的整个学生时代，喜欢刘德华的人非常多，整天耳边都是同学哼唱的旋律，以及他的各种八卦，对他的认识也就局限于听到的这些。有次看报道，彻底刷新了我对他的认识。原来刘德华竟是靠自己一点一滴的努力而成长起来的草根明星！他没有显赫的家世，脑袋瓜子算不上聪明绝顶，但就是凭着自己的努力、执着、坚强、毅力，硬是创造出一个个奇迹。报道中说，当刘德华还不是大明星只能演一些小角色时，他没有气馁，每天都坚持洗头，为的是在任何一刻留给他人的印象都是精干而清爽的；当他在演艺界已站稳脚跟想要进军歌唱界时，业内人士断言他自身条件太差，五音不全，不具备唱歌条件，但他并没有因为专家的断言而放弃，只是默默耕耘，不断学习、锻炼、揣摩，最后取得了巨大的成功。这难道不就像歌中唱的笨小孩吗？

大智近乎愚。所有的笨功夫其实都是直抵目标的捷径。曾国藩在带领湘军攻打太平军时，用的就是最笨最笨的方法，无巧可取，结硬寨，打呆仗，修墙挖壕，断水断粮，不正面进攻，只是专注于防守，一年一年地挖沟，一个城市接着一个城市地挖，一道不够，再挖一道，最终将太平军困死城中，以此达到"制人而不制于人"的目的。方法虽笨，用时又长，但效果显著。源于此，湘军攻城略地的地方，最终地貌都发生了巨大的变化。这和笨小孩的做法如出一辙，别无二致。就如曾国藩所言，自己不懂兵法，只能用这种笨办法，哪怕被人嘲笑"每苦钝滞"。

天道酬勤，功不唐捐，世上并没有什么捷径，所有的捷径最终都会成为大坑，倒不如一开始就脚踏实地，勤勤恳恳。"老天爱笨小孩"，是的，老天眷恋笨小孩，老天是被笨小孩的执着打动，是因笨小孩的坚强与付出而折服。笨小孩资质平平，但他有理想，懂得天上不会掉馅饼，什么事情都要付出付出再付出，奋斗奋斗再奋斗，只有不断地耕耘，才会有点滴的收获。

梦想是容易有的，坚持却不多见。趋利的本性让我们一次次地改变着自己的梦想，甚至信念，在取巧的道上，一路狂奔。其实在这个世界上，天才哪有那么多，正是一个个平凡的"笨小孩"们创造着奇迹！他们怀揣一个梦想，仅仅一个，并不遗余力地顺着正道，不改初衷，一路前行，一步一个脚印、脚踏实地地为这个梦想而执着前行。

（2006 年 4 月）

母　亲

　　母亲要来西安，我陪她去看病。

　　接母亲去时，透过车窗，我看到了她单薄的身影。穿深色上衣，背着我的蓝背包，孤独地站着，目光中满是焦急与不安。她不知我什么时间到，便没有目的地等着。等得是那样认真！她没有看见我，西安的公交车很多，母亲不知道我坐的是哪一趟。

　　我从背后走到她的身边，想让她大吃一惊，可母女俩像是有心灵感应似的，在我还没有到她身边时，她竟回转过身，满脸笑意如释重负似的。我拿过蓝背包，挽着母亲的胳膊，眼睛不敢看她的双眼。我挽着她，步子比她稍微慢半拍，这样我就很容易看到母亲刚剪不久的头发上那些杂乱的白发，可真多啊！几乎一半是黑，一半是白了。我鼻子有点儿酸，为了不让母亲看出来，故意问些村里新近发生的事。我每问一句，母亲都要认真答一番，她以为我很感兴趣，故而兴致也高了。我不再问的时候，她也要找一些话来说，好像这样才像母女。有时候单独面对爸妈时，我是沉默的，因为空间的空旷让我的心没有着落。我总觉得欠爸妈太多，也总不能弥补，像背负着一种永远还不清的债务。以前爸妈身体好的时候还好些，现在爸妈都因劳累过度，身子骨再也不硬朗了。可直到现在，我还是无能为力为爸妈减轻些什么，我还不能将他们背负的东西接过来。他们老了，而我在他们眼中还太稚嫩。这样一来，我便恨起自己来，恨自己已 20 多岁，却还要依赖于爸妈生存，还不能自食其力，更何谈让爸妈安享晚年。

我比以前沉默了，可爸妈却以为我的沉默是因为不愿与他们多说话。他们或许将我的沉默归罪于代沟。唉，我又怎能让他们明白呢？

母亲讲了一些村里的事，见我不再问，便也不再说话了。我们上了公交车，车上很挤，没有座位，幸好一位 20 多岁的穿警服的姑娘为母亲让座，这让我感激，又让我难过。在别人眼里，母亲也是老人了，已有人给母亲让座了，可母亲才 55 岁啊！倒了几次公交，母亲已经很累了。幸好医院已出现在我们视线之内。找到医生挂完号，接下来就是等。前面排的人并不多，我们只等了一会儿就轮到母亲。好像母亲的病挺不容易诊断似的，医生让母亲先拍个片。于是又是一阵忙活，等再找到医生已是下午 3 点多，而母亲还打算坐下午 4 点的车回家。她说家里还有好多事等着她做。我劝她别想太多，先看病。可我知道，任我怎样劝，她都不会改变，她是急性子，什么事也不愿拖。这次看病也是在爸爸和我的多次劝说下才同意的。

医生说母亲的血压太高，极不稳定，心脏也有问题，得住院，潜在的危险很大，要精心调养。母亲犹豫了，我要母亲按医生说的办，但被拒绝了。她说在家就可以调养，也可以将血压稳定下来。医生没再坚持，我的坚持又太无力。于是，母亲还是回家去了。

在送母亲走时，我又一次看到她孤独的身影。深色的上衣，蓝背包，还有那杂乱的白发。她看起来形单影只，慢慢向站台走去，四周静悄悄的……

(2006 年 5 月)

只因那时太年轻还不懂爱

夜深人静，听图图平静而略带磁性的男低音讲述《小王子》的故事，不知不觉就会流泪，心里酸酸的。那朵骄傲的玫瑰花，她是多么要强而又多么虚荣呀！如果小王子早一点遇到那只要求被驯养的等爱的狐狸，他大概是不会离开他的小星球，离开他深爱的玫瑰花吧！

小王子已经深深爱上了玫瑰花，但他起初并不知道那是爱！" But I was too young to know how to love her"，他因为玫瑰花的虚荣而最终离开了她。尽管玫瑰花曾经向他道歉，并说"我爱你""我很愚蠢"，但玫瑰花的自尊又让她脱口而出"你也很愚蠢"。其实玫瑰花的心里是如何地期盼小王子不要离开她！但她口中说出的却是："你赶快走吧，祝你幸福！"于是，小王子走了，留下了孤单的玫瑰花。玫瑰花告诉小王子，"要想结识蝴蝶，就得容忍毛毛虫的存在，不然，还有谁来看我呢？"但，真会有蝴蝶来探望玫瑰花吗？心中已经装进小王子的玫瑰花真的在期盼蝴蝶的到来吗？

小王子走了，他是带着深深的惆怅离开的。他时常会后悔自己离开了玫瑰花。"为什么那时候不是欣赏呢？"他总这样问自己。当他遇到那只等爱的狐狸时，他才明白，原来自己早已驯养了那朵世界上独一无二的玫瑰花。他开始领悟到他的玫瑰花与玫瑰园里的 500 朵玫瑰花有什么不同。他深深地思念着他的玫瑰花，却留给那只被他驯养的狐狸无尽的等待和孤单。

在狐狸的要求下，小王子驯养了狐狸，小王子成了狐狸的唯一。狐狸会因为小王子金色的头发而喜欢上麦子的颜色，因为它们都是金黄的；狐狸也会因为小王子的呼唤而准备好心情从洞里走出来迎接他；因为被小王子驯养，狐狸会听出小王子的脚步与其他脚步有什么不同；但小王子最终还是离开了狐狸。"因为是你让我驯养你的呀！"原来在爱之中，主动与被动有如此大的差别！

小王子说人在悲伤的时候就喜欢看日落，有一天，他挪动他的小板凳看了 43 次日落。那一天，他是因为玫瑰花而悲伤着看日落。当他离开狐狸之后，他是否会偶尔想起，小狐狸也会因为他的离去而眷恋上麦子的颜色？

好悲伤，真的不忍心再听了。有多少人将自己从那朵骄傲的玫瑰变成了等爱的狐狸？

此刻，抬头仰望星空，繁星点点。那浩瀚星海里是否有那么一朵被人钟爱着的独一无二的玫瑰花，在被小王子守护着？旁边还有他的羊。

（2016 年 3 月）

你不说我已懂

古往今来，古今中外，爱情是文学创作中必不可少的内容，诸多爱情故事的描写在文学长廊中绽放出耀眼的光辉。它们或内敛含蓄，或大胆奔放，或细腻委婉，或诙谐有趣；引人哭，逗人笑，惹人相思。

也曾为那位泛舟河中，遥问"今夕何夕，得与王子同舟"的女子的失落而感伤；也曾为那位许出"山无陵，江水为竭。冬雷震震，夏雨雪。天地合，乃敢与君绝"誓言的女子的果敢而心动；也曾为杜丽娘"生而可以死，死而可以生"的至情而感动；也曾为杜十娘怒沉百宝箱的悲剧而叹息；还有安娜·卡列尼娜、茨威格笔下那个写出凄婉长信的陌生女人……那么多文学著作中的爱情故事，或刚烈或炙热，各具特色，在读者心目中留下了深刻的印象，但这些都不算刻骨铭心。在我看来最能打动人心，也最能称为爱情经典的桥段，就是《红楼梦》里"赠帕"一节。描写平实而朴素，但却是真正的两情相悦，真正的心灵相通。

宝黛之间不仅仅是爱情，更是知己之情，是不用言语表达的爱的最美境界。

那是在宝玉挨打之后，贾府上下各色人等各怀心思地都来看望宝玉，黛玉当然也不例外。但她看望是挑没人去的正中午，眼睛哭成桃子一般，又担心人看见，急匆匆来，急匆匆去。宝玉虽然挨打，不能动弹，但心里无时不在记挂着黛玉。夜幕降临，掌灯时分，宝玉先是支走了袭人，才命晴雯送两条旧手帕子给黛玉。晴雯不明就里，还担心送旧帕子惹黛玉不高兴，但宝玉笑着说："你放心，她自然知道。"

果然，当晴雯将手帕送给黛玉后，黛玉略一思忖，便知宝玉因自己不能前来安慰她，替她擦泪，故送旧帕的深意，不觉神魂驰荡，想到："宝玉这番苦心，能领会我这番苦意，又令我可喜；我这番苦意，不知将来如何，又令我可悲；忽然好好的送两条旧手帕子来，若不是领我深意，单看了这帕子，又令我可笑；再想令人私相传递与我，又可惧；我自己每每好哭，想来也无味，又令我可愧。"如此左思右想，一时五内沸然炙起。黛玉由不得余意缠绵，命掌灯，也想不起嫌疑避讳等事，

便向案上研磨蘸笔，向那两条旧帕上走笔写道：

眼空蓄泪泪空垂，暗洒闲抛却为谁。
尺幅鲛绡劳解赠，叫人焉得不伤悲。

抛珠滚玉只偷潸，镇日无心镇日闲。
枕上袖边难拂拭，任他点点与斑斑。

彩线难收面上珠，湘江旧迹已模糊；
窗前亦有千竿竹，不识香痕渍也无？

这《题帕三绝》便成为宝黛爱情最动人之处，从此以后，宝黛之间因为心意相通再也没有了小心翼翼地试探。尽管最终

黛玉一番深情、一番苦意随风而逝，宝黛爱情以悲剧收场，但两人的心思是一样的，是你心中有我，我心中有你；是你懂得我的心，我明白你的意。他们二人从未互诉衷肠、信誓旦旦、互许未来，但只要你懂得，又何须那么多？

一个"懂"字，对于千千万万个饮食男女来说是何等珍贵！爱情，不是要你许诺"任你弱水三千，我只取一瓢饮"，不是要你来告诉"你是我灵魂唯一之伴侣"，不是要陪你一起来看月亮、数星星，更不是要你五花马、千金裘地来迎娶，而是，你不说，我已懂！

（2016 年 5 月）

267

你在欣赏李达康　我要点赞易学习

　　最近，一直在追一部剧——《人民的名义》。反腐部门与位高权重的贪腐分子之间斗智斗勇的故事，引得看客欲罢不能。其中达康书记因其耿直、果敢、廉政而实力圈粉，还有沙瑞金书记的勤政为民在观众心目中也留下了深刻的印象，他们实为清官的代表。但抛开主角，有一个小配角却深深地触动了我，他就是高新区的区委书记易学习。

　　第19集，沙瑞金办公室，常委们对着省委书记沙瑞金将从易学习家带来的10张地图——回忆，在这些回忆中，一位有担当、有魄力，一心为民，任劳任怨，不得重用但积极作为的典范逐渐呈现在观众眼前。

　　他是23年前在金山县帮李达康顶雷的县委书记，是面对腐败坚持清廉的吕州市交通局局长，是敢"啃"赵家美食城的硬骨头，是一直原地踏步，但毫无怨言勤勤恳恳不跑不送清正廉明，在每个工作岗位上都干得非常出色的好官员！

　　在金山县，为了乡镇公路网的建设主动承担责任；在道口县，为了带领群众致富，组织了大量的建筑队伍，让其成为有名的建筑之乡；使林城第一个成为靠劳动力转移进入小康的先进示范县；使吕州市在他任期内交通部门再无腐败！如此有为、一心为民的好干部，却只能连续23年在正处级领导干部的职务上不断地徘徊。

徘徊，却从未抱怨！徘徊，却从未动摇过为人民服务的决心。

天禧五年（1021），范仲淹被调往泰州西溪（今江苏省东台市附近）做盐仓监管，主要负责监督淮盐贮运转销。西溪镇濒临黄海之滨，当地多年失修的海堤，已经坍圮不堪，不仅盐场亭灶失去屏障，而且广阔的农田民宅，也屡受海涛威胁。遇上大海潮汐，水淹泰州城下，成千上万灾民流离失所。官府盐产与租赋都蒙受损失。为此，他上书给江淮漕运张纶，痛陈海堤利害，建议重修一道坚固的捍海堤堰。对于这项浩大的工程，张纶慨然表示赞同，并奏请朝廷，调范仲淹做兴化县令，全面负责治堰。

天圣二年（1024）秋，兴化县令范仲淹率领来自 4 个州的数万民夫，奔赴海滨。但治堰工程开始不久，便遇上夹雪的暴风，接着又是一场大海潮，吞噬了 100 多位民工。一部分官员认为这是天意，堤不可成，主张取缔原议，彻底停工。事情报到京师，朝臣也踌躇不定。而范仲淹则临危不惧，坚守护堰之役，大风卷着浪涛冲到他腿上，兵民们纷纷惊避，官吏也惊慌失措，范仲淹却没有动。经过范仲淹等人的努力坚持，捍海治堰又全面复工。不久，绵延数百里的悠远长堤，便凝然横亘在黄海滩头。盐场和农田的生产，从此有了保障。往年受灾流亡的数万民户，又扶老携幼，返回家园。人们感激兴化县令范仲淹的功绩，都把海堰叫作"范公堤"。兴化市不少灾民，竟跟着他姓了范。

时间悠悠转转，65 年之后，元祐四年（1089），苏轼由翰林学士被贬为龙图阁学士，知杭州。

"丰台平湖久芜漫，人经丰岁尚凋疏"，由于西湖长期没有疏浚，淤塞过半，湖水逐渐干涸，湖中长满野草，严重影响了农业生产。苏轼来杭州的第二年率众疏浚西湖，动用民工 20 余万，开垦田地，恢复旧观，并在湖水最深处建立三塔作为标志。他把挖出的淤泥集中起来，筑成一条纵贯西湖的长堤，堤有六桥相接，方便行人，后人名之曰"苏公堤"。

东坡后来被调往徐州做知州时，刚上任一个月，就遇到黄河泛滥。洪水汹涌而来，把徐州城团团围住，徐州城就靠一座城墙把洪水挡在外面，城墙若一垮，全城百姓都会遭殃。百姓人心惶惶，都准备四散逃亡。苏东坡却派人在城墙上搭了个草棚。他不回家，就住进了这个草棚里。"我都不怕，你们怕什么呢？"见知州如此无惧，民心就安定下来了。民心一定，苏东坡就带领百姓抢修堤坝。在城内修一条堤坝，从里面托住城墙。修了一月，洪水还是不退，老百姓都累瘫了。苏东坡便跑去向城内禁军求援。禁军本来只听皇帝号令，地方官无权调动。但禁军头领看到浑身泥浆、面容憔悴的苏东坡，眼睛顿时湿了："文官尚如此，我这个武官岂能为了保命而误苍生。"他立命禁军跟随苏轼抢修堤坝。堤坝修好了，老百姓的生命和财产保住了。

80 多天后，洪水退去。苏东坡却马不停蹄，带领百姓在城外大修水利。北宋时，黄河泛滥周期大概是四五十年一次。

洪水退了，苏东坡本可以完全不管了，因为在他的任期内不可能出现第二场洪水。但他依然大修水利，他不追求任期名利，只求为老百姓多干几件实事。

绍兴三十二年（1162），辛弃疾25岁，加入了由耿京领导的一支声势浩大的起义军。当时金人内部矛盾爆发，完颜亮在前线为部下所杀，金军向北撤退时，辛弃疾奉命南下与南宋朝廷联络，以期合力收复失地。在他完成使命归来的途中，听到耿京被叛徒张安国所杀、义军溃散的消息，他怒发冲冠，率领50余名义军袭击几万人的金营，生擒叛徒张安国，一时侠义之气名动京城，被宋高宗任命为江阴签判。他一生都以收复失地为己任，上疏《美芹十论》和《九议》，力陈主张与方法。宋孝宗也一度表现出想要恢复失地、报仇雪耻的锐气，但已经不愿意再打仗的朝廷却反应冷淡，弹劾是必然的，于是辛弃疾只能带着满腔热血流转于江西、湖北、湖南、福建等地。然而贬官后的失落并没有影响辛弃疾的工作热情，一到任地，他做的第一件事就是重修抵御工事，抗金复国，"道'男儿到死心如铁，看试手，补天裂'"。

罗曼·罗兰说："世界上只有一种真正的英雄主义，就是认清生活的真相后还依然热爱它。"推动社会发展需要这些精神，这些坚持，这些英雄主义。

你我皆凡人，对于生活，会抱怨，会吐槽，但抱怨归抱怨，吐槽归吐槽，抱怨完，吐槽结束，还是该干吗干吗，努力生活，积极进取，做好眼前的事。唯有这样，才能不负岁月不负卿。

（2017年6月）

女为悦谁者容

很久以前，我刚参加工作那会儿，租住的是一间民房，房子一般，但价格合理，是一位阿姨介绍的。阿姨说这家人很好，于是我便去了。

房东大约50多岁，稍胖，精神饱满，整天乐呵呵的。女主人年龄稍小一点，也有50岁了吧。她穿着一件薄棉质的旗袍，绾着高高的发髻，当时令我印象深刻。因为在我们这个小县城，穿旗袍的人几乎没有，我想她也是偶尔穿一下吧！

这对夫妻真的很好说话，这样我便住了下来。住下来后就发现，女主人好像只穿旗袍，别的服装基本没见穿过，于是我心里纳闷，这是一个什么样的人呢？高个、精致、旗袍、半高跟鞋、养花逗狗……

后来听比我来得早的住户说，老两口都是知青，男的是当地人，女的是上海人，他们在新疆当知青时认识的，后来双双回到白水把家安。女的是县医院的退休职工，男的不知是什么单位，也已退休。老两口一儿一女，儿子在上海工作，女儿还在上大学，一家四口，其乐融融，不用为生活而劳碌，不用为子女而奔波，老两口早早地开始安享晚年了。难怪男主人一天到晚都是乐呵呵的，女主人一袭旗袍养养花、逗逗狗，日子过得舒服而随意。

天有不测风云，我才住了一两年的时间，就听说房东得了癌症，已经到上海去治疗了。几个月后，女主人和儿子女儿都回来了，唯独不见房东。我们知道发生了什么事，也不多言，只是默默地关注着他们一家。

　　一个多月后，这家人又恢复了平静，没有为房东办丧事，所以很多街坊都不知道他们家的变故，但大家发现了一个奇怪的事情，女主人不再是一袭旗袍了。她偶尔会穿又老又土的西装，不知是谁送的还是女儿穿剩的；她的头发再也没有了高高绾起的发髻，而是变得有些凌乱；她也不只是养养花、逗逗狗了，她会挎着一个菜篮子，去附近的村子挖野菜，一脸迷茫，再也不见往日的平和、精致、端庄。

　　之后，我就去上学了，等我再回来，一次在大街上正好撞上她，我差点没有认出来。她的衣服肮脏不堪，蓬头垢面，手里还挎着菜篮子，只是这双手早已不同往昔，十分粗糙，皱纹满布，她的形象已经和"大侠"差不多了！她看我的眼神陌生而迷离，我张嘴到口的"阿姨"硬是给逼了回去。

273

　　唏嘘是必然的，短短两三年，她的改变是如此之大，我将她的改变归结于房东的撒手西去，懂她的、欣赏她的那个人去了，她的爱美之心也荡然无存了。

　　只是，女究竟应为悦谁者容？

　　女人的美不仅仅只为愉悦别人，更为自己！如果有人欣赏你的美，那自然是好，如若没有了那个欣赏自己的人，孤芳自赏又何妨？

（2016年2月）

清汤挂面也欢喜

元宵节，公公婆婆有事外出，家里只剩下我们一家三口，这对于与公婆同住的我们三人来说并不常遇到。一大早，我要去上班，老公休假，家里只剩爷俩，一路上心里还不住地念叨："这爷俩在家会干吗？"

快要下班的时候，我打电话问老公要买饭带回家吗？他催我赶紧回，不用买饭。我心里嘀咕，我可是准备买点儿元宵当饭吃的。回到家，就看到儿子正在院里和小朋友玩赛跑，老公一个人在厨房忙活，原来他在做清汤挂面。

绿绿的青菜漂在细细的挂面上，倒也好看。吃饭的时候，心里突然感觉挺幸福。老公体贴，儿子倒也懂事，我还有什么不满足？

但在去年，我真的有很多的不满足。我好似癫狂了一般，有诸多的无理取闹。我生了一场病，近半年时间都恹恹的，就在快要好的时候，爸爸却突然病逝，刹那间，我不知道自己该如何面对。爸爸是在弟弟婚期的前 10 天去世的，妈妈已然垮了下来，姐姐也六神无主，悲伤笼罩着我们全家。好在亲朋好友帮忙，邻里相助，送别了爸爸。

从这之后，我的眼泪特别多，做什么都能想起爸爸，完全不能自持，老公劝我也无济于事，他也就不多说了，这让我更加感觉到心痛。再加之一些琐事的影响，让我对整个家庭生活都觉得寒心。我希望的感情是我不说，但你懂。他的做法让我失望，我觉得他不懂我，不应该继续参与我的人生。我没事找事，他回来晚了，我要吵；不管孩子我还要吵；和我理论我生气，不和我理论我更生气，由着自己的情绪，任意地宣泄于他身上。有时想想，自己真无趣，竟变成了原来最讨厌的样子。于是在心里暗下决心，再也不这样了，可到了第二天，一切照旧，我已经完全成了情绪的奴隶，连儿子也说我："妈妈，你原来挺爱我的，现在都不爱我了。"

其实，我何尝不想爱他们，但矜持惯了的我，并不善于表达自己的感情，残存的骄傲让我连句道歉的话也说不出。我活在了自己的世界中，孤独，灰暗，只想一个人到一个谁也找不到的地方。我的感觉迟钝，不知道什么是幸福，我的欢乐屈指可数，唯有弟弟结婚的时候，才有了些许的开心。弟弟的婚事是全家的心愿，更是爸爸的心愿，弟弟成家，我们也算了了一桩心事。

很长一段时间，我只关注自己的不开心，根本没想到还有家人需要我照顾，我不知道他们是如何忍受我的，忍受着一个连自己都讨厌自己的人。

但，他们——我的家人，我的至亲，我曾经想离开的人，他们并没有厌烦我，他们只是给我时间，让我自己解开心中的愁结。就像今天，他们只是安静地做着我忽略的事情，让我在回家时有热饭可果腹，有笑容，有牵挂。幸福到底是什么？不就是有牵挂的家人，有碗热腾腾的饭吗？哪怕只是清汤挂面，只要心中有爱，也能心生欢喜。

此刻，烟花满天，爆竹声声，红红的灯笼映着儿子的笑脸，岁月如此美好。

（2016 年 1 月）

276

如此这般生活

　　天阴沉得厉害，不像是夏天该有的样子。好像已过了立秋的日子，只是我从来没有在意过节气，也许秋天早来了。

　　我应当去火车站看看那几棵枫树，叶子是否红起来，没怎么等好像就到了似的。看来时间是根本不用等的，就那么顺其自然地来了，无论你是否珍惜与在乎。

　　天又渐渐地滴落起几星雨来，是矫情的眼泪，好似为了赚取别人的同情似的，没有悲哀，也没有温柔，徒增人的嫌弃而已。岁月就在这无声的雨滴中汇成长河，静静地流淌。

　　我不知道天怎么一下子就变成了这个样子，犹如秋天也是即刻就来临了一般，我还没有准备好。

　　我还没有准备好雨伞，天就下起雨来；我还没有买好秋装，黄叶就开始飘落；我还没有想好明天该干些什么，那初升的朝阳就已经从窗口射进，洒下几缕温柔的光来，转瞬，幽幽冷冷的月光又催着夜幕降临。

　　可我为什么又要准备呢？假如雨下起来，我只要拿出雨伞便可雨中漫步；即便秋天很快来临，我只需打开衣橱，取出长衣长裤，将昨日夏装如往事般封存，为什么就要事先做好准备呢？

　　如同明日是很多的，我为什么要花掉今日的时间而打点好每一个明天呢？毕竟明天是未知的，即便我将明日打点得再好，也未必会按照我今日设计的轨迹运行！如此这般，今天不就被白白地浪费掉了吗？

我们总是为自己不停地准备着，准备着学历，准备着将来，等到为人父母，又为儿女准备着，准备着好的条件、好的生活。于是，我们所有的人生都忙碌在形形色色的准备当中，真正的、美好的、质感的生存方式就在这些准备的罅隙里悄悄地溜走了，而我们一直以来也就是这样以为的，以为这就是生活。

(2004 年 5 月)

虽别离亦能自安

近日，朋友圈被林丹刷屏，源于出轨。这则新闻也解救了正处于风口浪尖的杨幂老公——刘恺威。由此不由得让人想起之前的"文章出轨"事件。在人们一边慨叹林丹英雄形象坍塌，一边心疼谢杏芳时，事件女主角发声了，如同马伊琍选择"且行且珍惜"，杨幂选择相信一样，谢杏芳愿风雨同舟！三位事件女主角被赞"宽容大度""中国好妻子"。

忽而想起汉朝武帝时司马相如与卓文君的故事。

卓文君生活于汉武帝时代，其父卓王孙是当地的大富豪，17岁时，父亲因为政治联姻将她许配给某一皇孙，此皇孙身体欠佳，未待成婚便匆匆辞世。司马相如是西汉有名的辞赋家、音乐家，但早年家贫，父母双亡，后来到边陲小县临邛投靠担任县令的好友王吉。卓王孙与王吉多有往来。一天，卓王孙在家宴请王吉，司马相如随往。相如得知卓王孙之女卓文君美貌非凡，更兼文采，于是琴挑文君，奏了一曲《凤求凰》。卓文君听闻司马相如之才，帘后琴音入耳，声声求偶之意。是夜，卓文君与司马相如雪夜私奔，双双驰归成都司马相如老家，当垆卖酒，过起了普普通通的小日子。后来，司马相如因《子虚赋》《上林赋》而被汉武帝惊为天人，拜郎为官，渐次飞黄腾达起来。美中不足是两人成婚多年，卓文君一直没有子嗣，司马相如年纪渐长，"相如将聘茂陵人女为妾"（《西京杂记》）传递香火。卓文君闻听此事，提笔挥就《白头吟》：

> 皑如山上雪，皎若云间月，闻君有两意，故来相决绝。
> 今日斗酒会，明旦沟水头，躞蹀御沟止，沟水东西流。
> 凄凄复凄凄，嫁娶不须啼，愿得一心人，白头不相离。
> 竹竿何袅袅，鱼尾何徙徙，男儿重意气，何用钱刀为？

随后，再附《诀别书》：

> 春华竞芳，五色凌素，琴尚在御，而新声代故！锦水有鸳，汉宫有木，彼物而新，嗟世之人兮，瞀于淫而不悟！

随后再补写两行：

> 朱弦断，明镜缺，朝露晞，芳时歇，白头吟，伤离别，努力加餐勿念妾，锦水汤汤，与君长诀！

卓文君并非不爱司马相如，唯求"愿得一心人，白头不相离"。她可以为爱而不顾流言蜚语，不管家徒四壁，雪夜私奔、当垆卖酒，但"闻君有两意"时，也可以为了保全完整的爱而与君长诀！当她写就《白头吟》时，是沉郁顿挫，是伤心与不忍，但她依然义无反顾，选择"相决绝"。

反观三位明星妻子，不约而同选择了原谅，她们都已为人母，考虑最多的也可能是孩子。曾经的幸福是温馨的，现在的伤害也是刻骨的。只是面对一个出过轨的男人，与之继续生活下去，如鲠在喉，那根刺总会时不时地提醒你曾经的伤痛。

完整幸福的家庭需要两个人一同呵护，我不管你是否犯了全天下男人都会犯的错，还是因为诱惑太多，错了就是错了。当你犯错的时候，你是否知道，我也会面临抉择，我也会面对诱惑。我小肚鸡肠，我不想听任何的理由与解释，我不愿成为别人眼中宽容的好妻子！我只知道，如果你犯错，我会伤心，会难过，会失望，会愤怒，如果你还愿意珍惜我们的家，那就请洁身自好；如果你心生两意，也请早告知，一拍两散，与君长诀。

（2016 年 11 月）

请把爱留给可以承诺一辈子的人

　　曾在电台做节目，与听众朋友分享过一篇来自《意林》杂志的文章——《隔着光阴的爱情》。读后，感触颇深。文章说的是一个倾国倾城的女子在最美丽的时刻，于众多的追求者当中，选择了那个当时落魄的，但爱摄影的男子。于是她用自己的美貌和优美的舞姿来换取金钱，以资助心爱的男子发展自己的爱好。像所有红颜薄命的女子一样，多情的女子并没有慧眼识珠，在她超负荷的付出之后，换来的竟是她深爱男子的抛弃。那名男子在她的资助下成了出名的摄影家，而彼时的女子，纵使曾经花容月貌，怎敌得过岁月与生活重负的摧残，她带着受伤的心与巨额的债务走进了一场无爱的婚姻中，又带着破碎的心走出了围城，此时的她已满脸憔悴，再无当年的神采。

　　日子就这样平凡而无聊地过着，忽然有一天，那名她曾深爱的男子，因为一次摄影展又想起了她，于是回到了他们走过无数遍的小镇。再次见面已无任何美感可言，一个是功成名就的摄影家，另一个已成为身体发福、手提菜篮的中年妇女，逃离是他们共同的选择。隔着光阴的爱情竟是如此这般的狼狈！

　　我并不想谴责男子的负心，我只是为女子深深地惋惜。一个女子，若是真的爱上一个人，是不会为自己留后路的。那个时候的她完全没有了自己，心里、眼里全是那个她认为值得爱的人，她不懂得保护自己，她以为幸福是静止不变的，未来也和现在一样美好。她毫不吝惜、毫无节制地付出，傻得令人心疼。她完全信任那个她给予爱的男人，她相信，他一定会给自己幸福的未来。可幸福并不是因为你的全身心付出就随之而来。于是，受伤的往往是那个重情的女子！所以，我想说：世间男子，如果你爱上一个女子，你能给她一个美好的未来，就请你好好地珍惜，用心地去爱、去呵护她；如果你爱上一个女子，但你不能给她一个美好的未来，那请你保留你的爱心，不要流露出一点点的爱，因为就是这一点点的爱，或许会伤害她一辈子，让她无力再爱上别的男子。所以，请把爱留给那个可以承诺一辈子的人！

（2009 年 3 月）　　283

时光，请慢些走

今天，对于我来说是一个特别的日子，不仅仅因为它是除夕。

记得很小的时候，每年的大年三十，我都会收到一份特别的礼物，这份礼物来自我家的那只母鸡。我的生日是大年三十，农历的除夕，如果哪年腊月只有 29 天，我的生日就要等到下一年。家养的母鸡很奇怪，整个冬天都不下蛋，但每当大年三十，却会奉上鸡蛋一枚，这个时候，我总会兴冲冲又小心翼翼地将鸡蛋从鸡舍中拿出交给妈妈，等她煮给我吃。如果这一年除夕是二十九，母鸡就不会下蛋。这样的事情经历了好些年，即便母鸡换了一茬又一茬，大年三十下蛋、二十九不下的"习俗"一直没变。

这件事让我觉得自己很特别，每当给朋友说起自己的生日时都满是嘚瑟："看，每年我的生日都有专场晚会！"特殊的日子加上特殊的礼物，让我相信自己也许不平凡。

随着年岁的增长，对很多事情的看法都发生了变化。比如以前喜欢老庄的随意洒脱、无拘无束，继而喜欢魏晋名士的放荡不羁、我行我素，对儒家不屑一顾。但当读到孔子累累如丧家之犬依然坚持自己的信仰，知其不可为而为之时，不免被打动，开始修正自己的看法。又比如之前喜欢安静，对闹腾的事情看也不想看，但之后才发现，每一次狂欢的背后，何尝没有孤独的影子萦绕左右！再比如以前喜欢读散文、读长篇小说、读武侠、读唐诗宋词，最后才发现，哲学才是最终的归宿。尽管变化的事情有很多，但对自己"不平凡"的笃定却从未改变。20 岁时，还对开始打拼的同学留言："只要自己不甘平庸，就一定会拥有非凡的人生！"

那时候，总觉得平凡是一件令人恐慌的事情，注定不平凡的人生怎么可以忍受去重复和别人相似的生活呢？

虚浮的人生就这样继续着，尽管日子越过越平凡。

突然有一天，发现曾经排斥的人生正实实在在地被自己一天天上演。结婚，生子，看爸爸被病魔夺去生命，看妈妈一天天老去，每天与淘气的儿子斗智斗勇，偶尔会与老公嘟囔，抱怨房子不够大、不精致舒适，会感叹挣钱太少，收入与眼光不成正比。这么世俗的人生！说好的诗情画意，倾世温柔呢？

那天，突然听到了一首歌《平凡之路》：

　　易碎的　骄傲着
　　那也曾是我的模样
　　……
　　当你仍然　还在幻想
　　你的明天　via via
　　……
　　我曾经像你像他　像那野草野花
　　绝望着　渴望着　也哭也笑着平凡着
　　……

我曾经跨过山和大海　也穿过人山人海

我曾经拥有着的一切　转眼都飘散如烟

我曾经失落失望　失掉所有方向

直到看见平凡　才是唯一的答案

……

突然间就被打动了，原来平凡才是永恒的。

一路走来，我家的鸡舍拆了，大年三十的鸡蛋也没有了，曾经不甘平凡的恐慌没有那么强烈了。琴棋书画诗酒花被柴米油盐酱醋茶一一取代，许多曾经无法接受的事物也可以宽容以对，再也不会笃信自己的不平凡，倒是读到"流光容易把人抛，红了樱桃，绿了芭蕉"这样的词句会有一点点感伤。时光，它总是那样无情。

20 来岁，追求着非凡，逃离现有的人生，30 岁后才发觉，平凡的人生一样可以惊艳时光、温柔岁月！

（2017 年 1 月）

为什么而忙

　　"忙"为"心亡"，这点我深有体会，但也有不同的看法。

　　有一种忙，是机械师般的按部就班，你就像流水线上的某一环，要时刻准备，时刻工作，不用思想，不用学习，只顺着同一种思维，做同一种动作，日日年年。这种忙，就是一种心亡的忙，是一种会让人发疯的忙。

　　当然还有另外一种忙，废寝忘食地为某一种理想、信念而奋斗着，虽然忙，但很充实，知道自己想要达到的目标，所谓不忘初心，执着前行者即为此。

　　还记得，我刚参加工作的头一两年，每天采访写稿，只想做好自己的事，日子就这样平淡地过着。可是突然有一天，我发现自己不知为什么而忙碌，每天累得半死不活，有时甚至一天出 4 个稿件，但仅此而已。我忘记了自己的理想，我麻木着，更可悲的是，我已经适应了自己的这种麻木，多么可怕，我要一辈子就这样吗？如此平庸地去生活，每天去重复别人，或重复自己，说别人说过的话，这样的人生有意思吗？有意义吗？我开始感觉到恐慌，我必须走出去，我得学习，呼吸新鲜空气，吸收充足的养分，我得时时刻刻提醒自己，初衷是什么？

　　于是，我离开了熟悉的岗位，重新走进学校。那时候的自己真像干瘪的海绵，我铆足了劲，一点点使自己饱满起来，丰润起来。两年的时间，不仅是知识的储备，更是思维方式的拓展。未走出之前，我非常喜欢老子、庄子，喜欢竹林七贤，喜欢那种不受束缚的放浪不羁，可以白眼视人，也可以青眼有加，只要做好自己，不与人交，不与人争，自由自在，随性而为。可是之后，我竟逐渐被孔子、苏轼、于谦、辛弃疾打动，孔子为了将自己的"仁政"理念推广出去，哪怕累累如丧家之犬也依然不改其志，知其不可为而为之；苏轼不会为了自己的前程而放弃公道，即便贬官，也依然尽力造福于当地百姓；还有于谦，以社稷为重，君为轻，粉身碎骨浑不怕，要留清白在人间；辛弃疾几度贬官，道"男儿到死心如铁，看试手，补天裂"。我知道了，还有一种活法，虽然悲壮，但更有意义。逆境中的持守，心中永恒的大爱，对人民的有为，对自己的淡泊，这些力量更打动人心。

周国平说："人生有三次成长：一是发现自己不再是世界的中心的时候，二是发现再怎么努力也无能为力的时候，三是接受自己的平凡并去享受平凡的时候。"两年后，我又回到了原点，还是一样的单位，一样的同事，但心境早已大变。此刻，我不再恐慌，我接受了自己的平凡，但我更明白了，即使人生平凡，但日子可以过得有诗意。如东坡，贬谪中，食尚不得果腹，依然可以吟啸徐行，依然可以于风雨萧瑟处，体味山头斜照。再次回到单位，无论是哪个岗位，我都能心平气和地接受，积极努力地工作。电台直播，没做过，从头学；办公室没待过，不打紧，还是学。我从工作中寻找着乐趣，体味着平凡也是一件美妙的事。

如今，工作依然忙，但忙着知道为什么，心就不会亡。

（2017 年 5 月）

我的闺蜜是"女神"

说真的，我挺喜欢看美女的。

从小到大，我的周围都有许多美女，也许是机缘巧合，也许是趣味相投，总之，那些最为出众的美女往往会成为我的闺蜜，我则成为名副其实的一枚绿叶。

其实，当绿叶自有当绿叶的好处，孩提时不懂，待年龄渐长，多读了几本风花雪月、儿女情长的书后，便也知晓了什么是仙姿卓荦，什么是倾国倾城。回过头来，再细细打量一番闺蜜，便只怪自己眼拙，有如此"女神"常伴，竟熟视无睹，不辨美丑。然而，并不是所有人都如我一般愚钝，尤其是男生。

还记得上中学时，我的一位闺蜜，堪称校花，学习又好，走到哪都自带光环，自成风景，欣赏倾慕者甚众。同班同学自不必说，有同学之情，有地利之便，一睹芳容尚属易事，但于外班同学而言，想与"女神"说说话并非易事。这时候，有"绿叶"之称的我便发挥着举足轻重的作用。"女神"身边怎能没有跟班？我便充当了此角色。隔三岔五，我就会向"女神"汇报，某某某托我告诉你，说喜欢你；某某某想送你礼物，但不知你的喜好；某某某有纸条让我转交于你……但"女神"不为所动，我竟还继续傻不拉叽地当着传话筒。如此岁月蹉跎，三年即逝，我与"女神"考入了不同的学校，只能借信传情。

待来到新的学校，又认识了新的闺蜜，也是众人眼中的"女神"。和上位闺蜜不同，新闺蜜更有主见，心无旁骛。她认真而细致，我惊异于她的草稿纸也能工整如打印出一般。从她身上，我学到了很多优点，不再粗枝大叶，不再人云亦云。我对美的认识也上升到新层次。不是所有漂亮的都是美丽的，美不仅漂亮，更要有神韵！我的新闺蜜就是一个有神韵的美女。

再后来，我与新闺蜜又天各一方，我工作，学习；她工作，成家。王子和公主过上了幸福的生活。我的身边又出现了新的朋友。

新朋友又渐渐地成了闺蜜。因为阅历渐深，审美也发生了变化，对美女的认识更加客观而深刻。精致内敛、优雅大方、进退有度，一种让人舒服的美，一种以善良、包容为底色的大度的美。

在闺蜜们的影响下，从不化妆的我也拿起了化妆包。我被教育"虽然这不是一个提倡看脸的时代，但颜值高的人更愿意让人去发现其内在"。化妆也挺好，可惜我只得其形，未具其神，不过有"女神"日日提点，点滴累加，定然也大有进益。

只是我永远也成不了"女神"，当"女神"身边的一枚绿叶也是极好的。

（2016 年 3 月）

先生的小院

先生其人，姓王，名奇戈，原籍陕西富平，生于仓颉故里白水，现居白水县雷牙镇尧头村。

先生的小院即尧头一处普通的住所，两孔窑洞，几棵青菜，数株黄瓜、辣椒。这样的房子在尧头乃至渭北都非常普遍，但先生的小院又不同于别家，因为这里不仅是尧头村来客最多的造访之所，更是文人墨客唇枪舌剑、嬉笑怒骂、思想交锋之地。说这里"谈笑有鸿儒，往来有白丁"，一点也不过分。因为先生对友人上至达官、下至草野皆一律平等，不分彼此，与其交舒心又多益。

先生名奇，其人也奇。视力不佳，近同盲人，却过目不忘，出口成章。我曾亲见其口述数文，行云流水、文采斐然、前后照应、无有纰漏。震惊之余，钦佩之情，无以言表。哪如我辈，书后而忘前，一文下来，早不知重读过几遍！

先生其才也敏，其思也深。睿智的思想以诙谐之话语来表述，往往令人不知不觉间茅塞顿开。无刻板之说教，唯生动之比喻；无理论之叠加，尽经验以示人，不藏不掖，坦荡磊落。谆谆教诲，有师者之高德；提携后进，有贤达之遗风。

先生其小院，可比其太太之客厅，闲聊中出真知，漫话间迸灼见，虽非文艺沙龙，其质类同。

古人云：高山仰止，景行行止，虽不能至，然心向往之。

(2017 年 7 月)

小人物

　　人有很多种，有富人，有穷人；有聪明人，有愚笨人；有高尚的人，有卑鄙的人；有大人物，有小人物。

　　在我生活的周围大多是小人物，在芸芸众生中，他们支撑着这个社会，却又被这个社会所遗忘、湮没。

　　小人物有太多的共性，都在为生活而苦苦挣扎在社会的边缘。办事对于他们而言真的太难。那些在大人物眼中不值一提的小事，让小人物来办却要费尽周折，他们挖空心思设计出一套又一套方案，找门路、说好话、看脸色，一次不行再来一次。这时候，他们的韧性让人吃惊，那种不到黄河心不死的气魄，那种为了一件小事不惜在别人家门口等到午夜的精神不由得让人感动，不由得让人自叹不如。

　　小人物们又极具个性。品读每一个小人物的一生，都是一本精彩的小说，每一个小人物的酸甜苦辣都有不同。小说最感人的地方在于细节，在于小人物如何挣扎在社会边缘一步步奋斗的过程。

　　小人物悲多、烦多、苦多，生活对于他们来说是考验，是一次又一次不断地解决难题，是面对别人的刁难时的退缩。因为是小人物，他们不愿与人争；因为是小人物，当与别人发生纠纷时，他们总是退让，直到退让到无法再退让的地步。小人物骨子里的尊严支撑起了他们的人格。他们发怒了，不是冲冠一怒为红颜，而是怒向苍天讨说法！

小人物是经常被各种"杂费"眷恋的那一类。因为是小人物，要想求得太平，只有做出牺牲。还好，这种牺牲不是洪水猛兽。

小人物"悲多"是因为总要面对太多的无奈，明明可以挽留的，却总是因为种种原因只能望着那些可贵的东西在眼前消逝，成为永远的遗憾。

小人物"烦多"是因为总会有事情困扰。孩子上学的学费，亲人住院的医药费，求人办事的中介费，不胜枚举，让人一想就睡不着觉。

小人物"苦多"在于人生多有不如意，想要的总也得不到，不想要的却必须面对。

小人物的"乐"却是很容易得到的。"乐"是铸造小人物灵魂的熔剂。因为有乐，小人物才有了支撑，有了抚慰，有了动力；因为有乐，小人物才对生活充满信念，充满向往。

293

大人物从山珍海味中吃不到好口味，小人物却能从粗茶淡饭中品出好滋味；大人物因为无法满足的欲望而苦恼，小人物却因简单的拥有而快乐；大人物从觥筹交错中只听到敷衍、虚伪、苍白的恭维与奉承，而小人物却在淡淡的茶香中得到最美好的、最真诚的祈愿。家人的体贴、孩子的懂事、朋友的真诚让小人物倍感幸福、温馨与知足。他们活着没有多么崇高的理想，却有着简单的追求。即便是忍辱负重，即便是苦难深重，也要本本分分，也要善良谦让。良心是小人物心头的一杆秤。

（2005 年 6 月）

笑的履历

随着一声清脆的啼哭声，一个新生命诞生了。

婴儿带着哭声来到人间，可事实上，他们并不是真正意义的哭，而是呼吸。婴儿的笑，如同哭，那并不表示他快乐，只是对某一事物感兴趣的符号。如果一个成人因为感兴趣于某事物而发笑，别人大概会认为他非傻即痴，婴儿的哭不被理解为傻子行为，只是因为在他们的意识里还没有快乐与忧伤之分。他们只是感觉，他们的笑只是很自然地流露，是至纯的笑，是襁褓中献给母亲的幸福微笑。

少年的笑是爽朗的笑。因为他们高兴，因为高兴而高兴。尽管在笑之前，他们或许刚和伙伴吵了一架，打了一仗，可在笑时，他们早已忘记所有的不快，笑声里只有彩云，只有阳光。

青年的笑是自信的笑。刚刚步入社会的激情与投身事业的热情将最美丽的笑容绽放于脸上，跌倒了再爬起的意志为其笑容注入鲜活的动力。因为年轻，他们有朝气；因为年轻，他们自信。他们的笑是充满阳光、充满希望的令人艳羡的笑，他们的笑是饱含生命力的永恒的笑。

中年人的笑是含蓄的笑，是深藏不露的笑。人生已过半，经历已让他们懂得该什么时候笑，什么时候适可而止，什么时候想笑而不能笑，什么时候不想笑却必须笑。他们明白嘴角运动而带动脸部运动及至眼角运动的任何一种含义。他们读得懂什么是真笑，什么是假笑，什么是傻笑，什么是皮笑肉不笑。关于笑的哲学，他们可以为你形象地进行各种诠释，只是他们已很久未曾想起笑的最初含义。

人到老年，过了大半辈子，已笑得够多，他们的笑容如同白开水一样平淡。当一位老年人静默着从你面前踱过时，你会感觉他好似在笑着，慈祥地微笑着。其实不然，他们的笑只是皱纹给你的错觉，因为曾经的笑而起的皱纹已深嵌于眼角，当你非常细致地观察这位老人的面部表情时，你会发现，他们的脸上不只有笑痕，还有哭痕，还有许多其他的痕迹。因为他们已将人生百味一览无余地刻在了脸上。

他们沉静地思考着，回忆着，只想着过去，因为将来只有一条路还未走。他们回忆着自己曾经的每一次微笑，真诚的、虚伪的，从来到这个世界到离开，他们早已不去追究哪一次笑得好、哪一次笑得妙、哪一次笑砸了，还有那些黯然神伤的眼泪、一个人的哭泣。尽管如此，他们仍是很平静地交往着、等待着。他们对待人生的态度也如白开水一样平淡，却耐人寻味。

人伴随着哭声来到这个世界，却可以选择用笑容面对它。用真诚的、善意的、灿烂的笑容面对人生的每一次磨砺。回顾笑的履历，唯有赋予其真诚的内涵，才能成为最美丽的符号。

（2002 年 7 月）

295

一双棉鞋

在我的记忆里，有过一双棉鞋，像包子一样的棉鞋，红绒布上面点缀着黑色的小花，这在我们那个年纪的农村是非常多见的，几乎人脚一双。那时，我刚上二年级，也就六七岁的样子。这双棉鞋是妈妈给姐姐纳的，在它服务姐姐大概两年后，不得不退役，转而服务于我。

那时候大家脚上的棉鞋几乎一个样子，如果在这些棉鞋里突然出现一双皮鞋，那无疑是惊天的新闻，穿皮鞋的那双脚都感觉比别人的金贵。因而，当我的脚伸进姐姐穿剩的这双棉鞋时，并没有感觉难为情，唯一的缺憾是，这鞋对我来说有点大。

像往常一样，我穿着姐姐的旧棉鞋去上学。体育课，老师让大家跑接力赛，轮到我时，还没跑几步，棉鞋就可怜地被我甩出了几米远，我那可怜的脚也暴露在同学们面前。突如其来的状况激发了大家的笑点，真的是哄堂大笑，那些笑声是如此的刺痛人心。我尴尬极了，一边忍着眼泪，一边单脚跳到棉鞋旁，突然觉得那双棉鞋怎么如此丑陋，就像我孤立无援的丑陋样子。现在想来，都能感觉到当时的屈辱。

这件事妈妈姐姐并不知道，同学们大概也都忘记了，但它却永远地留在了我的记忆里，让我对跑步充满了胆怯，上早操特别容易跌倒。

　　还是在二年级，后半学期，刚入夏，太阳升得老高，我走在去往学校的小路上。通往我们学校的小路两边栽满了苹果树，彼时苹果花谢了没多久，毛茸茸的小苹果已经有拇指大，特别招人喜欢，我伸手就够到了那些小家伙。没想到这一幕竟被后面的同学看到了，此事直接被定性为偷窃行为。

　　自习课上，我站在讲台前，下面是同学们义愤填膺的嫌恶表情，一场声势浩大的批判会正在如火如荼地举行。老师问我哪颗牙齿想吃苹果？我真的不知道哪颗牙齿想吃，更何况那些苹果能吃吗？

　　我压根不知道那场批判会是如何结束的，只清楚地记得自己当时想死的心都有，贼是多么可耻！贼怎么有脸见人？贼是要被公安局抓走关监狱的，他们什么时候会来抓我？爸爸妈妈知道我是贼一定会打死我的！那段时间，我一直在惴惴不安中度日如年。

　　如今我已长大成人，当现在的我重新审视当时还是小学生的我时，是一种悲悯和痛惜，多大点事就会想到死？怎么那样胆小怕事？可那时的我根本不知道天有多大，什么事才是大事，什么事才是小事，丁点大在现在看来根本不是事的事，当被群体认可是大事时，幼小的心灵如何能生出抵抗力？年幼无知未经风雨甚至会将一个喷嚏带来的变动当成风雨，即便再微小的事情也有着不可预料的杀伤力。不幸的是我遇到了，并且这些事在我幼小的心灵里播撒下了自卑的种子。直到现在，我都不自信。好友曾说我："你有 10 分才能，但你表现出的只有

2分；我有2分才能，但我让别人相信我有10分的能力。"其实我想告诉朋友的是，2分的才能我也未必有吧！

儿子现在正是我当时的年龄，他会因忘戴红领巾而不敢进学校，会因为忘拿抹布而心生惶恐，会把老师的话当作圣旨，签字必须写哪，举行活动的花环必须从哪买（其实老师只是说那里有，并没有强制），人家卖的没有了都不能选择别家，任我再怎么劝说都无济于事。在他的世界里，学校是神圣的殿堂，老师是其中的神像，就如同我当年一样！老师的言行，同学的相处方式无疑会直接影响孩子心灵的成长。我有时想，如果当初我的同学和老师换一种方式对我，结果定然大不一样。所幸，我儿子的学校和他的老师非常注重情商教育，儿子看到的更多是善意和暖意，所以，他是幸运的。

（2016 年 8 月）

298

有一种关系叫"发小"

有一种关系叫"发小"，有一种情感叫发小情。

有那么一群人，你和他们一起长大，你们小时候的样子储存于彼此的记忆中，淘气时、挨训时、哭闹时、欢乐时……你扎麻花辫的样子，他留小平头的时刻；你哭鼻子的委屈，他恶作剧时的得意，共同的场景中，上演着不同的过往。那曾经玩过的泥巴、沙包、跳绳，踢过的毽子，跳过的皮筋，还有飞扬起来的马尾，在记忆深处，以为早已忘记，但一经提及，正如决堤的海水，挡也挡不住。原来，脚印虽无痕，笑声也飞远，但曾经的成长早已镌刻在记忆中，从未改变。

其实，有些的确已忘记，但因为有发小，记忆就未曾中断。校园里的那棵歪脖子柳树，柳树上挂着的铃铛，铃铛发出的上下课号令；那校园里的石碑，哪朝哪代从未留意过，只有拿着铅笔、白纸临摹的背影还依稀显现；还有走向校园的那条小径，窄而笔直，小径两旁的苹果树，不知爬上过多少顽童；还有雪后的冷，穿透教室，侵入单薄的身体。

记忆中，彼此的大业并非学习，而是玩。挑野菜、拾麦穗、捉蝴蝶、捕知了，一众一帮，每天不知疯到几点，直到不同名字的呼唤响遍全村，才恍然大悟，原来肚子还饿着呢！

年少，又有谁没几件糗事呢？也许你早已选择性地忘记，但它们依然留存在发小的记忆中。谁谁谁尿裤子了，谁谁谁被文具盒里的虫子吓哭了，谁谁谁把砖块扔进别人家烟囱了，谁谁谁偷摘别人的枣子，被发现后连鞋子也跑丢了……

在发小的记忆中，有同一棵老槐树，槐树上吊着的小虫子优哉游哉，甚是自得，曾经是何等的讨厌，如今却平添了几分亲切！

还有教室后排那几棵白杨树，一到春天，满地毛毛虫似的花絮，在玩具贫乏的年代，竟能让一众伙伴开发出不同的玩法，高兴好多天！

还有那些婀娜的柳条，折下来，拧一拧，抽掉芯，削一削，竟能当口哨！

最常玩的是一种叫"高压电"的游戏，可以好多人一起，分为两队，一攻一守，每节课间都可以接着玩，连着好多天都不厌烦。

能一起成长是缘分。人到中年，琐事繁多，许多记忆早已模糊，曾经的小山村也已新颜换旧貌，幸好还有发小帮我们留住那些过往的美好，那些遗失的无忧无虑的岁月，那些我们走过的路，住过的校，玩过的游戏，听过的妈妈的呼唤……

（2017 年 4 月）

周至水街

周至——沙湖——水街，我们的目的地。

我，儿子和朋友一家三口，向着计划了一周的目的地出发了。一路上，阴沉的天并没有影响我们的心情，细雨飘飘也被疾驰的车轮甩在身后很远的地方。孩子们尤其兴奋，水是多么灵动的精灵，又是多么诗意的物象呀！难怪孩子们喜欢。

水街到了，门口卖水枪的尤其多，那可是孩子们最为钟爱的与水亲密接触的工具了。哗哗的流水声指引着我们，门口的瀑布像是经过修剪般，整齐地流出，不打一个褶皱。门口已然是盛景，精致不俗，进到里面会给我们带来怎样的惊喜呢？

入得门内，是流淌千年的古河道，河水依然清澈，当然今人的保护功不可没。河道两岸的古建筑典雅古朴，还有 20 世纪六七十年代的土门、土墙、泥坯房。红辣椒醒目地悬挂于墙上，甚是招摇；织布机吱吱呀呀地哼着小曲，颇显自在。一河承载着不同的时代标志，千年前、新中国成立后、改革开放至今的影子在这条水街上都烙上了明显的印记。无论是怀旧还是单纯的赏水，抑或是发思古之幽情都有景致与之相配。

我们沿河道漫步，细雨霏霏，游船、竹筏、白鹅不时从眼前掠过，悠闲而迷蒙。以前没怎么注意过，原来水中的鹅是如此优雅而高贵，"曲项向天歌""红掌拨清波"。当你亲眼目睹时，又会对这首孩提时的启蒙诗多一层理解。河中细荷初绽，与岸边树下盛开的薰衣草两两相望，她们是在诉说着怎样的花语呢？

一路慢行，看孩子们用水枪尽情嬉戏，不觉肚子就有点儿饿了，别急，除河道两岸有特色小吃之外，不远处大桥底下的小吃街更能让人一饱口福。竹椅石凳下是潺潺流水，如果你想伸脚于河也无不可，清凉的河水从脚边漫过，任当时如何炎热，也顿时没了踪迹。

如果你不想漫步河道，还有各样的游船等着载你一览水街风光。你乘游船，岸上人即成风景；你在岸上，雨中游船即成另一种画境。

不知不觉间，时间已悄然流过。此刻，流水依旧，小雨依旧，游人依旧，古河道依旧，我们却要说再见了。美丽的水街，让我再看你一眼。

（2016 年 7 月）

云台山趣

　　家乡西北边陲与铜川宜君相临的地方有一座山，名云台山。我去过两次，便对其念念不忘，一直想动笔，写一篇关于这座山的文章，只是由于笔拙，也许更由于心怯，所以一直都未曾动笔。于是，像是某位作家曾说的，我的心里也好像是欠了云台山一笔债！

　　我与云台山共有两次亲密接触，而每一次她都会给馋嘴的我一顿盛宴，使我至今仍无限回味那些野果的香甜。但我，什么也没留给她，她将美味的野梨、野枣、山桃、野梅子拱手让我品尝，还用潺潺的流水为我伴奏，而我只是徒扰了她的清静。

303

　　其实自打看了九寨沟的水、张家界的山之后，我对山水的感悟像是彻底消失了一样，我发觉自己再也不会欣赏山水了。以前对一座茂密的小山包也会欢呼的我，如今对层林尽染的山水美景常常竟视若无物，更不会相看两不厌了！但到了云台山之后，这种感觉就地遁形。云台山的野趣一时间会让我疯劲十足，或是蹚河，或是爬树，都让我感到其乐无穷。彼时，我好似又变成小时候大人口里所说的那个"疯丫头"。在云台山里，我几乎完全抛弃平日的收敛，恣意地大声说笑，肆意地奔跑，还时不时地跑到小河边，试图找出几只大螃蟹、小泥鳅来！云台山的小河，虽仅仅是一泉细流，却并不影响她的大度。在我们顺着小河一顿掏掏摸摸之后，没费多长时间，我们已然收获颇丰，那些横行的螃蟹、滑溜溜的泥鳅，将会被带回家。哈哈，也不知要给没见过它们而留在家的宝贝儿子带来多少欢乐！

在我看来，云台山与国内其他大山名川相比自然少了些气魄，其秀丽也未必十分出色，但云台山之"趣"却是其他山林所难以比拟的。记得第一次去云台山是夏末时节，当时，夏季虽已接近尾声，但热气不减。我与同事一行8人深入云台山腹地，凉爽自不必说，最让人心动的要数那些挂在枝头的野果，远远地就能闻到缕缕甜香，于是循着香味一直找去，自不会令我等失望。熟透的野梅子红彤彤、软酥酥，含在嘴里，甜在心里。再往前行，猛一抬头，是几株高大的梨树，硕大的梨虽还是青皮，但足以让我们一行垂涎欲滴。终于，我按捺不住，三步并作两步地想攀爬上去，可恨树太高了，只得再叫同事帮忙，两人相帮着上了梨树，边吃边给树下的看客们扔下去一些，也让他们解解馋！

第二次去云台山是仲秋时节，这一次，云台山呈现给我们的是漫山遍野的核桃，只见那或高或低或粗或细的核桃树遍布山林，树上、地上，则满是核桃果。此时，到了这里，你只恨没有大口袋，装不下这已被采摘后还剩余的众多核桃。这些核桃树有的已经在云台山安家百余年，每年核桃成熟落地，自有山民来捡拾，而善良的山民是绝不会将核桃捡拾得干干净净的，他们总会留一些核桃当种子。来年，那些核桃种子又会在"妈妈"的身旁生长、发芽，直至长成参天大树！

还想再去云台山，看遍云台山的四季，走遍她的每一寸土地，在传说中的神泉边捧一口清泉，细细地闻，细细地品……

（2008 年 5 月）

再访下河西

　　白水下河西，2012 年去采访是因为当地发现了仰韶时期的房址和龙山时期的瓮棺葬。从这之后，我就与下河西村结下了不解之缘。那一年从春到冬，为了记录考古现场，不知多少次踏上过那片蕴藏丰富的土地。2015 年，我又去了。这次是因为《走近白水河》节目。主题虽不同，但下河西带给我的是一如既往的宁静与淳朴。

　　缓缓流淌的白水河，岸边高耸的白杨树，铺了一地被秋染成的黄叶，刚吐出芽儿的绿油油的麦苗，还有悠闲的甩着尾巴的老黄牛。这些色彩交织下的下河西是极美的，没有冬的肃穆，没有夏的暴烈，只有秋的静美，油画般让人心情舒畅。

　　拍摄下河西遗址时联系的是当地的文保员王印芳大叔，这次白水河之行依然是我们的向导。他 60 多岁，身体健朗，体型中等，对下河西村非常熟悉。王六叔的身后总是会跟着一条狗，3 年前是虎子，现在是豹子。豹子总是紧随在王大叔身后，寸步不离，同事逗它，怎么赶都不走，这让我想起忠犬八公！

　　王大叔带着我们从河东穿桥走到河西，去找寻白水河古河道的印记。厚厚的青泥由高而低呈台阶状分布于河西岸的土崖上，最高处离正在流淌的白水河有 30 米。王大叔说因为河流不断冲刷而导致水位不断地下移，所以变成了现在的样子。真应了那句老话"水往低处流"。土崖上的青泥摸上去感觉厚实而坚硬，逝去千年的历史被重重地包裹着，等待后人来探索发现，我们只是记录。

随处可见的是那些五六千年前的陶罐、瓦罐碎片，还有人和兽的头骨，如果有心，便会发现仰韶时期与龙山时期的文化遗存有哪些不同。能容纳200多人的仰韶时期最大房址刷新了考古界的记录，最大的灶坑旁好像还能感觉到来自远古的温度，整齐的垃圾集中处理站足以说明我们先民的智慧，最多的瓮棺葬群让我们看到的则是人在大自然中的渺小与无奈。而这些发现无一不向我们揭示着这片土地曾经的壮大与辉煌。曾经，的确，庞大的部族如今早已不复当年，因为想走出这片河川的梦想激励着一代又一代下河西人，于是，这里在慢慢地衰败！

我突然想起了洛河岸边的另一个村子——南纪庄村。南纪庄曾经是全白水最殷实的村子，四面环山，在家里就能听见洛河的滔滔声。因为紧邻河道，这里的粮食年年丰产，尤其这里的大蒜非常有名，是远近村子争相学习的样板。改革开放以来，年轻一代接受了外界的影响，开始谋求更大的发展，村里的人越来越少。近年来，因为地理环境的限制，这里开始整村搬迁。颓圮的篱墙前还有潺潺的溪水从门前流过，雕花的门梁依稀可见当日的繁华，但没有了人，村子便也不复存在了！

我们的先民与水与河曾是多么亲密呀！逐水而居，但如今，我们却要背河而居！城市化加快了古村落消逝的步伐，但日子的确胜于往昔，发展与坚守的矛盾真实地存在着。我不知道在发展的过程中，下河西是否也会像南纪庄一样逐渐成为一个空空的村落，然后在若干年后，像下河西先民一样被深埋于地下，等着新的考古队来发现。

我们的车渐行渐远，夕阳斜斜地洒向静静流淌的白水河，是暖暖的橘色！

（2015 年 6 月）

这样的李白叫你如何不喜欢

大诗人李白作为中国文学史上的一块丰碑，除了接受后世的顶礼膜拜之外，在他生活的当代也获得了很高的赞誉。上至王公贵族，下至平民百姓，乃至被后人称为"诗圣"的杜甫也是他忠实的粉丝。

李白的出生充满着神奇色彩。"公之生也，先府君指天（李）枝以复姓，先夫人梦长庚而告祥，名之与字，咸取所象。"李母梦到"太白金星"后有了身孕，在阵痛难忍中生出了李白。这位有太白金星转世之说的李白器宇轩昂、资质不凡。25岁出游结识了受三代皇帝崇敬礼遇的道士司马承祯。作为小辈，李白自然喜不自胜；对司马承祯来说，他看到李白更是惊叹不已，称赞其"有仙风道骨，可与神游八极之表"，司马承祯以道家最高的褒奖赞美他。这样腰佩长剑、衣袂飘飘的李白叫你如何不喜欢？

"申管晏之谈，谋帝王之术，奋其智能，愿为辅弼，使寰区大定，海县靖一"（《代寿山答孟少府移文书》），生活在盛唐时期的李白，自负有不世之才，渴望建功立业，一生矢志不渝地追求"谈笑安黎元""终与安社稷"的理想，于是拿诗帖多方拜谒，盼望有一天自己能"大鹏一日同风起，扶摇直上九万里"。当诗坛耆老贺知章读到李白的《蜀道难》《乌栖曲》

后，极为欣赏，兴奋地解下衣袋上的金笔叫人出去换酒，与李白共饮。他折服于李白诗歌的瑰丽和潇洒出尘的风采，直呼李白："你是不是太白金星转世到了人间？""谪仙人"即由此而来。

李白的诗歌不仅得到贺知章的赏识，唐玄宗的胞妹玉真公主对其更是推崇备至，她知道李白满腔的报国之志，与贺知章合力将李白推荐给了唐玄宗。这样志存高远、积极上进的李白叫你如何不喜欢？

话说唐玄宗看了李白的诗赋，对其十分仰慕，便召李白进宫。李白进宫朝见天子那天，玄宗降辇步迎，"以七宝床赐食于前，亲手调羹"，得皇帝如此隆遇，李白感到自己的春天来了，宏图大业即将得展，一时豪气干云！不料，玄宗每日里只是召李白吟诗作画，并不问及国家大事。虽与玄宗宫中行乐，并有大美女杨贵妃研墨，但李白对这样的生活并不满足，他要的不是御用文人的生活，于是整日以酒为乐。"李白斗酒诗百篇，长安市上酒家眠。天子呼来不上船，自称臣是酒中仙"（唐·杜甫《饮中八仙歌》），这样的生活过了两年，李白终于厌倦了！他告别了繁华的长安城，遍访名山大川，一消自己胸中块垒。这样执着于梦想的李白叫你又如何不喜欢？

李白来到六代古都、金粉之地——金陵。此地江山雄伟，虎踞龙盘，六朝宫阙历历在目。虽无往日繁华，金陵的霸气也早已消亡，但金陵儿女却饱含深情地接待了诗人。当诗人告别金陵时，吴姬压酒，金陵子弟殷勤相送，频频举杯劝饮，惜别之情如东流的江水，流过诗人的心田。他用生花妙笔为金陵儿女留下了一幅幅优美的速写。

诗仙就是诗仙，他不会一直消沉，他是一位游侠，山水赋予他灵动，他还山水以豪情。"仰天大笑出门去，我辈岂是蓬蒿人？"这样达观的李白叫你如何不喜欢？

那一年，李白45岁；那一年，杜甫34岁，相差11岁的诗仙与诗圣相遇了。双曜相会，成为文坛千年佳话。那一年是天宝三年（744），李白与杜甫一旦相逢便亲如兄弟，"醉眠秋共被，携手日同行"，形影不离。当时李白名满天下，赐金放还；当时杜甫仕途失意，困守洛城，但两人一见如故，相邀同游。尤其是杜甫，在与李白相交切磋后，他对李白的崇拜便如滔滔江水延绵不绝。他赞李白的诗"笔落惊风雨，诗成泣鬼神"，自称"性豪业嗜酒，结交皆老苍"的杜甫面对"会须一饮三百杯"的李白自叹弗如！

喝酒的李白是可爱的，"两人对酌山花开，一杯一杯复一杯。我醉欲眠卿且去，明朝有意抱琴来"（唐·李白《山中与幽人对酌》），这样率真可爱的李白你又如何不喜欢呢？

（2014年9月）

散步人生

春暖花开，玉兰花淡淡的甜润香味扑鼻而来，我正沉醉于这甜蜜的美好时光中，朋友打来电话，说心中郁闷，想出去走走。我欣然应允，就在离玉兰不远的地方坐等她来。

朋友急匆匆而来。看她脸色有点发黄，便问怎么了？她说心情不好。我戏谑："女人心情不好，无外乎两个原因，一个是家庭，一个是工作。你是哪一个？"

"两方面都有"，听了朋友的回答，我不禁有点奇怪，朋友比我年长一岁，早毕业一年，如今，我在单位做着一份不咸不淡的工作，和刚进单位别无二致；可朋友就大不一样了，她早就进了单位的中层，再升职也是指日可待，用同学们的话说，前途一片光明。工作中她还有什么不开心的呢？

"奖金不高，没钱花。"

"谁不知道你们单位奖金比工资还高？"

"没换科室之前高！"

原来如此，可奖金不高又有什么关系呢？当我们无力珍馐万篑时，粗茶淡饭也同样会吃得有滋有味。我知道朋友并不是奢靡之人，她也是过惯了苦日子的，只是，她对自己要求比较高，一直试图改变自己的境遇。她要让全家人都过上好日子，让患病在床的父亲能得到较好的治疗，让满头霜花的母亲不必大清早就起来扫街道，让好学懂事的弟弟接受最好的教育……她身上背负得太多了，所以她一路小跑，她要冲向事业的顶端，她来不及看一路的风景，她气喘吁吁的。回看我，我和她其实大体一样，父母因为供我们姐弟四人读书，身体垮了，积蓄没了，落了一身的病。我也想让父母过上好日子，我也希望改善父母的生活状态，这也是我奋斗的最大动力。可我明白，我不能顾此失彼，到底什么是孝顺，什么是值得的付出？什么是让大家，让彼此都舒服的生活方式？我知道，爸妈根本不想让家庭成为儿女的负累，当他们付出到不能再付出时，他们需要的是儿女的陪伴！于是，我一路走来没有小跑，我散着步陪着爸妈一起变老，和爸妈一同欣赏日落，和爸妈一起见证儿子的成长。朋友她太累了，我想让她歇一歇，闲庭信步，品味人生，闻闻玉兰的花香，看看嫩草如何钻出地面，数数每天的星星有什么不同……

　　放慢前行的步伐，用散步的形式、散步的心态度此一生！

（2010 年 4 月）

遇　见

宝贝:

　　妈妈刚和你一起看完《朗读者》,老师要求你写观后感,妈妈也有许多感触,想和你一起分享。

　　这是《朗读者》的第一期,主题是"遇见"。"遇见"——多么美好的字眼!

　　美好的遇见会让自己成为更优秀的人!

　　濮存昕遇见了荣国威大夫,改变了他的人生,让他走出自卑成就自我;张梓琳遇见了女儿,让她的内心更加丰盈;许渊冲老师遇到了中华诗词,遇到了莎士比亚,遇到了中外名著,遇到了最热爱的翻译事业,让他在 96 岁高龄依然保持旺盛的精力;而我在 27 岁时,遇见了你,我的儿子!

　　感谢上天,让我成为你的妈妈,因为你,我想成为更好的自己。

　　还记得你呱呱坠地时的弱小,但那足以让我的生命变得充盈!因为你,我需要扮演一个伟大的角色——母亲。

　　我不知道"妈妈"怎么当,只能学习、揣摩,如同你要学习怎么做一个孩子一样。面对新的角色,我们没有两样!你是 0 岁的孩子,我就是 0 岁的母亲;你是 1 岁的孩子,我也是 1 岁的母亲。

还记得满月前的你让我最为担心的事情是呛奶。你嘴里、鼻里溢得都是，我手足无措，翻书查阅，电话请教医生，直至现在，当时的慌乱和惊悸依然记忆犹新。

慢慢地，你长大了，越来越懂事、可爱，你第一次翻身、第一次走路、第一次说话、第一天上学，你与我分享着你的小秘密、你的烦恼、你的快乐，你在长大，长成你喜欢的样子。那是一段多么美好的时光呀！

然而从你上小学起，尤其是做作业时，我们好像不再像从前那样亲密无间。我们都在忙着自己的事，我们的亲子阅读时间越来越少，我们之间的聊天变得不那么愉悦，我有时会批评你，却更应反思自己。

有人说孩子身上的缺点映射的是父母平日的习惯！这句话让我诚惶诚恐。我批评你写字不专心，批评你不合理安排时间，作业没完成就看课外书，我抱怨你贪玩淘气，批评你不懂礼貌，不知孝道，我只知批评却从未认真分析过背后的原因！

有时翻看给你写的成长日记，看着看着嘴角就会不由自主地露出笑意，日记中的你聪明善良。妈妈生病了你会说："想代替妈妈生病"，感动得我一塌糊涂，你会在节日里为妈妈画画送礼物，你会把好吃的给爷爷奶奶留着，你会因为咱家的狗叫声的不同而判断它是不是冷，你会因为读一本书而忘记吃饭，甚至钻到被窝拿小手电偷偷地看……这些和现在的你都是同一个人呀！

你其实是非常大度的男子汉，有时咱们闹了别扭，你会首先示好，你说在乎我的感受，怕伤和气；你也是很幽默的小朋友，经常讲笑话给我听；你每次看完一本书都有自己的思考，这些都是你的优点。可能对你的要求过高，而忘记了你只是一名小学生，让你觉得有点儿压抑，这是我应该引以为戒的。

作为家长，我会因你的成长而焦虑，我盼你能够自觉自立自制，但从没想过你正处于贪玩的年龄，任何新奇的好玩的事物都会对你形成巨大的诱惑。我要求幼小的你对抗大人有时都无法抵挡的诱惑（比如手机、电脑游戏），却从没想过这些都需要时间，强硬的措施只会适得其反。

为此，我也认真地在学习育儿知识，坚持每天读书，给你写信，不看电视只为给你一个好的示范，但最终发现成效并不显著，你依然故我，我期盼的认真、努力没有踪迹。因此我伤心难过，但之后呢？还得想办法，寻找适合你的教育方法！

你曾说我不爱你，傻瓜，天底下哪有不爱孩子的妈妈？让你如此误解我对你的爱，只能说明一个问题，我们之间的相处方式还有待改善。

每一个妈妈都希望自己的孩子优秀，这是毋庸置疑的，要成长为优秀的人必须付出艰辛的努力。孩子都是贪玩的，这是天性，你也以此来反驳我对你严厉的管教，但，我的孩子，你知道吗？世界上哪有随随便便的成功，不经一番风雨又如何得见彩虹？今日你偷过的懒，将来会以残酷的方式要求你加倍返还！梅花香自苦寒来，终有一天，你会感谢曾经拼命用功的自己。

所以，妈妈殷切地希望你能用心、用功地学习，不只是读书，更是做人！做一个善良有爱心的人，做一个勤奋有同情心的人，做一个努力积极乐观的人，做一个宽容不计较得失的人。

妈妈身上还有很多不足，作为母亲这一角色，我也依然只是学生。在往后的岁月中，让我们彼此鼓励，彼此监督，让我们一起努力，一起坚持，成为更优秀的自己，好吗？

遇见你，我很幸福，让我们不仅是母子，更是真挚的朋友！

爱你的妈妈

2017 年 2 月 25 日

（2017 年 5 月）

一寸暖阳

　　清晨，拉开厚厚的窗帘，一缕阳光便从那层烟红色的薄纱帘内透进来，斜照在墙上、地上，天青色的墙面因这阳光的存在而变得柔和、光亮。这光线静静地流泻，带着时光。儿子早已起床，捧着一本书，正沉浸其中，老公却还在呼呼大睡。我细细地端详那缕光，明澈而温柔，无端地，我想起了"现世安稳，岁月静好"这几个字。

　　窗外，风还在怒吼，狠狠地，但因为窗子的存在，它进不来，于是更加气急败坏。窗内的世界并不因为窗外而改变，那缕柔柔的光线，一寸一寸，就像时间的触角，慢慢挪移，静悄悄，不让人察觉，一点一点，最后都汇成时间的河流。我便在这时间的流淌中与诸多事物和解，记忆也汇成流，时而轻快，时而迅疾，时而怒号，但终归于和缓与平淡。

　　伸个懒腰，给花花草草去浇水，忽而仿佛听到花草喝水的声音，我一时竟找不出一种象声词来形容，但那种急促与满足显而易见。以前，我从未听到过这种声音，或者说，我从未留意过这样的声音，这种新奇的发现让我吃惊，吱吱、嗞嗞、咕咕、噜噜？我努力寻找一种词语来匹配，显然都不精确，只能将这种声音留存在记忆里。

　　花草喝饱水后，满足地舒展着，它的邻居两尾小金鱼也正游得欢畅。还记得前不久朋友来家闲坐，我们有一搭没一搭地聊着，安静的间隙，一种声音传进耳边。"这是什么声音?"朋友问。

我在家里环绕一周后确定就是那两尾小金鱼在捣鼓，朋友不信，走到鱼缸边凝神静听："的确是这两个家伙发出的!"

原来鱼儿吃食也会发出声音，就像花草喝水一样，这两种声音里都透着满足，透着欢畅，透着陶醉，透着美好。

我喜欢这样的状态，不被打扰，与花，与草，与鱼，与阳光，与家人为伴。但阳光有脚，它在墙上又画出其他的图案，比刚才淡了许多，好在依然一寸一寸，暖暖的，这足以让人心生欢喜，谁又能拥有什么一辈子呢? 只是相对时间里能够更长久一些罢了。

在这样一个清晨，听花草的絮语，看游鱼的陶醉，在一寸一寸的阳光中感受温暖，这样的清晨无疑是美好的;在这样一个清晨，能感知到这种美好，于我而言也是美好的。这样的日子长久一些，再长一些，岂不就是幸福!

（2019 年 3 月）

因为有你，所以幸运

（后记）

如果现在让我回顾"文学梦"的起源，那应当是一个槐花盛开的午后，我走在放学的路上，两边都是粗粗壮壮的洋槐树，一串串乳白色的槐花自由自在随风飘荡，清清甜甜的香味一下子就俘获了我的心，那种感觉让即将到来的离别少了些许悲伤。那年我16岁，即将初中毕业，我将这种情愫写成文字，发表在《渭南日报》的周末版，尽管只是在不起眼的角落，但一颗梦想的种子已经埋下。

应该说我是一个幸运的人。后来，我走上了记者的岗位，这让我的"文学梦"多了现实的意义！因为职业的原因，我接触了各行各业、各种各样的人，他们或坚强，或勇敢，或勤奋，或努力，或正义，或善良，或诚实，或谦逊，或宽容，或守信……这些美好的品质成为我为人为文的底色。这些人大多成了我的朋友，他们除了给予我工作上的支持，更给了我人生的启迪！他们身上的闪光点不仅是我写作的素材，更是我人生的方向与标杆。

我是一个自卑的人，总觉得自己做得不够好，总担心我的表达不够确切，我怕自己的采写有疏漏，有缺憾，我的文字不能完整地体现被采访者的美好品质。这个时候，我的历任和相关领导井智军、石贺文、刘小军、张晓文、杨军锋、王志红……给予我信任；我的同事兼闺蜜李园莉给予我帮助；我的采访对象王军峰、王彦忠、郭学军、董双平、冯义……用他们的宽容给予我鼓励。是他们的善良坚定了我的信念，使我可以一步步地向前、向上迈进！他们只言片语的肯定成为我坚持下去的不竭动力！

我感谢他们，那些善良的人！

我的确是一个幸运的人。虽然有文学的梦想，虽然有热爱的事业给了我大量的写作内容，虽然自己一直在坚持写作这件事情，但我从没想过拥有一本属于自己的著作。为了将自己的零言散语整理起来，我申请了个人公众号"曼言曼语"，闲时涂鸦忙时隐，岁月静好有留痕，仅此而已。这个时候，是我的导师王奇戈一次又一次地鼓励我、鞭策我，在他的期许与帮助下，我开始着手整理曾经的手稿。

我实在是一个幸运的人。当决定要出版《曼言曼语》时，郭学谦老师将他出书的详情详细告知于我，并向我推荐介绍了何超锋老师。在两位老师以及太白文艺出版社编辑老师的辛勤付出下，拙作终于可以与读者见面了！在此，特别致谢！

《曼言曼语》大多是我近5年来的一些作品，其中有解说，有通讯，也有散文，还有一篇《梦之水》是与同事合作完成的，因为记述的是我的家乡发展中的大事，所以收录在册。由于水平所限，疏漏之处在所难免，敬请读者朋友们批评指正！

不得不说，我是一个幸运的人，总是遇到无私帮助我的朋友们！我的人生因为你们的存在而丰盈！感谢人生中这些美丽的相遇！

2019 年 8 月于白水